W0370317

ars vivendi
Krimi

JAN BEINSSEN

HERZ AUS STAHL

Paul Flemmings fünfter Fall

Kriminalroman

ars vivendi

Jubiläumsausgabe, Februar 2014
3. Auflage
© 2009 by ars vivendi verlag
GmbH & Co. KG, Cadolzburg
Alle Rechte vorbehalten
www.arsvivendi.com

Lektorat: Dr. Hanna Stegbauer
Umschlaggestaltung: ars vivendi verlag unter Verwendung
einer Fotografie von Norbert Treuheit
Druck: CPI Ebner & Spiegel, Ulm
Printed in Germany

ISBN 978-3-86913-405-5

Für Uwe

Wer vor der Vergangenheit flieht,
verliert das Rennen.
T.S. Eliot

Prolog

Der Sommer verabschiedete sich mit einem angenehm warmen Tag. Im Radio war bereits das Tief Karla angekündigt worden, doch das kümmerte Paul Flemming wenig, als er sich im Strom vieler Hundert gut gelaunter Menschen treiben ließ und die wunderbare Atmosphäre des Trempelmarktes genoss. Weite Teile der Nürnberger Altstadt hatten sich in den größten Floh- und Trödelmarkt Deutschlands verwandelt. Kaum eine Nische, die nicht mit Ständen aus Holz und Segeltuch und einfachen Auslagen aus Decken und Laken besetzt war. Hobbytrödler und professionelle Ramschhändler standen dicht an dicht an den Straßenrändern. Ihre Angebote ließen keine Wünsche offen. Paul registrierte im Vorbeischlendern eine zerbeulte Tuba, eine hüfthohe Chinavasenimitation und eine reichlich zerlesene Sammlung von *Tim & Struppi*-Heften. Ein Trödler hatte sich auf mehr oder weniger originell bedruckte Klobrillen spezialisiert, der nächste hatte ausgediente Vogelkäfige neben kühner Erotikmalerei arrangiert.

Alle zwanzig, dreißig Meter buhlten Straßenmusiker um Spenden, und die Leute ließen gern eine Münze springen. Imbissstände verbreiteten Duftwolken von indischem Curry, chinesischen Süßsauerpfannen und natürlich Original Nürnberger Rostbratwurst. Kinder lachten, Liebespaare schmusten, die Sonne strahlte – und über allem thronte die stolze Silhouette der Kaiserburg.

Ja, dachte sich Paul, so gefällt mir meine Stadt! Er war bester Dinge. An einer mobilen Weinbar besorgte er sich einen Chianti. Den gab es zwar nur aus dem Plastikbecher, aber er schmeckte Paul wie ein Prädikatswein, genossen auf einer italienischen Piazza. Nach ein paar Schlucken erschien Paul das muntere Treiben sogar noch angenehmer. Ungern dachte er daran, dass er seine Trempelmarktrunde allmählich beenden musste. Seine Eltern, die heute zu Besuch waren und die er vor einer halben Stunde mit einer Tasche voller Schnäppchen zum Kaffeetrinken geschickt hatte, warteten auf ihn. Also machte Paul in einem sehr weiten Bogen kehrt, freute sich, als ihm eine schöne Unbekannte zulächelte, zog das letzte Stück des Weges bis zur Pegnitz noch ein wenig mehr in die Länge und blieb vor dem *Starbucks* beim alten Fleischhaus stehen.

Das *Starbucks* war gerammelt voll wie meistens, aber seine Mutter sah Paul, kaum dass er eingetreten war. Hertha, die einzige ältere Dame zwischen Teenagern, diskutierte gestenreich mit einer überfordert wirkenden jungen Frau an der Kasse. Um was auch immer es gehen mochte, Hertha schien als Siegerin aus dem Disput hervorzugehen, denn plötzlich hielt sie einen Becher Kaffee in der Hand, ohne dafür einen Geldschein über die Theke gereicht zu haben. Paul tippte ihr auf die Schultern und nickte ihr freundlich zu. Doch Herthas kleine dunkle Augen, die unter ihrer tiefschwarz gefärbten Dauerwellenpracht beinahe untergingen, sahen ihn ernst an.

»Gut, dass du da bist. Hermann möchte dich sprechen«, sagte sie. Es klang in Pauls Ohren mehr wie eine Drohung als wie eine freundliche Aufforderung. Sein Vater saß im einige Stufen tiefer liegenden Parterrebereich des Cafés, obwohl es draußen einladend sonnige Plätze mit Pegnitzblick gab. Hermanns volle Lippen wiesen bogenförmig nach unten, was Paul als ein weiteres Warnsignal wertete. Mit der unbeschwerten Lebensfreude war es für heute vorbei, ahnte er.

Hermann zog eine große Stofftasche hervor und leerte deren Inhalt mit vorwurfsvollem Schweigen auf den Tisch. Zum Vorschein kamen allerlei angestoßene und abgenutzte Fotoutensilien, steinalte Objektive ebenso wie beschädigte Blitzlichtgeräte und eine Handvoll kleiner Kameras. Alles Dinge, die Paul heute erstanden und seinen Eltern anvertraut hatte. Hermann wiegte mürrisch sein schlohweißes Haupt, während er fragte: »Was willst du damit anfangen? Dauernd kaufst du auf den Flohmärkten Dinge, die niemand mehr gebrauchen kann, und weil du in deiner Nürnberger

Wohnung keinen Platz dafür hast, stellst du den Krempel am Ende doch nur wieder bei uns unter!«

Paul ließ sich neben seinem Vater nieder und nahm ein verbogenes Stativ in die Hände. Krempel? Er würde es Raritäten nennen! Zugegeben, auf dem Trempelmarkt gab er jedes Mal mehr Geld aus, als er sich eigentlich erlauben konnte. Paul, der Fotograf, konnte die Finger nicht von antiquierten Kameraausrüstungen lassen, genauso wenig hatte er aber eine Verwendung für sie. »Du hast ja recht«, sagte er zerknirscht und legte das Stativ beiseite. »Ich werde mich das nächste Mal zurückhalten.« Sein Blick fiel auf einen der Fotoapparate, und er hob ihn mit liebevoller Vorsicht an: Das war nun wirklich ein besonderes Stück. Reichlich verschrammt und für den Laien eher unscheinbar, doch Paul wusste die verborgenen Qualitäten dieses kleinen Wunders der optischen Technik sehr wohl zu würdigen. Diese Minox war nur zwei Finger breit und nicht länger als eine Zigarettenschachtel. Fotoapparate dieses Modells arbeiteten mit dem seltenen 8 x 11-Filmformat. Eine Kleinstbildkamera, die sich in Kinofilmen der sechziger Jahre als Spionagekamera einen Namen gemacht hatte. Während Paul noch über dieses Meisterwerk der technischen Miniaturisierung nachsann und die millimetergenaue Maßarbeit bewunderte, fuhr ihm mit einem Mal der Schreck durch die Glieder.

Hertha, die sich mit ihrem Kaffeebecher zu ihnen gesellt hatte, bemerkte Pauls plötzliches Zusammenzucken. »Was ist denn?«, erkundigte sie sich besorgt. »Hat dich etwas gestochen?«

Paul atmete tief ein und dann wieder aus. »Puh! Das war knapp.« Er presste die Minox fest an sich, bevor er sie erneut eingehend betrachtete.

»Was ist denn, Bub?«, drängte Hermann und schaute nun selbst mit gewisser Neugierde auf die kleine Kamera in Pauls Hand. »Stimmt etwas nicht mit dem Ding? Ist doch wahrscheinlich sowieso längst im Eimer.«

Paul sah seinen Vater geistesabwesend an: »Um ein Haar hätte ich sie geöffnet – nicht auszudenken!«

Hertha verlor das Interesse. »Ich hole mir inzwischen ein Stück Kuchen«, sagte sie und stand wieder auf.

»Meine Güte«, sagte Paul, »da ist noch ein Film drin. Hätte ich die Kamera geöffnet, hätte das Tageslicht sämtliche Aufnahmen unbrauchbar gemacht.«

»Ein Film. Soso.« Hermann richtete seine Aufmerksamkeit auf das Sportprogramm, das in einem an der Wand befestigten Fernseher lief.

»Ich werde ihn natürlich entwickeln«, sagte Paul mit beinahe kindlicher Freude über seine Entdeckung.

»Wofür soll das gut sein?«, fragte Hermann, ohne seinen Blick vom Bildschirm zu lassen.

»Um zu sehen, was auf diesen Fotos drauf ist.«

»Was soll da schon Großartiges drauf sein?«

»Das weiß ich noch nicht. Aber es ist doch interessant, das herauszufinden. Wer weiß, wie alt die Kamera ist und wie lange dieser Film schon da drin steckt. Das können leicht zwanzig Jahre sein, vielleicht auch dreißig. Dieses Gerät hat schon so einiges hinter sich.«

»Ach was. Da wird auch nichts anderes drauf sein als das Übliche: Kinder am Strand, der achtzigste Geburtstag von Onkel Willi und die Konfirmation vom kleinen ...«

»Vom kleinen ...?«

»Vom kleinen ... – Paule!«

»Sehr witzig«, sagte Paul bissig. »Ich werde auf jeden Fall mal einen Blick auf die Negative werfen. Vielleicht gibt es ja doch eine nette Überraschung.«

Hechelnd schmiegte sich Pudeldame Bella, die am Tischbein angeleint war, an Pauls Hosenbein. Wenigstens eine, die in dieser Familie zu mir hält, dachte er und tätschelte die betagte Hündin. Dann stand er auf, verabschiedete sich mit flüchtigem Gruß von seinem Vater und ging mit der Minox in der Hand die Stufen zur Kuchentheke hinauf.

»Tschüss, Mutti!«, sagte er.

Hertha, die etwas ratlos über der Auslage mit Cupcakes und Muffins brütete, sah ihren Sohn fragend an: »Du gehst schon wieder?«

»Ja, ich muss los«, sagte Paul eilig.

Hertha deutete auf die Minikamera: »Und den Rest nimmst du nicht mit?«

»Ich hole es mir demnächst mal bei euch ab«, versicherte Paul wenig glaubhaft. »Ich muss bei mir erst Platz dafür schaffen. Also – bis bald!«

»Einen Augenblick noch.« Hertha blickte sich verstohlen um, fischte dann einen Schein aus ihrer Geldbörse und steckte ihn Paul zu. »Aber psst! Du weißt ja ...«

»Ich weiß«, bestätigte Paul geknickt. »Kein Wort darüber zu Vati. Er möchte, dass ich mir endlich einen anständigen Job suche und nicht länger auf eure Almosen angewiesen bin.«

Hertha zwinkerte ihm versöhnlich zu: »Du weißt doch, dass er es nicht so meint. Lass dich bald mal bei uns in Herzogenaurach blicken.«

Zwar war auf den Straßen und Plätzen noch immer sehr viel los. Den kurzen Fußweg bis ins Burgviertel legte Paul jedoch zurück, fast ohne es zu merken. Er war ganz mit der angenehmen Vorstellung beschäftigt, wie er seinem überraschten Vater die – selbstverständlich lohnenden – Fotos aus der Minox präsentierte. Dann dachte er darüber nach, wie er den Teleskop-Schnellaufzug überlisten könnte, mit dem sich der Film in der Kamera vorwärts, aber eben auch wieder zurück transportieren ließ. Das Ding hakte nämlich, wie Paul schon bei seiner ersten flüchtigen Prüfung festgestellt hatte. Er würde wohl das Messinggehäuse auseinanderschrauben und sich langsam herantasten müssen.

Zuhause, in seinem Loft am Weinmarkt, überlegte er das erste Mal, ob er nicht doch klein beigeben und seinen Vater recht behalten lassen sollte, denn in seinem längst zur

Rumpelkammer degradierten Fotolabor fehlte es an praktisch allem, was man zur Entwicklung eines klassischen Negativfilms brauchte. Die meisten noch vorhandenen Chemikalien hatten ihr Verfallsdatum deutlich überschritten, die Schale für das Fixierbad war heruntergefallen und hatte ein Leck, und die Birne des Vergrößerungsapparats war durchgebrannt.

»Na toll!«, resümierte Paul wenig begeistert, als er über den vor ihm liegenden Arbeitsaufwand nachdachte. »Und das alles für ein paar öde Urlaubsbilder.«

Doch wenn ihn etwas anspornte, dann Hermanns Zweifel am Sinn seines Tuns. Paul setzte sich noch einmal in seinen Renault und startete zur Einkaufstour in den Fachhandel.

Es war spät geworden, als sich Paul nach stundenlanger Vorbereitungsarbeit ein rauchiges Dunkles aus dem Forchheimer Land aus dem Kühlschrank nahm und endlich sein Labor in rotes Licht tauchte. Nun konnte er beginnen, das Innere der Kamera zu erkunden. Er löste die winzigen Schrauben, legte den Transportschacht für den Film frei und hob die kleine Rolle schließlich vorsichtig aus ihrer Verankerung.

Um aus dem belichteten Film ein Negativ zu entwickeln, musste Paul das schmale Band aufrollen und in die Entwicklungsspule einführen. Aber beim ersten fehlgeschlagenen Versuch überkam ihn erneut das Gefühl, er sollte sein kindisches Vorhaben einfach aufgeben. Urlaubsfotos – noch dazu von wildfremden Leuten! Er machte sich doch nur lächerlich.

Paul trank sein Bier zur Hälfte aus und nahm einen neuen Anlauf. Dass der Film so stark verklebt war, sprach für sein fortgeschrittenes Alter. Er musste also scharf aufpassen, dass sich beim Auseinanderrollen die chemische Beschichtung nicht löste und der Film zerstört wurde. Aber selbst ohne vom Schlimmsten auszugehen, musste er sich klar machen, dass sich von einem Standardfilm mit sechsunddreißig Aufnahmen nach so langer Zeit im besten Fall vierzehn oder fünfzehn verwertbare Fotos retten ließen.

Pauls Rauchbier ging zur Neige, als er den Filmstreifen endlich komplett in die Entwicklungstrommel eingeführt hatte. Er schaltete das Deckenlicht wieder ein und stellte den Wecker, der ihm das Ende der Entwicklungszeit anzeigen sollte. Inzwischen war es nach Mitternacht. Draußen nahte das Tief Karla mit einem dumpfen Donnergrollen.

Aus dem Grollen war bald ein Gewitter geworden, das sich direkt über der Stadt entlud. Zwar konnte Paul die Blitze in der dunklen Abgeschiedenheit seines Labors nicht erkennen, doch die Paukenschläge des Donners ließen die Geräte auf der Arbeitsplatte erzittern.

Der Negativstreifen war fertig. Paul hielt ihn gegen das Licht einer Tischlampe und kräuselte angesichts der vielen Schlieren und ausgefransten Ränder skeptisch die Stirn. Die Negative einzuscannen und am Computer nachzubearbeiten, hatte in diesem Stadium noch wenig Sinn. Stattdessen würde er all seine Entwicklungskünste aus den Zeiten vor Einzug der Digitalfotografie aufbringen müssen, um aus diesem jämmerlichen Streifen noch etwas herauszukitzeln: einzelne Stellen aufhellen, teilweise abwedeln und hin und wieder mit einem Extraschuss Licht nachhelfen ...

Das erste Foto nahm unter der Vergrößerungslampe Gestalt an. Zwar waren die Konturen schwach, aber Paul erkannte doch, dass es sich um das Bild einer Frau handelte. Die Haare waren lang, der Mund zu einem Lächeln geöffnet. Im Hintergrund konnte man eine Anrichte mit Blumenvase erahnen, ein Sofa und mehrere Bilder an der Wand – eine Wohnung. Die der Frau? Paul legte das belichtete Fotopapier ins Entwicklungsbad. Nachdem der Schwarzweißabzug das Optimum an Sättigung und Schärfe erreicht hatte, nahm er ihn mit einer Gummilippenzange vorsichtig heraus und ließ ihn ins Stopperbad gleiten.

Er wartete eine Weile und hielt ihn dann unters Licht. Tatsächlich stellte das stark lädierte Bild eine Frau dar. Und tatsächlich hatte sie lange, gewellte Haare. Aber der Mund – der zeigte kein Lächeln. Die Frau schrie. Um Hilfe? Paul war verblüfft. Und die Augen ... auch an den Augen sah man der Unbekannten an, dass sie nicht glücklich war, als dieses Foto entstand. Sie hatte Angst.

Paul rieb sich grübelnd das Kinn. Mit einem solchen Bild hatte er nicht gerechnet. Was sollte ihm der Gesichtsausdruck dieser Frau sagen? Er verzichtete darauf, sich ein zweites Bier zu holen, und machte sich an die Entwicklung des nächsten Bildes. Wieder dauerte es eine Weile, bis sich Konturen auf dem Papier abzeichneten. Paul ließ das Foto in den Bädern schwimmen und hielt es dann ins Licht. Auch auf dieser Aufnahme war die Frau zu sehen, eindeutig zu erkennen an ihren langen Haaren. Aber das Gesicht war diesmal vom Fotografen abgewandt. Die krumme Körperhaltung der Unbekannten schien zu besagen, dass sie sich vor etwas schützen oder flüchten wollte. Das Bild war verschwommen, wahrscheinlich die Folge ihrer hektischen Bewegungen.

Wieder ließ ein Donnerschlag das Labor erzittern. Paul konnte es kaum erwarten, die nächste Aufnahme dieses seltsamen Films zu sehen. Belichtung, Entwicklungs- und Fixierbäder, unters Licht. Diesmal lag die Frau am Boden. Arme und Beine waren ausgestreckt. Die Haare verteilten sich in alle Richtungen. Das Gesicht war zur Seite gedreht.

Das dunkle Rinnsal entdeckte Paul erst auf der fünften Aufnahme. Es mäanderte wie ein Bächlein über den Boden und mündete in einen kleinen See am Rand des Bildes. Seinen Ursprung nahm es an der Schläfe der Frau. Auch wenn es nur eine Schwarzweißaufnahme war, wusste Paul: Was da floss, war Blut.

»Mein Gott!« Er stieß sich mit beiden Händen von der Arbeitsplatte ab. Auf was war er da gestoßen? Auf einen üblen Scherz? Auf Szenenfotos eines Theaterstücks? – Oder auf die Dokumentation einer realen Bluttat? Paul schüttelte es bei diesem furchtbaren Gedanken.

Er sah auf die Uhr – schon nach zwei, mitten in der Nacht. Egal, er musste etwas unternehmen! Er lief in sein Atelier, nahm das Telefon von der Ladestation auf der Fensterbank und tippte mit zittrigen Fingern die Handynummer von Kriminaloberkommissarin Jasmin Stahl.

1

»Darf ich dich zu Rinderfiletspitzen vom Grill auf Weinschaum mit frittierter Roter Bete und Bauchstecherla einladen?«, fragte Jan-Patrick. Seine Augen funkelten erwartungsvoll.

»Wenn du mir verrätst, was Bauchstecherla sind, vielleicht«, gab sich Paul wählerisch.

»Na, du bist mir ja ein Franke!«, tadelte ihn sein Lieblingskoch. »Das ist eine alte fränkische Beilage: Kartoffeln kochen und grob reiben. Dazu Gries, Milch, Mehl. Ordentlich würzen mit Salz, Pfeffer und Muskat. Kneten, rollen, in Scheiben schneiden und in Butterschmalz ausbacken. Alles klar?«

Paul nickte zögerlich und lehnte sich auf seinem Stammplatz im *Goldenen Ritter* zurück. »Hast du vielleicht auch etwas Leichteres? Nur eine Kleinigkeit?«

Der kleingewachsene Küchenchef strich sich mit der Hand durch sein dichtes schwarzes Haar. »Eigentlich ist ja jetzt Pilzsaison. Da bietet sich der Klassiker Pfiffer in Rahmsoße an, oder wie wäre es mit gegrillter Polenta an Balsamico-Egerlingen ...«

»Nein, nein. Wirklich bloß einen Snack, bitte«, wehrte Paul ab.

»In Ordnung. Was hältst du dann von einem winzigen Stückchen Kürbis-Käse-Kuchen und einem Viertel Franken-Hausschoppen dazu?« Paul willigte ein, und der Wirt wollte bereits gehen, als ihm noch etwas einfiel: »Ach, sag mal, Paul, was ist eigentlich aus dieser Sache mit dem alten Film geworden?«

»Alter Film?«

»Ja, du weißt schon, von dem du mir neulich erzählt hast.«

»Ach, der Film aus der Minox«, begriff Paul. »*Neulich* ist gut! Da war ja noch Sommer! Inzwischen haben wir Oktober und Herbst.«

»Ja, und? Was ist nun daraus geworden?«, hakte Jan-Patrick nach.

»Also, das ist eine ziemlich langwierige Angelegenheit«, setzte Paul an. »Der Film war ja schon sehr alt. Stammte wahrscheinlich noch aus den späten siebziger Jahren und …« Weiter kam er nicht, denn in diesem Moment erschien Marlen, die Kellnerin, an seinem Tisch und erkundigte sich freundlich:

»Hat der Herr schon gewählt?«

»Das hat er«, antwortete Jan-Patrick an Pauls Stelle. »Ich übernehme das selbst.«

Marlen tänzelte weiter, nicht ohne Paul vorher einen schelmischen Blick zugeworfen zu haben. Dieser schaute ihr mit offenem Mund nach. »Sag mal, Jan-Patrick, es sieht ja ganz so aus, als wäre deine Marlen …«

» … in anderen Umständen«, ergänzte der Koch und nickte grinsend. »Ja, das ist sie in der Tat. Die nächste Generation wird den *Goldenen Ritter* endlich zu dem machen, was er längst sein sollte: ein Sterne-Lokal!«

»Aber das heißt ja, sie ist schwanger!«, stieß Paul geradezu panisch aus.

»Na, sicher ist sie das«, bestätigte der Küchenchef voller Stolz. »So ist das, wenn man ein Kind erwartet.«

»Du hast mir bisher gar nichts davon erzählt«, sagte Paul, noch immer überwältigt von dieser Neuigkeit.

»Nun, es hat sich wohl nicht ergeben.«

»Aber wir sehen uns fast jeden Tag. Und wie Marlen in diesem Kleid aussieht, ist sie mindestens im elften Monat.«

»In einer Schwangerschaft gibt es nur neun Monate, mein Lieber. Außerdem wollte ich dich nicht frustrieren.«

»Was soll denn das nun wieder heißen?«, empörte sich Paul.

»Na ja«, druckste Jan-Patrick herum. »Deine Katinka ist weit weg in Berlin, und vor Ort läuft es für dich in Liebesdingen auch nicht so toll, wie man hört. Also habe ich mir gedacht, dass ich unser trautes Glück lieber für mich behalte.«

»Verräter«, entfuhr es Paul.

Jan-Patrick hob den Zeigefinger. »Keine unüberlegten Beleidigungen. Für einen Mann jenseits der vierzig wird es höchste Zeit, sich um die Zukunft zu kümmern, ob er nun aussieht wie George Clooney oder nicht. Daran solltest du vielleicht auch einmal denken.«

»Ja, ja, ja. Blabla.«

»Anstatt herumzumotzen, sollten wir mit einem Glas Schampus auf die frohe Botschaft anstoßen.«

»Champagner? Lassen Sie gleich drei Kelche kommen!«, mischte sich eine dritte Stimme ein.

»Blohfeld!«, stieß Paul überrascht aus. »Was machen Sie denn hier?«

»Wahrscheinlich das gleiche wie Sie – essen und trinken«, antwortete der hagere Neuankömmling flapsig und wandte sich an den Wirt: »Kann ich gleich bestellen? Ich hätte gern einen großen Burger mit Pommes.«

Jan-Patrick versuchte sich vor dem Polizeireporter aufzubauen, der ihn um Haupteslänge überragte: »Sie wissen genau, dass es bei mir kein Fast Food gibt, Sie Ignorant.«

»Soll ich Ihnen mal was verraten?«, fragte Blohfeld blasiert und hob seine schmale Himmelfahrtsnase ein weiteres Stück nach oben. »Bei uns zuhause gab es früher oft Spiegelei auf Brot mit gebratener Wurst dazu, eine ganz einfache Mahlzeit. Das Gleiche servieren Sie hier für teures Geld, nur ein wenig anders präsentiert. Ein Ei in einem Plastiksäckchen mit Trüffelöl und Gänseleberfett pochiert, die Wurst zu Mousse püriert und das Brot fein zerbröselt und knusprig frittiert. Und das Ganze dann für dreißig Euro. Ist es nicht so?«

Jan-Patrick lief puterrot an, bevor er sich auf dem Absatz umdrehte und davoneilte.

»Das ging schneller, als ich dachte«, sagte Blohfeld zufrieden und setzte sich neben Paul.

»Ich verstehe nicht.«

»Ganz einfach. Ich wollte mit Ihnen unter vier Augen sprechen.« Paul wusste noch immer nicht, worauf der Reporter hinaus wollte. Doch dann sprach Blohfeld endlich offen: »Es geht um den Film aus der Kamera vom Trempelmarkt.«

»Wie kommt ihr jetzt plötzlich alle auf diesen Film?«, wunderte sich Paul. »Die Sache liegt Wochen zurück. Wahrscheinlich bin ich einem makabren Scherz aufgesessen, jedenfalls habe ich nie wieder etwas von der Polizei gehört.«

Blohfeld zwinkerte ihm zu. »Aber ich.«

»Was haben Sie gehört?«, fuhr Paul auf.

»Dass die Sache recht vielversprechend ist. Da lässt sich einiges draus machen.«

»Was sollen die Anspielungen? Rücken Sie schon raus mit den Neuigkeiten. Und überhaupt: Von wem kommen Ihre Informationen denn eigentlich?«

»Ich habe meine Quellen.« Blohfeld ließ sich nicht in die Karten gucken. »Jedenfalls scheinen die Schnarchnasen im Polizeilabor endlich weitergekommen zu sein.«

»Ich bitte um Klartext.«

»Die Jungs vom Labor hatten offenbar ihre liebe Not damit, weitere Einzelheiten aus dem beschädigten Filmmaterial herauszukitzeln, und ganz fertig sind sie wohl immer noch nicht. Auch die Altersbestimmung war nicht so einfach. Schließlich haben sie das Material auf die erste Hälfte der Achtziger datiert.«

Paul fragte sich, warum er das alles von Blohfeld erfuhr und nicht von Jasmin Stahl, der er seine Entdeckung anvertraut hatte. War sie zum Schweigen verpflichtet oder war Paul ihr inzwischen so gleichgültig, dass sie sich nicht mehr bei ihm meldete? Ihr persönlicher Kontakt war in letzter Zeit ja ohnehin fast eingeschlafen. Man munkelte, sie hätte jetzt einen festen Freund ...

»Hören Sie mir überhaupt zu, Flemming?«, unterbrach Blohfeld seine Ausführungen.

»Sicher!« Paul nickte eifrig. »Erzählen Sie weiter.«

Blohfeld sah ihn missmutig an. »Na gut. Aufgrund der Hinweise, die die Fotos lieferten, ließ sich ein möglicher

Tathergang rekonstruieren. Auch das Opfer konnte mittlerweile identifiziert werden.«

»Es gab also ein echtes Opfer?«, fragte Paul erschüttert. Die bis eben noch lockere Atmosphäre war wie weggeblasen.

»Nach dem, was ich erfahren habe, ja«, bestätigte der Reporter mit ernster Miene. »Es handelt sich mit großer Wahrscheinlichkeit um ein Kapitalverbrechen aus dem Herbst 1985. Die Getötete hieß Lisa Grötsch, Küchenaushilfe, zweiundzwanzig Jahre alt. Sie wurde erschlagen.«

»Das ist ja schrecklich«, stammelte Paul ergriffen. Er ließ die Worte des Reporters auf sich wirken. Dann blickte er auf und sagte: »Vielleicht kann der Film ja dazu beitragen, den Täter zu finden? Wenn dieser kaltblütige Kerl seine eigene Bluttat fotografiert hat, führt die Kamera mit etwas Glück auf seine Spur!«

Blohfeld sah Paul an, als hätte er mit einem begriffsstutzigen Kind zu tun: »Da kommen Sie mit Ihrer großartigen Trempelmarkt-Entdeckung aber leider fast ein Vierteljahrhundert zu spät.«

»Was soll das nun wieder bedeuten?«, fragte Paul, erahnte aber bereits die Antwort.

»Der Täter wurde längst gefasst. Kurz nach der Tat. Er wurde rechtskräftig verurteilt und saß bis vor wenigen Jahren in Haft.«

»Ach so«, sagte Paul matt.

»Genau: Ach so. Außerdem war es wahrscheinlich nicht er selbst, der die Bilder gemacht hat, sondern ein Komplize.«

»Ja, aber dann könnte die Polizei doch versuchen, diesen zweiten Mann anhand der Kamera zu identifizieren«, nahm Paul einen neuen Anlauf.

»Das könnte sie versuchen. Aber es würde nicht viel bringen. Denn Fotos zu machen, gilt nicht als Beihilfe zum Mord. Die einzige Straftat, die man ihm heute noch nachweisen könnte, wäre wahrscheinlich unterlassene Hilfeleistung – und die wäre verjährt.«

Paul sah Blohfeld niedergeschlagen an und kam erneut ins Grübeln. Er hatte also einen Film entdeckt, der einen Mord dokumentierte. Der Täter war längst gefasst, die Tat also gesühnt. Im Prinzip war die Story, die sich Reporter Blohfeld ausgemalt haben mochte, damit tot. Was, fragte sich Paul, wollte er dann von ihm?

Blohfeld schien seine Gedanken zu erahnen, denn ein angedeutetes Lächeln umspielte seine Lippen, als er sagte: »Sie fragen sich bestimmt, warum ich Ihnen das alles erzählt habe.«

»Ins Schwarze getroffen.«

»Weil ich vorhabe, diese Bilder zu veröffentlichen.«

»Aber weshalb?«, fragte Paul entgeistert. »Sie haben doch selbst gesagt, die Angelegenheit ist erledigt. Verstaubte Geschichte.«

Der Reporter erhob verneinend den Zeigefinger: »Im Gegenteil! Die Leute sind ganz wild auf Kriminalgeschichte. Alte Verbrechen aufzurollen liegt absolut im Trend. Denken Sie nur an den Fall der Nitribitt. Frankfurter Edelprostituierte, 1957 mit einer Platzwunde am Kopf und Würgemalen am Hals tot in ihrer Wohnung aufgefunden. Das ist bis heute der Sex-and-Crime-Skandal schlechthin. Unsere Leser mögen solche Storys – besonders wenn es frisches Material dazu gibt.«

»Aber die arme ... – wie hieß sie noch?«

»Lisa Grötsch.«

»Ja. Die arme Lisa Grötsch war doch bestimmt keine Edelhure, die mit irgendwelchen wichtigen Politikern oder Großindustriellen ins Bett gestiegen ist, wie es bei Rosemarie Nitribitt vielleicht der Fall war.« Argwöhnisch sah er dem Reporter ins verschlagene Gesicht: »Sie wollen doch bloß die Sensationslust Ihrer Leser mit blutrünstigen Fotos anheizen, um die magere Auflage Ihres Boulevardblatts zu erhöhen.«

Blohfeld blieb gelassen, als er entgegnete: »Erstens, mein werter Flemming, leben Sie von den Fotoaufträgen dieses Boulevardblatts recht gut. Zweitens haben Sie recht. Die Polizei wird den Film voraussichtlich sehr bald in ihren Asservaten verschwinden lassen. Auf Nimmerwiedersehen. Sie könnten – als rechtmäßiger Besitzer der Kamera und des Films – auf deren Herausgabe pochen ...«

»... und sie Ihnen überlassen?«

»Genau!«

»Vergessen Sie's!« Paul war erbost über die Dreistigkeit des Reporters, den er doch eigentlich lange genug kannte, über dessen Skrupellosigkeit er sich aber immer noch wundern musste. »Ich werde ganz bestimmt nicht dabei helfen, dass Sie diese Bilder in die Hände kriegen und für Ihre Zwecke missbrauchen. Außerdem ist es ungewöhnlich blauäugig von Ihnen anzunehmen, dass die Polizei bei mir eine Ausnahme machen würde. Ich werde diesen Film mit Sicherheit nicht zurückbekommen. Warum auch?«

Blohfeld setzte einen Gesichtsausdruck auf, der die Bezeichnung Pokerface nicht zu scheuen brauchte. »Sie wären ein ziemlich mieser Profifotograf, wenn Sie die Negative nicht gescannt hätten, bevor Sie damit zur Polizei gegangen sind.«

Paul zuckte verärgert die Schultern. »Und wenn schon! Mein Entschluss steht fest: Sie bekommen dieses Material nicht!«

»Überlegen Sie es sich in aller Ruhe. – Sie wollen doch nicht die nächste Miete für Ihr schickes Loft schuldig bleiben ...«

»Erpresser!«, fauchte Paul, der Blohfelds Spielchen gründlich satt hatte.

Ein voll beladenes Tablett wurde plötzlich zwischen sie geschoben. »Meine Herren, Ihre Bestellungen«, kündigte Jan-Patrick förmlich an. Mit den Worten »Eine Kleinigkeit für dich« servierte er Paul ein köstlich duftendes Kürbisküchlein. Und mit der brummigen Bemerkung »Steak Hasché an Pommes de Terres für Sie« bekam Blohfeld einen riesigen, saftigen Burger aufgetischt, der mit knusprigen Kartoffelecken und diversen Soßen garniert war. »Und dazu drei Kelche vom besten Champagner des Hauses.«

Blohfeld sah den Küchenchef überrascht an. Eins zu null für Jan-Patrick, feixte Paul im Stillen. Doch dann setzte der Reporter ein breites Grinsen auf, schob den Teller beiseite und sagte: »Ich hab's mir überlegt und hätte doch lieber etwas Saisonales. Haben Sie Waldpilze auf Ihrer Karte?« Gleichstand, dachte Paul.

Als Paul nach Hause ging, musste er noch einmal über Blohfelds unseriöses Ansinnen und die zweifelhaften Pläne zur Veröffentlichung der Mordfotos nachdenken. Waren die Leser seiner Zeitung wirklich so abgestumpft, dass sie sich nur mit dem Unglück anderer Leute ködern ließen? Wahrscheinlich ja, räumte Paul im Stillen ein. Bei ruhiger Überlegung musste er sich eingestehen, dass auch er gern mehr über diese Bluttat aus den achtziger Jahren erfahren wollte. Vor allem interessierte er sich dafür, was für ein Mensch der Täter war. Dieser Mann hatte seine Strafe abgesessen und lebte nun wieder unter ihnen, wahrscheinlich irgendwo in Nürnberg. Ob er oft an das brutale Verbrechen von damals dachte?, fragte sich Paul. Oder ob er inzwischen ganz damit abgeschlossen hatte und ein anderer Mensch geworden war?

Spontan kam Paul eine Idee – es war ein unvernünftiger Einfall, das wusste er nur zu gut. Unsinnig, und er konnte sich dabei eigentlich nur die Finger verbrennen. Dennoch wurde er den Gedanken nicht mehr los ...

2

Der Tag, auf den Paul so lange gewartet hatte, hätte ihn mit Euphorie erfüllen sollen. Doch alles, was er empfand, war eine wirre Mischung aus Unsicherheit, vorsichtiger Neugier und – warum sollte er es leugnen? – sexueller Erwartung.

Seit ihrer Abfahrt in Berlin bewunderte er verstohlen die Schönheit seiner Begleiterin. Schön? Wenn er es einen Moment lang schaffte, sie neutral und nicht im Licht seiner Gefühle zu betrachten, musste er ihr eine taufrische Makellosigkeit wohl absprechen. Sie war – genau wie er – nicht jünger geworden. Das Haar war noch immer lang und blond, suggerierte Jugend. Auch ihre Gesichtszüge waren nach wie vor freundlich, jedoch scharf gezeichnet. Die Fältchen um ihre wasserblauen Augen verrieten Reife. Reife und Enttäuschung, dachte Paul. Es lag etwas Verletzliches in diesem Blick.

Die Grenze zwischen Thüringen und Bayern hatten sie hinter sich gelassen. Der Zug rumpelte durch eine Baustelle. Ein geöffneter Aktenordner, in dessen Inhalt Katinka bis eben vertieft gewesen war, fiel zu Boden; Paul beeilte sich, ihn aufzuheben.

»Danke«, sagte sie und schenkte ihm endlich das ersehnte Lächeln. »Danke auch dafür, dass du mich in Berlin abgeholt hast.«

Paul spürte, wie er errötete. Eine seltene Erfahrung. »Das war doch selbstverständlich. Die weite Fahrt in meinem klapprigen Renault wollte ich dir nicht zumuten. Und deinen Mini hat Hannah ja schon letzte Woche nach Nürnberg gebracht. Jedenfalls freue ich mich sehr, dass du zurückkehrst.«

Katinka Blohm hob die Brauen. »Wirklich?«

»Natürlich!«, beteuerte Paul und griff spontan nach ihrer Hand.

»Hannah meint aber ...«

»Was deine Tochter darüber denkt, ist mir im Moment ziemlich egal«, stellte Paul fest. »Was zählt, ist einzig und allein die Tatsache, dass du heimkommst und wir eine neue Chance erhalten.«

»Keine übereilten Hoffnungen«, sagte Katinka in festem Ton und schob Pauls Hand beiseite. »Ich habe Berlin nicht dir zuliebe verlassen, sondern der Karriere wegen.«

»Ja«, sagte Paul zerknautscht. »Dein Ruf zur Leitenden Oberstaatsanwältin. Die jüngste in ganz Bayern.«

»In ganz Süddeutschland«, verbesserte ihn Katinka.

»Meinetwegen auch das. – Aber ein bisschen habe ich gehofft, dass ich auch zu deiner Entscheidung beigetragen hätte, der Hauptstadt den Rücken zu kehren.«

Katinka lächelte ihn an. »Vielleicht ein kleines bisschen.«

»Das hört sich an, als bekäme ich Bewährung«, schmeichelte sich Paul ein.

Katinka sah ihn seltsam melancholisch an. »Ja, Bewährung ... Aber verspiel sie nicht gleich wieder.«

»Du meinst, indem ich mit Freunden aus meiner peinlichen Halbwelt herumhänge und mich meines fortgeschrittenen Alters unwürdig verhalte? Indem ich mich der Norm entziehe und einfach tue, wonach mir der Sinn steht?«, stichelte Paul.

Katinka stieg auf den scherzhaften Ton nicht ein. »Deine Freunde sind weder peinlich, noch entspringen sie irgendeiner Halbwelt.« Sie sah ihn intensiv an: »Aber wenn aus einer dieser Freundschaften Liebe wird, will ich nicht länger beteiligt sein.«

Daher wehte also der Wind! »Was hat dir Hannah denn so alles erzählt?«, fragte Paul kleinlaut.

»Nichts. Hannah ist dir gegenüber immer sehr loyal. Aber ich verfüge über den berühmten weiblichen Instinkt.«

»Soso. Und was sagt dir der Instinkt?«

»Dass ich nicht möchte, dass du dich weiter mit dieser Kommissarin triffst – Jasmin Stahl.«

»Eifersüchtig?«

»Hätte ich einen Grund dazu?«

Paul konnte in diesem Gespräch nur verlieren. Er lenkte Katinkas Aufmerksamkeit daher auf einige alte Zeitungsberichte, die er in den letzten Tagen kopiert und in einer Mappe zusammengestellt hatte.

Katinka ließ sich darauf ein und sah sich die Texte an. »Ach ja, davon habe ich gehört«, sagte sie, als sie aus der Lektüre wieder auftauchte. »Eine Schwurgerichtssache. Mitte der achtziger Jahre. – Stimmt es, dass du durch Zufall auf Fotos von der Tat gestoßen bist?« Paul bestätigte das und berichtete Katinka auch gleich alle Einzelheiten, die er bisher über den Fall in Erfahrung gebracht hatte. Katinka hörte ihm geduldig zu. Als Paul geendet hatte, brachte sie ihm behutsam bei, dass er sich mit der Abgabe des Films und der Kamera an die Polizei zwar korrekt verhalten hatte, aber die seit mehr als fünfundzwanzig Jahren geschlossene Akte deshalb noch lange nicht wieder geöffnet werden müsste.

Paul stimmte ihr zunächst zu. Doch dann zog er einen Trumpf aus dem Ärmel, den er sich für den richtigen Moment aufgehoben hatte: »Ich habe mit ihm gesprochen«, sagte er und spürte, wie sein Herz schneller schlug.

»Mit wem hast du gesprochen?«, fragte Katinka und sah ihn ahnungslos an.

»Mit dem Täter«, eröffnete Paul und war sich der Tragweite seiner Worte wohl bewusst.

»Du hast was?« Katinka lehnte sich in ihrem Sitz nach vorn. Der leichte Schleier, der meistens über ihren Augen lag und ihrem Ausdruck etwas Mildes, Sanftes verlieh, riss wie eine Wolkendecke auf und offenbarte ein klares, forderndes Blau.

»Ich habe mich mit Konrad Kleinschmidt getroffen«, erklärte Paul weniger selbstbewusst, als er es vorgehabt hatte. »Die Bilder hatten mir keine Ruhe gelassen, und da dachte ich ...«

»Bist du von Sinnen?«, brauste Katinka auf. »Wie kommst du auf die abstruse Idee, dich mit einem Straftäter einzulassen?«

»Mit einem ehemaligen Straftäter«, korrigierte Paul und dachte an seine seltsame Begegnung mit Konrad Kleinschmidt zurück. Er war zu dessen Wohnung in einem Mehrfamilienhaus im Stadtteil Steinbühl gefahren, nachdem es nicht schwer gewesen war, Kleinschmidts Adresse herauszufinden. Den vollständigen Namen hatte Paul in den alten Zeitungsartikeln gefunden, und die Anschrift stand im Telefonbuch. Es war so einfach gewesen, dass Paul bei seinem ersten Anlauf, Kleinschmidt zu besuchen, kalte Füße bekam und kurz vor dem Ziel kehrtmachte. Warum, fragte er sich plötzlich, lebte Kleinschmidt so ungeniert öffentlich in der Stadt, in der er zum Mörder geworden war? Warum versteckte er sich nicht, kürzte seinen Namen ab oder ließ zumindest die Straßenangabe aus dem Telefonbuch streichen? Doch wohl nur, weil er für seine Tat gebüßt und sie bereut hatte und deshalb das Recht in Anspruch nahm, als ganz normaler Bürger in sein Leben zurückzukehren und mit der Vergangenheit abzuschließen. Nein, bei seinem ersten Anlauf konnte Paul sich nicht dazu überwinden, Kleinschmidt noch einmal wegen der Tat zu behelligen.

»Ich habe mich schlau gemacht über ihn. Er ist wegen Mordes zu lebenslanger Freiheitsstrafe verurteilt worden und wurde wegen guter Führung schon fünf Jahre vor Ablauf der Haftdauer entlassen«, versuchte er Katinka verständlich zu machen, warum er die Kontaktaufnahme mit Kleinschmidt gewagt hatte.

»Ja, ja, ich weiß. Nach fünfzehn Jahren konnte er nach Paragraf 57a die Aussetzung des Strafrestes bei lebenslanger Freiheitsstrafe zur Bewährung beantragen, da keine besondere Schwere der Schuld nachgewiesen werden konnte.« Sie sah ihn finster an: »Aber das ist noch lange kein Grund, sich mit einem Mörder zu treffen.«

»Ich stehe zu dem, was ich getan habe«, entgegnete Paul und achtete darauf, sachlich zu bleiben. Er dachte an seinen zweiten, ebenfalls gescheiterten Versuch, Kleinschmidt zu treffen. Dieses Mal hatte er sogar schon vor der Tür gestanden, den Finger dicht am Klingelknopf. Aber dann kamen ihm düstere Dinge in den Sinn. Er stand in dem kalten, nüchternen Flur des Mietshauses, roch die Mischung aus Küchendunst, Zigarettenrauch und Reinigungsmitteln – und dachte an die Abgründe der menschlichen Seele. Plötzlich formte sich in seinem Kopf ein Bild des ihm noch unbekannten Kleinschmidt – ein Monstrum in Menschengestalt. Der Mann, den er sprechen wollte, hatte eine junge Frau vorsätzlich umgebracht. Das war lange her, änderte aber nichts an der Tatsache, dass er es getan hatte. Paul war sich in diesem Moment nicht mehr sicher gewesen, ob er diesem Mann, der sich zum Herrn über Leben und Tod aufgeschwungen hatte, wirklich ins Gesicht sehen wollte. Denn dazu waren die schrecklichen Aufnahmen noch zu präsent. Für Paul lag das Verbrechen kein Vierteljahrhundert zurück, sondern nur wenige Wochen – für ihn war es an dem Abend geschehen, als er die Bilder entwickelt hatte. Die Weisheit, dass die Zeit alle Wunden heilt, verlor angesichts einer simplen Fotografie jede Bedeutung, dachte Paul. »Dieses Treffen hat mich einiges an Überwindung gekostet«, gestand er Katinka, »aber es hat mich beruhigt. Durch das Sichten der alten Fotos bin ich irgendwie Zeuge der Tat geworden, und nun kenne ich einen Beteiligten.«

»Das würde mich eher beunruhigen«, meinte Katinka.

Paul sah sie nachdenklich an. Kleinschmidt hatte Paul bei seinem dritten Versuch, ihn aufzusuchen, die Entscheidung abgenommen. Denn als Paul wieder vor der Tür stand und zauderte, kam Kleinschmidt gerade vom Einkaufen zurück. Ein ganz unauffälliger Mann, nicht besonders groß, das Haar schon schütter und grau, der Ausdruck seines Gesichts freundlich-interessiert. Kleinschmidt hatte sich erkundigt, nach wem Paul denn suche. Beim unerwartet sanften Klang dieser Stimme konnte sich Paul aus seiner inneren Erstarrung lösen und sein Anliegen vorbringen. Kleinschmidt hörte ihm zu, dachte nach und ließ sich Zeit dabei. Schließlich bat er Paul in seine Wohnung.

»Was würdest du dazu sagen, wenn dieser Mörder sich als ein sehr netter, zuvorkommender Senior erwiesen hätte, der noch dazu fest von seiner Unschuld überzeugt ist?«, konfrontierte Paul Katinka mit seinen Erkenntnissen.

»Was?« Katinka wirkte verstört. »Er hält sich für unschuldig?«

Ja, dachte Paul, genauso verwirrt wie jetzt Katinka hatte wohl auch er gewirkt. Denn Kleinschmidt hatte, kaum dass er von Pauls Entdeckung auf dem Trempelmarkt erfahren hatte, mit Händen und Füßen angefangen zu reden. Wie ein Wasserfall sprudelten die Worte aus ihm heraus. Unschuldig sei er gewesen! Nein, keinesfalls hätte er diesem armen Mädchen etwas angetan! Seine Versuche, nachzuhaken und gezielte Fragen zu stellen, gab Paul schnell auf. Denn Kleinschmidt schien in einen Monolog verfallen zu sein, den er in all den Jahren im Gefängnis immer und immer wieder geprobt hatte. Er sei es nicht gewesen damals – und Pauls Film müsse dies doch eindeutig beweisen! Dass der Film rein gar nichts bewies – weder in die eine noch in die andere Richtung –, konnte Paul dem alten Herrn nicht begreiflich machen. Kleinschmidt beteuerte wieder und wieder seine Unschuld, konnte Paul aber nicht einen einzigen stichhaltigen Beweis dafür nennen.

»Das Urteil beruhte auf knallharten Fakten«, erinnerte ihn Katinka. »Du hast dich von dem Mann täuschen und einwickeln lassen.«

»Du glaubst wohl nicht an die Rehabilitation eines Menschen, was?«, fragte Paul eine Spur zu forsch.

Katinka kniff die Augen zusammen. »Natürlich tue ich das. Das gehört zu unserem Rechtssystem und damit zu meinem Job. Aber es sind zwei Paar Schuhe, ob jemand nach seiner

Haftstrafe rehabilitiert ist oder ob er selbst danach noch die eigene Schuld leugnet. Außerdem vertrete ich als Staatsanwältin grundsätzlich die Seite des Opfers – und in diesem niederträchtigen und heimtückischen Fall ...«

Ein helles Klingeln unterbrach ihre Konversation. Paul blickte sich um. »Ach, der Imbissverkäufer kommt.« Klappernd hielt ein schmaler Wagen mit Erfrischungen und Snacks vor ihrem Abteil. »Hast du Appetit?«

Katinka zupfte die kurze schwarze Lederjacke zurecht, die sie über ihrem weißen Kaschmirpullover trug. »Mm, ein Kaffee wäre nicht schlecht.«

»Hallo!« Paul schob die Abteiltür auf und winkte den Servicemann heran. »Für uns bitte zwei Kaffee!«

Katinka zog ein winziges Portemonnaie aus ihrer Jackentasche. »Meinen zahle ich aber selbst.«

»Nein, das geht auf meine Rechnung. Nimm es als Anzahlung.« Auf ihren fragenden Blick hin ergänzte Paul: »Ich werde bei meinem Hang zu kriminellen Geschichten auch weiterhin ab und zu den Rat einer erfahrenen Juristin benötigen.« Er versuchte ein gewinnendes Lächeln.

Katinka griff das Lächeln auf und ließ ihre Geldbörse wieder in der Jacke verschwinden. »Also gut. Erzähl mir mehr von deinem Treffen mit Herrn Kleinschmidt.« Sie öffnete das Zuckertütchen und ließ die Kristalle in den Kaffee rieseln. »Hat er dir wirklich einen glaubwürdigen Eindruck gemacht? Ich meine, wer so viele Jahre hinter Gittern verbringt, kann sich die eigene Unschuld auch einreden.«

Paul winkte ab. »Moment, Moment. Ich habe dich eingeladen, im Gegenzug bist du mit Erzählen dran. Wie lief denn dein, äh ... Job in Berlin?« Er brannte darauf, etwas aus ihrem Leben zu erfahren. Was hatte sie während der letzten Monate dort getrieben? Hatte sie wirklich rund um die Uhr gearbeitet, wie sie es bei ihren seltenen Telefonaten gern suggeriert hatte? Oder war da womöglich doch etwas mit diesem unverschämt gutaussehenden Staatssekretär gelaufen, über den Paul einige höchst alarmierende Gerüchte gehört hatte? Paul war klar, dass er das Gespräch nur schwer wieder auf diese persönliche Schiene umlenken konnte. Also wartete er zunächst geduldig ab, was sie über ihren Berufsalltag berichten würde.

In Katinkas immer noch aufmerksamen, klaren Augen blitzte es kurz auf, als hätte sie Pauls wahre Gedanken erraten. In höchst sachlichem Ton setzte sie dann jedoch an: »Ich konnte mich über einen Mangel an interessanten Fällen nicht beklagen.« Sie nahm einen Schluck aus dem Kaffeebecher. »Im Ministerium gab es etliche administrative Aufgaben zu erledigen. Aber ich habe nie den Draht zur Praxis verloren und sehr genau einige der jeweils aktuellen Verfahren verfolgt, vor allem die mit hohem öffentlichen Interesse. Viele politisch relevante Themen waren darunter, etwa wenn sich ein Minister mit einem Verkehrspolizisten angelegt hat. Aber ich habe mir auch einige Eheverfahren angesehen, Scheidungsrecht.« Sie sah ihn merkwürdig angriffslustig an: »Du ahnst gar nicht, wie aufregend es sein kann, in anderer Leute schmutziger Wäsche zu wühlen.«

Paul horchte auf. Was war denn das für ein neuer Charakterzug? War Katinka zur Zynikerin geworden oder reizte sie das Schnüffeln in fremder Leute Unglück tatsächlich? Er nickte interessiert, sagte aber nichts.

»Man mag es kaum glauben, was sich Menschen antun können, die früher einmal ineinander verliebt waren.« Der Satz fiel für Pauls Geschmack ziemlich pessimistisch aus. Sah sie ihrer beider Zukunft etwa auch so düster? »Da werden Männer, die einmal alle Schwüre dieser Welt gelobt haben, zu knallharten Abzockern. Von der Romantik, die sie so hoch halten wollten, bleibt keine Spur.« Sie griff wieder nach dem Kaffeebecher. »Ich glaube, es gibt keine erbitterteren Feinde als Menschen, die sich sehr geliebt haben.«

Das hast du schon einmal gesagt, dachte sich Paul. Zweimal ist verdächtig. Gern hätte er Katinka gefragt, ob sie ihn tief in ihrem Herzen bereits abgeschrieben hatte. Doch er schluckte seinen Kummer hinunter und erkundigte sich so belanglos wie möglich: »Und sonst? Außer Scheidungsrecht? Hast du nicht noch ein paar interessante Geschichten aus dem Ministerium mitgebracht?«

Katinka neigte den Kopf. »Mein lieber Paul«, sagte sie dann lächelnd. »Wenn es einen Grund gibt, warum ich die neue Stelle in Nürnberg angenommen habe, dann ist es ...«

»... die Chance auf einen weiteren Karrieresprung«, vollendete Paul den Satz.

»Jein. Es ist die einfache Erkenntnis, dass ich nicht für die Politik geschaffen bin. Ich habe in den letzten Monaten einen allzu guten Einblick bekommen in die Skrupellosigkeit und die Bereitschaft zur Verleugnung der eigenen Ideale, die man mitbringen muss, um auf politischer Ebene voranzukommen.« Sie strich sich eine Strähne ihres langen blonden Haares von der Schulter. »Ich glaube schon, dass ich die nötigen *Qualitäten* dafür hätte, ein Machtmensch zu sein und es mit den Alphatieren im Ministerium aufzunehmen – natürlich fast alles Männer. – Aber *will* ich das wirklich? Finde ich darin meine Erfüllung?«

»Ich weiß nicht«, gab Paul etwas ratlos zurück. »Vielleicht muss man einfach ein – verzeih – Egoist sein, um sich dort behaupten zu können. Vor allem, wenn man eine ...« Er biss sich auf die Zunge.

»Wenn man eine Frau ist?«, fragte Katinka und wirkte verletzt. »Ist es das, was du fragen wolltest?« Sie lachte angespannt. »Da wüsste ich zumindest eine, die es in der Politik bis ganz nach oben geschafft hat, und die setzt nicht ausschließlich auf Egoismus.« Sie trank mit einem letzten großen Schluck den Becher leer. »Wie auch immer – ich sehne mich nach ein paar handfesten, puritanisch klaren Fällen. Dein Kleinschmidt kommt mir eigentlich gerade recht. Wie ist euer seltsames Treffen denn ausgegangen?«

»Mit seiner Bitte um Hilfe«, antwortete Paul.

»Wie stellt er sich diese Hilfe vor?«

»Kleinschmidt möchte seinen guten Leumund wieder herstellen«, sagte Paul und wusste selbst, dass das ziemlich abwegig klang. »Er möchte anhand der Fotos erreichen, dass er in Revision gehen kann – dass seine Unschuld bewiesen wird.«

»Niedlich«, entfuhr es Katinka. »Erklär mir mal, warum jemand vor Gericht ziehen will, der seine Strafe bereits verbüßt hat? Für eine Revision ist das doch viel zu spät. Höchstens als Wiederaufnahmeverfahren käme so etwas in Frage. Aber auch nur, wenn neue Beweise vorliegen.«

»Im Prinzip gibt es da nicht viel zu erklären. Kleinschmidt hat die Tat stets bestritten ...«

»... ist damals aber rechtskräftig verurteilt worden«, betonte Katinka noch einmal.

Paul nickte. »Und er hat seine Strafe abgesessen.«

»Warum will er das ganze Drama also noch einmal durchstehen?« Katinka brannte sichtlich darauf, mehr über Kleinschmidts Beweggründe zu erfahren.

»Weil er eines Tages – so sentimental das klingen mag – mit einer weißen Weste vor seinen Schöpfer treten möchte. Eine Sache der Ehre.«

Katinka stutzte. »Er denkt ans Sterben? Ist er krank?«

»Krank nicht«, erklärte Paul »aber einfach nicht mehr der Jüngste. Er möchte die Schmach nicht mit ins Grab nehmen. Das ist alles.«

Katinka zerknautschte den Kaffeebecher und drückte ihn ins schmale Abfallfach unterhalb des Fensters. »Das begreife ich trotzdem nicht. Wie kann ein Mann in seinem Alter diese ganze anstrengende Prozedur ein zweites Mal auf sich nehmen wollen? Davon abgesehen: Auf welche gesetzestextlichen Grundlagen will er sich denn berufen, damit sein Fall ein weiteres Mal aufgerollt wird?«

Paul setzte zu einer Antwort an, doch so genau hatte er darüber bisher selbst nicht nachgedacht. »Er ... also, ich meine ...«

»Falsche Antwort«, rüffelte ihn Katinka. »Du müsstest in etwa Folgendes sagen, um einen Untersuchungsrichter zu überzeugen.« Sie räusperte sich: »Beim Einsehen der Akten habe ich einige Unstimmigkeiten bemerkt. Genug jedenfalls, um ein Wiederaufnahmeverfahren zu betreiben.« Auf ihrer Stirn bildeten sich feine Falten, die ihrem Ausdruck zusätzlicher Seriosität verliehen. »Ich denke da insbesondere an Paragraf 359 der Strafprozessordnung, wenn sich im Verfahren Urkunden oder Beweisstücke, die zu Ungunsten des Angeklagten vorgebracht wurden, als verfälscht herausstellen oder wenn ein Zeuge oder Sachverständiger sich einer eidlichen oder uneidlichen Falschaussage schuldig gemacht hat. – In dieser Richtung lässt sich sicher etwas bewegen. Denn da ist meistens noch Luft drin.« Sie hatte sich warm geredet. »Der stärkste Ansatz aber liegt in der Folgerung, die die Fotos nahe legen, nämlich dass Kleinschmidt entgegen früherer Annahmen kein Einzeltäter war. Denn der unbekannte Fotograf war ja dabei, als die Tat geschah! Das wirft ein völlig anderes Licht auf die Sache. Dieser Zeuge – oder Mittäter – könnte neue, wesentliche Informationen liefern, die dem Schwurgericht seinerzeit nicht vorlagen.«

Paul fragte sich, ob ihn Katinka auf den Arm nehmen wollte. Sie hatte doch nicht wirklich vor, ihm zu helfen? Denn das wäre ja eigentlich keine Angelegenheit für die neue Leitende Oberstaatsanwältin von Nürnberg. Eine Sache weit unter ihrem Niveau. – Es sei denn, sie hatte es auf Publicity abgesehen. Schlagzeilenträchtig war diese Geschichte ohne Frage. Allmählich dämmerte es Paul, warum Katinka den erstbesten Fall so bereitwillig aufgriff: Sie brauchte einen gebührenden Einstand in Nürnberg. Und Paul hatte ihr ihn auf dem Silbertablett geliefert. Na bravo. Er beschloss, ihr gegenüber ab sofort etwas zurückhaltender zu sein. Und er wollte sie auf die Probe stellen: »Glaubst du dem Mann?«

»Eine ehrliche Antwort?«, vergewisserte sie sich.

Paul sah sie aufmerksam an. »Selbstverständlich«, sagte er.

»Als Vertreterin von Recht und Gesetz glaube ich ihm. Natürlich. Denn es gilt der Unschuldsgrundsatz, der bei Vorliegen neuer Beweise auch hier angewendet werden müsste.« Paul ließ sich in seinem Sitz zurücksinken. Also doch! »Aber als Staatsanwältin und somit als Anklägerin, auch als Privatmensch und hier insbesondere als Frau ...« Er beugte sich augenblicklich wieder vor. Was denn nun?, fragte er sich. »Kurz und gut, ich würde dem Mann kein Wort glauben.« Der Satz stand glasklar im Raum. Eine deutliche Aussage, die belegte, dass Katinka noch die Alte war, skeptisch und schwer zu überzeugen. Gleichwohl war Paul ziemlich verwirrt. Die Qualität seiner Beziehung zu Katinka, ihre Position zum Fall Kleinschmidt ... das alles auf die Schnelle mit seinen eigenen Vorstellungen unter einen Hut zu bringen, war unmöglich. Einem unbewussten Impuls folgend, rückte er noch näher an sie heran und studierte ihr Gesicht. Auch sie näherte sich ihm, bis die Distanz zwischen ihnen nur noch minimal war. Beide sahen sich einen Moment lang wortlos an.

Dann trauten sie sich endlich, sich zu küssen. Lang und anhaltend, warm und feucht. Keine zehn Minuten von ihrem Ziel entfernt vergaßen sie die anderen Fahrgäste im Waggon und den Rest der Welt.

Der Zug wurde langsamer. Nürnberg Hauptbahnhof. »Bring mir morgen die Bilder vorbei«, hauchte Katinka, als sich ihre Lippen voneinander lösten.

»Ich habe sie schon der Polizei ...«

»Ein USB-Stick mit den Kopien würde mir fürs erste reichen«, konkretisierte Katinka, bevor sie ihre Arme wieder um Pauls Hals legte. »Und jetzt haben wir genug geredet.«

»... genug geredet.« Paul schwebte auf Wolke sieben. Ein kaum mehr gekanntes Gefühl hatte ihn in einen Zustand höchster Glückseligkeit versetzt. Paul war nicht mehr länger in den Vierzigern, sondern wieder ein Teenager. Wie berauscht fühlte er sich, als er mit Katinka den Zug verließ, ihren Geschmack auf seinen Lippen, ihren Duft in seiner Nase. Er nahm kaum etwas wahr vom Getümmel auf dem Bahnsteig. In seiner Vorstellung hatten sie den Bahnhof längst verlassen, waren in die Straßenbahn gestiegen oder in ein Taxi und hatten sich nach Hause chauffieren lassen, in sein Atelier am Weinmarkt. Eine leidenschaftliche Liebesnacht schwebte Paul vor. Endlich alles nachholen! Wieder vereint sein! Die Sehnsucht stillen! Nähe, Geborgenheit – Liebe ...

»Wusste ich doch, dass Sie auf Gleis 9 ankommen«, begrüßte ihn Blohfeld mit einem kräftigen Klaps auf die Schulter. »Wir haben zu reden.«

Unwillig trennte sich Paul von Katinka, als er die junge Begleiterin des Journalisten im dämmrigen Licht erkannte: Es war Hannah.

»Hallo, Mama!« Hannah umarmte Katinka. »Schön, dass du wieder da bist.« Dann wandte sie sich Paul zu und zischte: »Ab jetzt sind wir per Du.«

»Weshalb?«, fragte er, verwirrt, warum diese längst überfällige Abmachung ausgerechnet jetzt erfolgen sollte.

»Weil du mit meiner Mutter rumknutschst! – Ich habe euch durchs Zugfenster gesehen.«

Paul wollte protestieren. Nicht gegen die aufgezwungene Brüderschaft, sondern gegen den Überfall am Bahnhof. Doch Blohfeld setzte sogleich sein geschäftsmäßiges Gesicht auf und kündigte einen neuen Auftrag an: »Schmusen können Sie später noch genug.« Er wartete, bis sich Katinka und Hannah entfernt hatten. »Aber Geld verdienen müssen Sie hier und jetzt.«

»Es gibt Momente, in denen Geld nicht ganz so weit oben auf der Prioritätenliste steht«, erhob Paul einen müden Protest.

»Aber in diesem Fall kommt Lokalpatriotismus dazu!«, ergänzte Blohfeld. »Heute Abend geht der Adler auf große Fahrt! Da kommen Sie und Ihre Fotoausrüstung gerade recht.«

»Der Adler?«, fragte Paul leicht genervt. »Der fährt doch alle naslang. Hätten Sie da nicht jemanden anderen fragen können?« Paul wusste durchaus um die Bedeutung der ersten deutschen Eisenbahn. 1835 war der Zug der königlich privilegierten Ludwigs-Eisenbahn von Nürnberg nach Fürth gedampft und hatte ein neues Zeitalter eingeläutet. Aber diese Schülerweisheit lockte doch niemanden mehr hinter dem Ofen hervor. »Das ist ein Routinejob, den jeder erledigen kann.«

»Nein!«, kam es entschieden zurück. »Es ist eine Jubiläumsfahrt des instandgesetzten Adler-Nachbaus. Sie wissen ja, der Zug wurde schwer beschädigt und ist erst seit einiger Zeit wieder unterwegs.«

Unter diesem Aspekt zumindest war es interessant, dachte Paul, da hatte Blohfeld recht. Das Original war seinerzeit von den Briten geliefert worden, die zur Zeit der industriellen Revolution allen anderen weit voraus gewesen waren. Wenn Paul es recht in Erinnerung hatte, handelte es sich bei dem Hersteller um eine Firma aus Newcastle. Nach dem Verlust des Originals wurde später ein originalgetreuer Nachbau angefertigt, nicht zuletzt unter Mithilfe des Nürnberger Traditionsunternehmens *Schillinger & Söhne*. Aber auch das Replikat wurde fast vollständig zerstört, als im Jahr 2005 eine Feuersbrunst in einem Außendepot des Nürnberger Verkehrsmuseums wütete. »Ich bin zwar müde«, sagte Paul wahrheitsgemäß, »aber ich werde Ihre Fotos schießen.«

Blohfeld stellte sich ihm in den Weg. »Nehmen Sie Ihre Aufgabe nicht zu leicht. Es geht hier um ein Stück Stadtgeschichte. Selbst wenn heute bloß noch eine Replik auf den Schienen steht, fördert sie das Bewusstsein für die Region.« Er grinste selbstgefällig. »Auf den Idealismus kommt es an. Tun Sie Ihrer Heimat einen Gefallen und fertigen Sie ein paar prächtige Fotos mit volkstümlichem Pathos – und anschließend kümmern wir uns wieder um Ihren mordenden Fotosünder.«

»Nein danke«, sagte Paul und schob sich an dem Reporter vorbei. »Mir langt's dann für heute.«

3

Mit wachsender Beklommenheit schritt Paul durch die weiten Flure des Oberlandesgerichts. Er fühlte sich unsicherer als bei seinen letzten Besuchen an diesem Ort, die schon eine ganze Weile zurücklagen. Das Gefühl, dass von den Bildern an den hohen Wänden und den imponierenden Büsten berühmter Juristen und Rechtsgelehrter Jahrhunderte auf ihn herabblickten, bedrückte ihn.

Sein Ziel lag im dritten Stockwerk. Als Paul die letzten Stufen genommen hatte, blickte er in einen schier endlosen Flur. Der Gang war mit einem weinroten Teppich ausgelegt. Schneeweiße Säulen trugen die Decke. Paul ging weiter, zu beiden Seiten schwere dunkle Holztüren. Welche Zimmernummer hatte Katinkas neues Domizil doch gleich? Er kramte hektisch nach seinem Spickzettel.

Er klopfte an, wartete kurz und trat ein, nachdem sich nichts regte. Katinkas Büro stand in krassem Widerspruch zur herrschaftlichen Würde des Justizpalastes und ihres Amtes als Oberstaatsanwältin. Groß war es zwar, aber ebenso kahl. Hohe weiße Wände, kaum Mobiliar. Lag das an Katinkas Hang zur Sachlichkeit oder ganz einfach daran, dass sie noch keine Zeit gehabt hatte, sich einzurichten? Ein Räuspern ließ Paul herumfahren. »Oh, Entschuldigung ...«, setzte er an.

»Darf ich fragen, was du in meinem Büro zu suchen hast?« Katinka kam aus dem noch unbesetzten Vorzimmer.

Paul nestelte umständlich das Papier von dem kleinen Sträußchen, das er mitgebracht hatte. »Bitte sehr! Ich habe hier zwar noch keine Vase entdeckt, aber ein paar Blumen fürs neue Büro müssen schon sein.« Paul fasste in seine Jackentasche. »Und hier ist auch gleich der USB-Stick, um den du mich gebeten hast.«

Katinkas eben noch angespannter Blick hellte sich auf. Lächelnd kam sie auf ihn zu, nahm ihm den Strauß und den

Speicherstick ab und küsste ihn auf die Wange. »Das ist wirklich nett von dir, Paul.« Dann sah sie auf ihre Armbanduhr und ihre Miene wurde wieder ernst. »Sorry, du, aber wenn du vorhattest, mich in die Mittagspause zu entführen, muss ich dich enttäuschen. Ich habe leider überhaupt keine Zeit.«

Paul trat neben den Schreibtisch, auf dem ihr Handy mit Terminkalenderfunktion lag. »Dann schau doch mal nach, ob du diese Woche noch eine Zeitlücke für einen alten Verehrer ausfindig machen kannst«, schlug er im charmantesten Ton vor, den er zustande brachte.

»Also gut«, sagte Katinka nach kurzem Zögern. »Nach so langer Zeit in der Großstadt habe ich Sehnsucht nach dem Land! Lass uns einen Ausflug in die Fränkische Schweiz machen! Ich sage dir noch, wann und wo wir uns treffen.« Mit diesen Worten schob sie ihn sanft, aber nachdrücklich in Richtung Tür. »Ich werde mir wohl schleunigst eine Sekretärin zulegen müssen«, sagte sie augenzwinkernd zum Abschied.

»Damit nicht jeder dahergelaufene Blumenbote hier hereinspazieren kann?«

»Wenn du es so interpretierst, ja.«

4

Die Fahrt im Bummelzug vom Nordostbahnhof in die Fränkische Schweiz dauerte eine Ewigkeit. Paul bereute es zwischendurch, sich überhaupt auf die Verabredung mit Katinka eingelassen zu haben. Hätten sie sich nicht auch einfach und bequem in Nürnberg treffen können? Zum Beispiel zu einem Spaziergang im Stadtpark oder auf der Wöhrder Wiese? Die Zeit wollte einfach nicht vergehen. Er musste mit der Gräfenbergbahn fahren, weil sein Renault heute streikte. Wahrscheinlich lag es an der Batterie, die er nach Meinung der Kfz-Werkstatt schon vor Jahren hätte austauschen sollen.

Während das sanfte Schaukeln des Zuges ihn beinahe einschläferte, dachte Paul darüber nach, was er eigentlich von dem Treffen erwartete. Wollte er die Gelegenheit nutzen und Katinka darum bitten, die Beziehung mit ihm dauerhaft wieder aufzunehmen? Die Uhr zurückzudrehen auf die Zeit vor Berlin? Eine törichte Vorstellung, schalt Paul sich selbst. Inzwischen war viel zu viel geschehen, sowohl in ihrem wie in seinem Leben. Wenn, dann musste es nun um einen echten Neuanfang gehen. Um einen ehrlichen Versuch, sich wiederzufinden und es noch einmal vorbehaltlos miteinander zu versuchen.

Katinkas herzliches Lächeln ließ Paul all seine Bedenken schlagartig vergessen. Sie stand wenige Meter vor ihm, als er aus dem Zug stieg. Ihr Haar trug sie zurückgekämmt und sportlich zum Pferdeschwanz gebunden, sie war zünftig gekleidet, und ihre Wanderschuhe ließen erahnen, dass sie viel vorhatte. »Schön, dass es trotz deiner Panne geklappt hat«, begrüßte sie ihn. »Wenn ich nicht wegen dieses Termins aus der entgegengesetzten Richtung gekommen wäre, hätte ich dich ja gern mitgenommen.«

»Schon gut«, winkte Paul ab. »Ich gewöhne mich langsam ans Eisenbahnfahren. Es hat etwas so schön Nostalgisches«, flunkerte er.

In Katinkas Mini fuhren sie weiter bis nach Pottenstein, wo sie einen Parkplatz am Ortsrand fanden. Sie schlenderten durch die imposante Naturlandschaft: das steinerne Zentrum der Fränkischen Schweiz. Wie eine Festungsanlage ragten die massiven Felsblöcke in unmittelbarer Nachbarschaft der Wohnhäuser in die Höhe.

»Warum treffen wir uns gerade hier?«, fragte Paul, obwohl Katinka das ja bereits in ihrem Büro mit ihrem Bedürfnis nach Natur erklärt hatte.

Sie legte ihren Arm um seine Hüfte, als sie in einen schmalen Fußweg einbogen, der in Serpentinen in den dicht bewaldeten Felsengarten hochführte. »Weil ich ungestört sein will, wenn ich mit dir zusammen bin. Kein Blohfeld soll uns den Spaß verderben.«

Das hat sie nett gesagt, dachte Paul, blieb aber wachsam. Verfolgte sie vielleicht noch eine andere Absicht?, fragte er sich. Sie schien seinen Argwohn zu spüren und hob einen kleinen geflochtenen Korb in die Höhe, den Paul bisher nicht weiter beachtet hatte. »Ich kenne eine ausgezeichnete Pilzgegend ganz in der Nähe. Da wachsen die besten Exemplare direkt am Wegesrand, das Unterholz können wir uns ersparen.«

»Dafür bin ich dankbar«, sagte Paul mit kritischem Blick auf sein nicht eben geländefähiges Schuhwerk. Einträchtig schlenderten sie über den mit Laub bedeckten Weg und ließen ihre Blicke ins Gehölz schweifen. Es roch nach Harz und feuchtem Moos.

»Weißt du, dass in den Mischwäldern unserer Region annähernd zweitausend Pilzarten gedeihen?«, fragte Katinka. »Ich bin zwar keine Expertin, aber die Klassiker erkenne ich: Maronen, Steinpilze, Birkenpilze und Rotkappen.«

»Und wenn doch einmal ein Giftiger dabei ist?«, wollte Paul wissen, als er sich nach einer Gruppe weißbäuchiger Pilze mit dunkelbraunen Schirmen bückte.

»Wer sich nicht so gut auskennt, ist bei Pilzen, die Röhren an der Unterseite tragen, auf der sicheren Seite. Meiden solltest du aber die mit rötlichen Röhrenmündungen«, erklärte Katinka und legte die von Paul entdeckten Steinpilze achtsam in den Korb. Sie setzten ihren Weg fort und fanden noch so manche Delikatesse. Schon bald war der kleine Korb gefüllt. Als über ihnen die Äste einer alten Kastanie knackten, hoben sie reflexartig die Köpfe.

»Siehst du da oben irgendwo eine Mistel?«, fragte Paul.

»Nein«, antwortete Katinka nach kurzem Suchen. »Aber die Krone ist ziemlich groß. Wir könnten uns ja vorstellen, dass es dort welche gibt.« Paul wartete das letzte Wort ihres Satzes kaum ab, schon hatte er Katinka ganz fest an sich gezogen und küsste sie.

Er wusste nicht, wie viel Zeit vergangen war, bevor sie sich wieder voneinander lösten, aber er hatte jede Sekunde davon genossen. Beglückt und hochzufrieden sah er sie an.

»Also?«, fragte Katinka mit geröteten Wangen. »Gehen wir weiter?«

Der Weg wurde schmaler und steiler. Dichter Wildwuchs umgab sie, als sie emporstiegen, die schroffen Felswände neben sich. »Lassen wir die Pilzsuche mal beiseite. Wir haben ohnehin schon mehr als genug gefunden«, sagte sie und wechselte damit recht abrupt Ton und Thema. Paul war nicht überrascht, denn er hatte schon die ganze Zeit vermutet, dass sie noch etwas auf dem Herzen hatte. »Ich habe ein wenig in der Vergangenheit von Konrad Kleinschmidt gestöbert«, erklärte sie. »Ganz egal, was du für einen Eindruck von ihm hattest, er war nicht ohne, dieser Mann. Wenn ihm eine Frau gefiel, wenn er auf sie stand, dann nahm er sie sich. Ziemlich resolut soll er in solchen Dingen gewesen sein. Darauf deuten zumindest die Zeugenaussagen hin, die ich mir aus dem Archiv habe kommen lassen.«

Das passte nun gar nicht in das Bild, das sich Paul von dem freundlichen älteren Herrn gemacht hatte. Wie ein Frauenheld hatte Kleinschmidt ganz bestimmt nicht gewirkt. Zwar war seit der Tat viel Zeit vergangen, und auch der Gefängnisaufenthalt mochte Kleinschmidts Wesen verändert haben – aber so grundlegend? Sollte es um Pauls Menschenkenntnis dermaßen schlecht bestellt sein? Und wenn ja, wäre es dann nicht ratsam, diese Sache so schnell wie möglich fallen zu lassen, bevor man sich die Finger daran verbrannte?

»Kleinschmidt prahlte gern mit seinen Eroberungen«, berichtete Katinka weiter, »ganz so, wie man es in seiner Generation gelernt hat – und heute noch lernt, fürchte ich manchmal. Ein echter Mann fackelt nicht lange, er nimmt sich das Mädchen, das er will. – Vielleicht hat er aber auch nur große Töne gespuckt.«

»Schön und gut«, unterbrach Paul sie behutsam, da ihn das Gefühl beschlich, dass Katinka um den heißen Brei herumredete. »Vielleicht war er ein Maulheld, vielleicht aber auch nicht. Wie wollen wir das jetzt noch beurteilen?«

Katinka betrachtete Paul sehr genau, bevor sie sich wieder auf den steinigen Weg konzentrierte. »Höchstwahrscheinlich haben meine Vorgänger richtig entschieden und Kleinschmidt ist tatsächlich ein Mörder. Natürlich, das ist möglich.« Sie druckste etwas herum, bevor sie kräftig gegen einen herabgestürzten Ast trat und es aus ihr herausplatzte: »Herrje, ich bin selbst hin- und hergerissen, ob es sich lohnt, hier weitere Energie hineinzustecken oder nicht!« Sie sammelte sich wieder und zeigte dann nach rechts. »Siehst du die Felsnadeln dort oben? Im Sommer ziehen sie die Sonntagswanderer an wie Magneten.« Paul deutete ein Nicken an, hütete sich aber, sie noch einmal zu unterbrechen. Denn offensichtlich hatte Katinka ihm etwas Wichtiges zu sagen, das ihr aber nicht so leicht über die Lippen ging. Tatsächlich rückte sie nach längerem Schweigen endlich mit der eigentlichen Neuigkeit heraus: »Die Ermittler und vor allem auch der Staatsanwalt haben damals nicht ganz sauber gearbeitet. Wie es aussieht, sind ihnen tatsächlich einige formale Fehler unterlaufen. Auch die Beweisführung war nicht gerade lehrbuchmäßig und erscheint mir aus heutiger Sicht ein wenig ... gewagt. Je tiefer ich in die alten Akten eintauche, desto mehr komme ich von meiner anfänglichen Einschätzung ab.« Sie bemühte sich um einen aufgeräumten Gesichtsausdruck und einen beiläufigen Tonfall, als sie ihm eröffnete: »Gut, das klingt jetzt unwissenschaftlich. Und in gewisser Weise widersprüchlich. Doch ich glaube, die Justiz hat sich in dem Mann getäuscht. Er war womöglich nicht der Täter.«

Paul traute seinen Ohren nicht. Sprach Katinka tatsächlich von einem Justizirrtum?

»Die damals Befragten behaupteten, dass Kleinschmidt der Weiberheld schlechthin gewesen sei, ein Draufgänger und brutal. Genauso vehement beteuerte er selbst, er habe die Tat nicht begangen. Die Polizei konnte am Tatort zwar Spuren sicherstellen, die zweifelsfrei auf Kleinschmidts Anwesenheit hindeuteten. Doch es mangelte an Tatzeugen. Zumindest wollte niemand beeiden, Kleinschmidt zur fraglichen Zeit am Tatort oder auch nur in der Nähe gesehen zu haben.« Katinka suchte in Pauls Gesicht nach einer Reaktion. »Da passt einfach vieles nicht zusammen, verstehst du? Ich kann mir vorstellen, dieser Mann war ein Aufreißer. Und ein Großmaul. Und bestimmt nicht zimperlich im Umgang mit Frauen. Aber diesen Mord – den hat ihm möglicherweise jemand untergeschoben.«

Untergeschoben? Das war ja ein völlig neuer Aspekt! Paul kam aus dem Staunen nicht mehr heraus. Ihm war nun klar, warum Katinka diesen abgeschiedenen Ort für ihr Treffen gewählt hatte. Niemals würde sie derlei Vermutungen in der Öffentlichkeit aussprechen, solange keine handfesten Beweise vorlagen – aber die würden ja wohl kaum noch auftauchen. Paul überfielen starke Zweifel. »Glaubst du wirklich, das wäre möglich?«, fragte er, ohne dabei seine Vorbehalte verbergen zu können. »Ein untergeschobener Mord, das klingt so ... dramatisch. Und so ein Verdacht aus dem Mund der Staatsanwältin ... – Bist du denn auf irgendwelche konkreten Hinweise gestoßen, die deine Annahme stützen?«

»Ich habe dir eigentlich schon viel zu viel gesagt, Paul. Ich sollte mich nicht noch weiter aus dem Fenster lehnen.« Ihr war deutlich anzumerken, wie sie mit sich selbst rang. »Aber sagen wir mal so: Die Indizien, mittels derer Kleinschmidt seinerzeit überführt wurde – also Faserspuren und Fingerabdrücke auf bestimmten Gegenständen – wirken auf mich wie platziert.«

»Platziert? Du meinst, jemand hat sie absichtlich am Tatort verteilt?«

»So in etwa. Aber das ist bisher eine reine Vermutung! Ich käme in Teufels Küche, wenn ich diese Gedanken zu früh laut äußern würde. Überleg mal! Ich unterstelle den Kollegen von damals, sie hätten wichtige Hinweise übersehen. Das könnte viele Leute in Misskredit bringen. Ich werde bei uns im Gericht schon jetzt teilweise schief angesehen, weil ich mich in dieser Angelegenheit engagiere.«

»Das kann ich gut verstehen. Wie willst du also an Beweise für deine These herankommen?«, fragte Paul.

»Ich habe inzwischen herausfinden können, was aus den Angehörigen des Opfers geworden ist.«

»Na, das ist doch schon mal was! Frag die Familie aus!«, meinte Paul positiv überrascht.

Doch Katinka bremste seinen Optimismus. »Leider komme ich da etliche Jahre zu spät. Die Eltern von Lisa Grötsch sind längst tot. Friedlich verschieden.« Katinka schüttelte den Kopf. »Nein, nein. Da muss ich wohl an anderer Stelle ansetzen. Bei den Freunden deines Schützlings. Bei seinen alten Bekannten und Verwandten. Ich will herausbekommen, wer in der Zeit vor seiner Verhaftung einen Groll gegen ihn gehegt hat. Wer konnte einen Grund dafür gehabt haben, ihm so eine teuflische Falle zu stellen?«

Paul war verdutzt. »Jetzt sprichst du sogar von einer Falle.« War dieser Schluss nicht ganz schön voreilig? Auch das war – bei all ihrer Sachlichkeit – ein typischer Charakterzug von Katinka: Aus einem Mörder wurde so hoppla-hopp das Opfer einer Verschwörung. Trotz ihrer beruflichen Erfahrung, ihrer Reife, hatte sie sich ihren Hang zu überstürzten Entschlüssen wohl bewahrt. Das ging selbst Paul zu schnell!

Katinka spürte offenbar seine Bedenken. Minutenlang sagte sie kein Wort mehr. Da auch Paul nichts einfiel, um das unangenehme Schweigen zu durchbrechen, beschränkte er sich darauf, das beeindruckende Panorama der Felsenlandschaft zu genießen und Katinkas warme Hand zu drücken.

Er registrierte, dass Katinka dieser Teil ihres Ausflugs nicht mehr behagte. Ihre Finger verkrampften sich, sie blinzelte nervös. Wahrscheinlich empfand sie in diesem Augenblick die Wanderung als falsche Entscheidung. Ihr Ausflug ins Grüne hatte für das erste Rendezvous nach langer Trennung nicht gerade eine ideale Wendung genommen. Bereute sie es vielleicht, ihn so weit ins Vertrauen gezogen zu haben? Pauls Versuche, das Gespräch noch einmal in Gang zu bringen, scheiterten. Erst als eine Gruppe Wanderer vor ihnen auftauchte, belebte Katinka sich wieder. »Lass uns ein nettes Lokal suchen, ein Stück Kuchen essen und einen Kaffee trinken«, schlug sie vor.

»Noch fünf Minuten, dann müssten wir zu einem Gasthaus kommen«, sagte Paul und zeigte auf einen Wegweiser. Dann schlug er versöhnlich vor: »Ich werde Kleinschmidt demnächst noch einmal besuchen. Denn offiziell wirst du ihn ja wohl kaum vernehmen können. Hast du spezielle Fragen, die ich mit auf den Weg nehmen soll?«

Katinka blieb abrupt stehen und fixierte ihn mit gefährlichem Augenaufschlag. »Das hättest du wohl gern, was? Damit das gleiche Spielchen wie immer beginnt, du gemeinsam mit deinen Freunden in meinem Zuständigkeitsbereich herumpfuschst und ich erst einbezogen werde, wenn es brenzlig wird? Nein, dieses Mal läuft das anders!«

Paul sah sie verdattert an. Mit einer so deutlichen Ansage hatte er nicht gerechnet. »Wie – ehem – läuft es denn diesmal?«, fragte er vorsichtig.

»So, wie es laufen sollte. Ich werde die Befragung selbst übernehmen. Ich habe bereits einen Termin mit Herrn Kleinschmidt vereinbart.«

»Was? Du triffst dich mit ihm? Und das sagst du mir erst jetzt?«

»Ich hätte es dir gar nicht sagen müssen.«

»Schon gut«, winkte Paul ab und brannte gleichzeitig vor Neugierde. »Lässt du ihn zu dir ins Büro kommen?«

»Nein. Ich muss erst einmal investigative Vorarbeit leisten, bevor ich seine Akte offiziell wieder aufschlagen kann. Wir treffen uns in neutraler Umgebung. In einem Bratwurstlokal.«

»Wann?«

»Schon morgen Nachmittag.«

»Wo genau?«

Katinka zwinkerte ihm zu. »Das sage ich dir nicht.«

»Bitte.«

»Nein.«

»Doch!«

»Nein, und dabei bleibt es. Lass uns endlich dieses Gasthaus suchen. Ich habe einen Bärenhunger!«

5

Wandern ist anstrengend. Besonders, wenn man nicht mehr so gut in Form ist wie früher, dachte Paul und zog sich aus, um ausgiebig zu duschen. Er war schon nackt bis auf die Socken, als das Telefon klingelte. Paul fluchte kurz und rannte auf der Suche nach dem Mobilteil durch sein Atelier. Dass ihn dabei jemand sehen könnte, musste er ja nicht befürchten, da er im obersten Stock des höchsten Gebäudes am Weinmarkt wohnte. Allenfalls Hannes Fink hätte eine Chance, einen Blick auf seine Blöße zu erhaschen, dachte Paul amüsiert, aber auch nur dann, wenn der Pfarrer von St. Sebald auf einen der beiden Glockentürme seiner Sebalduskirche stiege.

»Ja, hallo?«, rief er ins Telefon, nachdem er es unter einem Haufen Fotofachzeitschriften gefunden hatte. Jasmin Stahl meldete sich. Dass Pauls Herz beim Klang ihrer Stimme einen Hüpfer machte, gefiel ihm gar nicht. Er hatte sich für Katinka entschieden, klar und unwiderruflich. Da konnte ihm sein Unterbewusstsein doch nicht einfach ein Schnippchen schlagen. Doch seine Befürchtungen waren unbegründet. Zumindest sorgte Jasmin nicht für weitere emotionale Irritation, denn sie sagte äußerst sachlich und reserviert:

»Entschuldige die Störung. Ich rufe wegen deiner Kamera an.«

»Die Kamera.« Paul atmete tief durch. »Ich habe schon gar nicht mehr daran geglaubt, dass sich die Polizei noch ernsthaft damit befasst. Es ist ja wirklich eine Weile her, dass ich sie dir gegeben habe.«

»Ja, sorry, ich weiß. Aber den Weg der Kamera zurückzuverfolgen, hat sich als ziemlich schwierig erwiesen. Den Flohmarkthändler vom Trempelmarkt konnten wir noch leicht ausfindig machen. Aber der hatte den Fotoapparat bei einer professionellen Entrümpelungsfirma erstanden. Du weißt schon, da gibt es richtige Unternehmen, die sich um verwaiste Wohnungen kümmern und sie ausräumen, wenn zum Beispiel nach einem Todesfall kein Erbe aufzutreiben ist.«

»Ja«, sagte Paul, »von so was habe ich gehört. Und weiter?« Er setzte sich auf sein Sofa und nahm ein Kissen auf den Schoß. Nicht, dass Pfarrer Fink doch zuschaute ...

»Der Entrümpler hat für uns seine Bücher durchgesehen. Er hatte die Kamera aus dem Nachlass einer alten Dame übernommen. Da endet unsere Spur.«

»Das ist alles?« Paul war einigermaßen enttäuscht.

»Ja, das ist alles. Über die Frau konnten wir nicht viel in Erfahrung bringen. Verwitwet, ihr Leben lang Hausfrau. Das polizeiliche Führungszeugnis war absolut in Ordnung, keinerlei Einträge.«

»Mmm.« Paul grübelte, was er von dieser Information halten sollte. Eine unbescholtene Witwe war im Besitz einer Spionagekamera gewesen? Das war doch seltsam. »Was hatte denn ihr Mann beruflich gemacht?«, erkundigte sich Paul.

Er hörte Papierrascheln durch den Hörer. Dann sagte Jasmin: »Angestellter, steht hier in meinen Unterlagen.«

»Was für ein Angestellter? Bei wem war er beschäftigt?«

»Ich habe hier nur seine Sozialversicherungsnummer. Der Arbeitgeber ist nicht vermerkt. Da muss ich noch mal bei meinen Kollegen nachfragen, die die Sache recherchiert haben.«

»Ja, es wäre nett, wenn du ein bisschen Druck machen könntest«, bat Paul sie.

»Druck?« Jasmin lachte. »Davon bekomme ich zur Zeit selbst mehr als genug.«

»Von wem?«, fragte Paul, der ihre Anspielung nicht verstand.

»Dein Fall ist doch jetzt zur Chefsache geworden. Unsere Obersten sind plötzlich ganz wild darauf, Neuigkeiten zu erfahren. Denn die Staatsanwaltschaft sitzt uns im Nacken. – Wusstest du das etwa noch nicht?«

Paul biss sich auf die Lippen. »Nein«, log er. »Dann hatte ich wohl den richtigen Riecher, was?«

»Das glaube ich kaum. Die heiße Spur, von der hier alle träumen, ist doch längst kalt«, sagte Jasmin recht schroff. »Selbst wenn wir herausbekommen, was es mit diesem Film auf sich hat, können wir die Tat von damals nicht ungeschehen machen. Und auch nicht die Haftstrafe, die dieser Kleinschmidt zu recht oder zu unrecht abgesessen hat.«

»Zumindest würde eine ganze Menge Geld für ihn herausspringen«, wandte Paul ein. »Die Haftentschädigung für so viele Jahre dürfte nicht unerheblich sein.«

»Möglich. Jedenfalls stehe ich jetzt unter Druck und muss mehr über dieses uralte Verbrechen herausfinden. Da hast du mir was eingebrockt«, nörgelte Jasmin. »Am übelsten finde ich, dass meine gesammelte Arbeit am Ende auf dem Schreibtisch der Frau Oberstaatsanwältin landet.«

»Ach?« Paul spielte lieber den Ahnungslosen, »Katinka Blohm ist auch mit von der Partie?«

»Das weißt du doch ganz genau!«, giftete Jasmin. »Offiziell schickt sie ihre Untergebenen vor und hält sich raus, aber hinter vorgehaltener Hand tuscheln alle, dass die Aufregung um diesen Fall auf ihrem Mist gewachsen ist.« Sie legte eine winzige Pause ein, bevor sie fragte: »Was sagt Frau Blohm eigentlich dazu, dass du dich während ihrer Abwesenheit mit Frauen eingelassen hast, die zwanzig Jahre jünger sind als du?«

»Siebzehn«, korrigierte Paul.

»Jedenfalls ein ziemlich großer Altersunterschied zwischen uns beiden, findest du nicht auch?«

»Als junger Mann hätte ich dir da sicher recht gegeben«, sagte Paul säuerlich. »Aus der heutigen Perspektive sehe ich das etwas anders.«

»Na, das hast du dir ja fein zurechtgelegt. Eine bequeme und flexible Einstellung.«

»Nenn es, wie du willst. – Katinka weiß nur das, was sie sich aus den Gesprächen mit ihrer Tochter zusammenreimen kann. Dabei sollte es meiner Meinung nach auch bleiben. Und schließlich warst du es ja, die kein Interesse an einer festen Beziehung hatte.«

»Typisch Mann, kann ich dazu nur sagen. Es ist nie *euer* Fehler, oder?« Nun legte sie offenbar die Hand auf die Sprechmuschel, denn ihre nächsten Sätze klangen dumpf und waren nicht mehr zu verstehen.

»Musst du deine Ermittlungsergebnisse direkt bei Katinka melden?«, zwang Paul sie zurück aufs Thema.

»Glücklicherweise nicht«, entgegnete Jasmin wieder etwas ruhiger. »Das Ganze ist ja bisher noch keine offizielle Wiederaufnahme des Falls. Aber von einem Bekannten beim Oberlandesgericht weiß ich definitiv, dass sie da kräftig mitmischt.«

»So?«

»Ja. Wie man hört, hat sie sich bereits an Kleinschmidt drangehängt. Sie trifft ihn morgen im *Bratwurst Röslein.*«

»Du meinst das Lokal hinterm Rathaus?«, fragte Paul und feixte innerlich, dass er Katinka doch noch auf die Schliche gekommen war.

»Ja«, bestätigte Jasmin und klang plötzlich misstrauisch. »Aber du hast doch nicht etwa vor … – oh, Mist!«

»Keine Sorge«, beruhigte sie Paul. »Von mir wird sie kein Sterbenswörtchen über diese Indiskretion erfahren.«

6

Das *Bratwurst Röslein* war gediegen rustikal eingerichtet. Die Tische standen dicht zusammen und waren fast alle besetzt – das *Röslein* war eines der größten und angesagtesten Bratwurstlokale der Stadt. Nicht ohne Grund wurden die Touristen gleich busladungsweise durchgeschleust: Hier stimmte die Qualität ebenso wie der Preis. Das Durchschnittsalter der Gäste lag deutlich über dem von Paul.

Deshalb bemerkte er mit Verwunderung das junge Paar an einem Ecktisch vor der breiten Butzenscheibenfront, das sich ausgerechnet diese gutbürgerliche Schenke ausgesucht hatte, um hier sein Was-auch-immer zu schlürfen. Beide waren im Siebziger-Jahre-Look zurechtgemacht und sahen ausgesprochen flippig aus. Der junge Mann, höchstens zwei- oder dreiundzwanzig Jahre alt, trug schwarz schimmernde Hosen, dazu ein knallgelbes Hemd mit spitz zulaufendem Kragen und schrillen Blumen- und Vogelmotiven in Giftgrün. Das Hemd war weit aufgeknöpft, so dass die auffällige Panzerkette auf der Brust besonders deutlich zur Geltung kam. Darüber war lässig ein ausgefranstes Jackett geworfen. Eine große Sonnenbrille und ausgeprägte Koteletten komplettierten das Outfit. An der jungen Frau fielen Paul zuerst die Haare auf – bis auf Daumenbreite zurückgeschnitten, knallorange gefärbt. Ihr fast kindlich zierlicher Körper steckte in einem dunkelblauen, mit wilden Kreiselementen in Pink und Neongrün versehenen Seidenanzug, der aussah wie ein Pyjama. Die langen dunklen Wimpern und der schwarze Lidstrich bildeten einen starken Kontrast zu ihrer blassen Gesichtsfarbe.

Während Paul sich noch über das offenbar verirrte Szene-Pärchen wunderte, fiel ihm ein, dass er sich schleunigst selbst um einen Platz bemühen musste. Und zwar noch bevor Katinka mit Kleinschmidt hier auftauchte. Sie würde es nie im Leben gutheißen, dass er an der Unterredung teilnahm. Doch – …

Der Schreck fuhr Paul durch die Glieder, als er sie nur wenige Schritte von ihm entfernt an der Bratwursttheke stehen sah – Katinka! Neben ihr ein älterer Herr. Langer, grüner Lodenmantel, lichtes, weißes Haar, rundes Gesicht: Kleinschmidt. Blitzschnell wandte Paul sich ab. Dicht an einem Raumteiler, an dem mehrere Tageszeitungen baumelten, erspähte er einen freien Platz. Momente später saß er und hielt sich schützend die Speisekarte vors Gesicht.

Keine Sekunde zu früh! Er hörte Katinkas Stimme in unmittelbarer Nähe. Paul wagte es nicht, den Blick über die Karte zu heben. Beunruhigt stellte er fest, dass Katinkas Stimme nicht leiser wurde, sie sich also nicht wieder entfernte. Vorsichtig lugte er über den Rand seiner Deckung hinweg. Glück gehabt! Katinka saß mit ihrem Begleiter nur zwei Tische von Paul entfernt, so nah, dass er beinahe jedes Wort verstehen konnte, aber sie kehrte ihm den Rücken zu. Während Paul das Gesicht von Kleinschmidt gut im Blick hatte, konnte sie ihn nicht sehen. Erleichtert ließ Paul den Speiseplan sinken, denn dass Kleinschmidt ihn hier wiedererkennen würde, hielt er für unwahrscheinlich. Ihre einzige Begegnung lag ja bereits eine Weile zurück. Außerdem war Kleinschmidt ganz auf Katinka fixiert und hatte keine Augen für seine Umgebung. Sicherheitshalber behielt Paul das Gesicht aber halb hinter dem schützenden Raumteiler.

»Ich bin Ihnen sehr dankbar, dass Sie mich anhören. Ich wäre der glücklichste Mensch, wenn nach all den Jahren doch noch die Wahrheit ans Licht käme. Aber bei Ihren Fragen kann ich mich leider nur wiederholen. Mehr als das, was ich Ihnen schon gesagt habe, weiß ich nicht, Frau Blohm.« Kleinschmidts Worte klangen entschieden, doch Paul hatte den Eindruck, als wäre die Stimme von einem leichten Zittern überlagert. Der Mann wirkte angespannt und erschöpft, ganz anders als bei ihrer ersten Begegnung. Paul fragte sich, ob ihn die Auseinandersetzung mit der eigenen Vergangenheit so sehr mitnahm.

»Tut mir leid, aber anders kommen wir nun mal nicht weiter. Wenn ich nicht weiß, wer Ihre Feinde waren, kann ich mich nicht auf die Suche nach demjenigen machen, der Ihnen diese Suppe eingebrockt hat«, sagte Katinka resolut. »Wenn wir den nicht erwischen, bleiben nur Sie als Täter übrig. In diesem Fall können wir das Gespräch auch gleich beenden. Auf mich wartet genügend andere Arbeit.«

Aus Katinka sprach ganz die energische Staatsanwältin, bemerkte Paul. Streng, aber nicht scheltend. Sachlich, aber keineswegs unterkühlt. Selbst ihre langen blonden Haare erschienen Paul heute besonders diszipliniert, als könnten sie zwischen Beruf und Freizeit unterscheiden und sich mal ungezügelt, mal gebändigt geben. Nur eine feine Strähne wollte sich nicht ins Bild fügen und stand über ihrem linken Ohr frech ab.

»Feinde – ist das nicht etwas übertrieben?«, wandte Kleinschmidt ein. »Entschuldigen Sie bitte meine Vorbehalte, Sie sind ja die Expertin. Aber weshalb sollte ich Feinde haben? Ich war ein ganz normaler Bürger. Ohne Angewohnheiten, die anderen missfallen konnten, falls Sie das meinen. Betrogen habe ich auch keinen. Selbst wenn ich vielleicht mal einen über den Durst getrunken und über die Stränge geschlagen habe, bin ich keinem Menschen zu nahe getreten. Wo soll ich einen Feind herzaubern? Nein, es gibt keinen.«

Die Getränke wurden serviert. Kleinschmidt bestellte die traditionellen sechs Rostbratwürstchen mit Meerrettich auf dem Zinnteller, Katinka hingegen beließ es bei einer Spezi. »Gut. Ich kann mir zwar beim besten Willen niemanden vorstellen, der keine Feinde hat. Aber ich muss mich auf Ihre Aussage verlassen. Gehen wir also noch weiter zurück und kommen auf Ihre Eltern zu sprechen.« Paul bemerkte, wie sich die Brauen des Alten zusammenzogen. Katinka sprach weiter: »Nehmen wir an, der Feldzug war gar nicht gegen Sie selbst, sondern gegen Ihre Eltern gerichtet. Wenn denen jemand schaden wollte, wie hätte er das besser erreichen können, als ihnen ihren Sohn zu nehmen? Noch dazu auf eine so infame und ehrenrührige Weise.«

Guter Ansatz, dachte Paul. Doch der alte Herr schien Katinka nicht zuzustimmen: »Ich hatte nie Eltern. Das heißt, meinen Vater habe ich nie kennengelernt. Als kleines Kind zog ich mit meiner Mutter aus Niederbayern nach Franken. Zuvor hatten wir in Kelheim ein kleines Haus bewohnt. Als ich geboren wurde – als Uneheliches – wollte meine Mutter dem Dorfklatsch aus dem Wege gehen. Deshalb der Umzug.« Er sprach, ohne dabei eine Miene zu verziehen. Das Ganze war unendlich lange her, Kleinschmidt hatte offenbar keine gefühlsmäßige Beziehung mehr zu diesen Ereignissen. »Meine Mutter starb 1974 an Leukämie.« Und nach einer Pause: »Glauben Sie mir, Sie hatte ebenso wenig Feinde in ihrem Leben wie ich.«

Katinka schüttelte unwillig den Kopf. Verlor sie gerade ihre Selbstbeherrschung? Paul wartete gespannt. »Das nehme ich Ihnen nicht ab, Herr Kleinschmidt. Sie können mir ja gern erzählen, dass Sie keine Feinde hatten. Aber sie können nicht für Ihre Mutter sprechen. Wissen Sie wirklich, was damals in Kelheim alles passiert ist? Sagten Sie nicht, Sie wären noch ein Kind gewesen? Dass Ihre Mutter wegen der Schande eines unehelichen Sohnes ihre Heimat verlassen musste, hat sie Ihnen erzählt. Aber es sind noch ganz andere Gründe denkbar, aus denen ein Umzug notwendig geworden sein könnte.«

»Werte Frau Blohm, ich bitte Sie!« Paul sah, wie Kleinschmidt seine Hände knetete. Dabei fiel ihm auf, dass er deutlich betagter wirkte, als er eigentlich war. Die Jahre im Gefängnis und vermutlich auch die stete Auseinandersetzung mit der Bluttat von damals hatten Kleinschmidt vorzeitig altern lassen. »Was sollte eine einfache Frau, wie meine Mutter es war, für andere Gründe gehabt haben?«

Diese Spekulationen führen zu nichts, dachte Paul. Katinka musste aufpassen, dass sie sich nicht verrannte. Er registrierte, dass sie ihre Spezi zu heftig abstellte.

»Herr Kleinschmidt, Sie haben sich auf dieses Treffen mit mir aus freien Stücken eingelassen, und wenn Sie meine Hilfe wollen, müssen Sie mit mir kooperieren. Es bringt nichts, wenn Sie jede Spur, die ich auftue, augenblicklich mit Ihren kontraproduktiven Einwänden verschütten.« Sie senkte den Blick in ihre Aufzeichnungen und ließ Kleinschmidt eine Weile schmoren, bevor sie wieder aus den Unterlagen auftauchte. »Was mir nicht ganz klar ist«, sagte sie, »in welcher Beziehung standen Sie eigentlich zu dem Opfer?«

»Ich verstehe nicht, was Sie meinen.« Kleinschmidt wirkte nun erst recht irritiert, da er wohl den Zusammenhang nicht so schnell erfassen konnte.

»Die Akten«, sagte Katinka etwas vergeistigt. »Ich werde nicht ganz schlau daraus. Waren Sie mit dieser Frau denn befreundet?«

»Mit Lisa Grötsch? Nein. Nicht befreundet. Nur flüchtig bekannt. Das spielt aber doch keine Rolle mehr.«

»Je mehr ich über die damalige Situation weiß, desto größer sind die Chancen, dass ich auf etwas stoße, womit Ihnen geholfen werden kann.« Katinka trank einen Schluck. »Nur eine flüchtige Bekanntschaft also«, wiederholte sie. »Aber sie hat ausgereicht, damit man im Zuge der Ermittlungen auf Sie aufmerksam wurde.« Sie räusperte sich und straffte die Schultern. »Wie dem auch sei, wir müssen den Hebel an einer anderen Stelle ansetzen. Nämlich dort, wo es früher keiner versucht hat!«

Katinka blieb also bei ihrer forschen Vorgehensweise. Ob das der richtige Weg war? Paul wollte sich nun selbst etwas zu trinken gönnen. Er schaute sich nach einer der geschäftig umhereilenden Kellnerinnen um. In seiner Deckung hinter dem Raumteiler hatte ihn bisher offenbar niemand als Gast identifiziert. Sein Blick fiel erneut auf das Szene-Pärchen am Fenster. Paul stutzte. Die beiden hatten ihre Stühle gedreht, schauten direkt auf Katinka und Kleinschmidt. Sie schienen regelrecht an den Lippen der beiden zu kleben.

»Versuchen wir einfach, mehr Fakten zusammenzutragen«, redete Katinka Kleinschmidt zu. Ihre Beobachter hatte sie offensichtlich nicht bemerkt, denn sie sprach unbefangen weiter. »Gibt es kein Stammbuch, das uns etwas über die Zeit Ihrer Familie in Kelheim verraten könnte?«

Paul konnte seinen Blick nicht von dem Pärchen lassen. Warum starrten die zwei nur so penetrant auf Katinka und Kleinschmidt? Das war entschieden mehr als bloße Neugierde! Paul wäre am liebsten aufgestanden, um die jungen Leute zurechtzuweisen.

»Kein Stammbuch.« Kleinschmidt schüttelte den Kopf. »Ich weiß so gut wie nichts über die Kleinschmidts in Kelheim. Die letzten Kontakte zu den Verwandten rissen wenige Jahre nach unserem Umzug ab.«

»Aha!« Katinka rückte mit ihrem Stuhl ein Stück nach vorn. »Sie haben also wahrscheinlich noch Verwandte an der Donau!«

Paul platzte nun wirklich fast der Kragen. Die Orangehaarige im Pyjama und ihr Freund wollten einfach nicht aufhören, Katinkas vertrauliches Gespräch zu belauschen. Fehlte nur noch, dass sie die Hände an die Ohren hielten wie Schalltrichter. Während Paul sich noch fragte, wie er Katinka auf die unerwünschten Lauscher aufmerksam machen konnte, ohne sich dabei selbst als ein solcher bloßzustellen, drehte der junge Mann mit den Koteletten seinen Kopf. Langsam, ganz langsam glitten seine Augen von Katinka hinüber zu Paul. Reflexartig schaute Paul in eine andere Richtung. Er ließ fünf, zehn Sekunden verstreichen, bevor er erneut zu dem Pärchen hinübersah.

Das Ergebnis war beunruhigend. Der junge Mann mit dem Backenbart hatte seinen Blick immer noch fest und grimmig auf Paul geheftet. Seine Freundin beobachtete währenddessen weiter den Tisch, an dem Katinka saß. Paul wurde die Situation unheimlich. Er bekam kaum noch mit, was Katinka Kleinschmidt vorschlug:

»Listen Sie mir die Namen und – wenn möglich – die alten Adressen Ihrer Verwandten auf. Ich setze mich mit ihnen in

Verbindung. Wer weiß – mit etwas Glück finden wir dort ein paar verwertbare Hinweise.«

Auf der einen Seite Katinka, die sich jederzeit umdrehen und ihn bemerken konnte, auf der anderen dieser undurchschaubare Mensch, der ihn anglotzte. Paul entschied sich dafür, seine Bestellung sausen zu lassen und sich stattdessen schleunigst dieser bedrohlichen Lage zu entziehen.

Ohne sich noch einmal umzusehen, schob er seinen Stuhl zurück und stand auf. Er passierte eine große, zum Gastraum offene Grillstation, an der drei Köche in stoischer Ruhe Rostbratwürstchen wendeten, als er aus dem Augenwinkel einen Schatten im Blümchenhemd bemerkte. Reflexartig wandte er den Kopf – und erkannte den Jungen, der sich dicht hinter Paul befand.

Das hatte nichts zu bedeuten, versuchte Paul sich zu beruhigen. Wahrscheinlich wollte sich der Junge ein Paar Würstchen sichern, ehe die heißhungrigen Touristen alle Original Nürnberger verschlungen hatten. Als Paul fast den Ausgang erreicht hatte, war der Schatten noch immer hinter ihm. Paul beschloss spontan, die Probe aufs Exempel zu machen. Er wechselte den Kurs und steuerte auf die Toiletten im Untergeschoss zu. Wenn ihm der junge Mann folgte, konnte das kein Zufall mehr sein.

Zu spät erkannte er seinen Fehler.

Kaum hatte er die Tür zum WC geöffnet, spürte er eine kräftige Hand auf seiner Schulter, wurde herumgeschleudert und gegen die gekachelte Wand gestoßen. Er bekam gerade noch mit, wie zwei ältere Herren fluchtartig den Raum verließen. Augenblicke später spürte er einen dumpfen Schmerz in der Magengrube.

Normalerweise wusste sich Paul durchaus zu wehren, das hatte er oft genug bewiesen. Auch sein regelmäßiges Hanteltraining kam ihm zugute, wenn es galt, Aggressionen abzuwehren. Dieses Mal aber war es anders. Schon nach dem ersten Schlag fühlte er sich wie betäubt. An einen Gegenangriff war nicht zu denken. Benommen richtete er sich wieder auf und versuchte sich zu schützen. Vergebens.

Ein zweiter Treffer landete seitlich in den Nieren. Er krümmte sich vor Schmerz. Dann fuhr er noch einmal hoch, sah seinem Gegenüber direkt ins Gesicht. Er blickte in Augen, die ausdruckslos und kalt waren. Was wollte dieser Kerl eigentlich von ihm?

Der junge Mann mit dem schrillen Seidenhemd machte keine Anstalten, sein Handeln zu erklären, sondern holte abermals aus. Der dritte Schlag war der härteste. Er traf Paul erneut in den Bauch. Stöhnend ging er zu Boden.

Diesmal blieb er liegen.

7

»Konnten Sie es ihm nicht irgendwie heimzahlen?« Blohfeld stand die Neugierde ins Gesicht geschrieben. Er wäre sichtlich gern bei der Prügelei dabei gewesen.

»Ich schlage nun mal keine Blödmänner. Ich hätte womöglich seine letzten Hirnzellen abgetötet, und so inhuman bin ich nicht«, grummelte Paul.

»Quatsch.« Blohfeld beugte sich eifrig vor und stieß mit seiner rot geäderten Himmelfahrtsnase beinahe an Pauls. »Sie hätten diesem Typen – entschuldigen Sie den heftigen Ausdruck – in die Nüsse treten müssen! «, erhitzte sich der Polizeireporter. »Das hätte ihn gelehrt, sich für seine Schlägereien einen anderen auszusuchen. Sie werden sehen: So macht er Sie das nächste Mal wieder fertig.«

»Ein nächstes Mal wird es hoffentlich nicht geben.« Paul war das Thema unangenehm. Was für eine Blamage! Er wollte nicht, dass der ganze *Goldene Ritter* von seiner schmählichen Niederlage erfuhr. Hilfesuchend schaute er nach Marlen aus, um ein Bier zu ordern. Auf der Karte hatte er sich bereits ein

Keiler Weißbier aus dem unterfränkischen Lohr am Main ausgesucht. Doch die Bedienung war in dem dunklen Gastraum nirgends auszumachen. Er lehnte sich zurück, um sich ein wenig zu entspannen und vor allen Dingen seinen Bauch zu entlasten, der immer noch schmerzte.

»Warum haben Sie den Kerl nicht wenigstens aufgehalten, bis die Polizei kam?«, bohrte der Reporter weiter.

»Als ich wieder Luft holen konnte, war er längst weg. Mensch, Blohfeld, ich habe minutenlang auf den Fliesen gelegen und mich gewunden. Da war es mir herzlich egal, wo dieser Grobian inzwischen hingegangen war. Und die Polizei hätte hinterher sowieso nichts mehr tun können. Ich kannte den Schläger ja nicht einmal!«

»Also, erstens ...«, setzte Blohfeld an und hielt Marlen am Zipfel ihres T-Shirts fest, als sie gerade mit beladenem Tablett an ihrem Tisch vorbeikam. »Erstens hätte ich Ihnen ein wenig mehr Courage zugetraut und erwartet, dass Sie wenigstens einen Gegenschlag landen. Und zweitens ...«

»Wollt ihr was bestellen, oder soll ich hier als Zierde stehen?«, unterbrach ihn Marlen.

»Ja, bitte. Ein Keiler Weißbier für mich«, sagte Paul.

»Für mich auch eins, Marlen.« Blohfeld ließ die Finger von ihrem T-Shirt. Doch nur, um im nächsten Moment nach ihrem freien Handgelenk zu schnappen. »Was haben wir denn da?«, fragte er und schielte auf ihren Bauch. »Sind Sie etwa schwanger?«

Marlen versuchte sich aus seinem Griff zu winden. »Ja doch, aber jetzt muss ich wirklich weiter. Es warten noch andere Gäste auf mich.«

»Oho! Darf man fragen, wer der stolze Papa ist?«

»Lassen Sie sie in Ruhe, Blohfeld!« Paul gefiel die plumpe Fragerei nicht. Fügsam löste Blohfeld seinen Griff von Marlens Arm. Die Kellnerin ging sofort weiter. Erst als sie weit genug entfernt war, sagte Paul: »Jan-Patrick ist der Vater. Deswegen wollten wir doch neulich mit Champagner anstoßen.«

»Jan-Patrick?« Der Reporter schien für einen Augenblick ernsthaft überrascht zu sein. »Na, da kann man den beiden ja nur gratulieren«, sagte er dann ungewohnt sanft. »Obwohl ...«

»Obwohl – was?«, fragte Paul misstrauisch.

»Obwohl ich eigentlich erwartet hätte, dass Sie als nächster an der Reihe wären.«

»An der Reihe womit?«

»Tun Sie nicht so begriffsstutzig. Mit Breichen füttern, Windeln wechseln und Gute-Nacht-Liedchen singen.«

»Wieso ich?«

Blohfeld sah ihn scheel an. »Wenn bei Ihnen und der hoch verehrten Frau Blohm nicht demnächst die Kirchenglocken läuten, würde mich das sehr wundern.«

Paul blickte sein Gegenüber überrascht an. Er wollte gerade mit einer flapsigen Bemerkung kontern, als ihm schmerzlich bewusst wurde, dass Blohfeld einen blanken Nerv getroffen hatte. Seine Beziehung zu Katinka würde nicht ewig so uneindeutig weiterlaufen können. Zwar hatte sie es nie explizit ausgesprochen, doch er wusste, dass Katinka eine Entscheidung von ihm erwartete, und auch er selbst wollte endlich eine klare Linie in seinem Leben sehen.

Da er aber nichts sagte, sondern weiter grübelte, musste Blohfeld zwangsläufig Verdacht schöpfen. »Schwanken Sie etwa schon wieder?«

»Ich weiß es nicht«, gab Paul ehrlich zu. »Eigentlich war ich mir sicher, dass ich mit Katinka zusammenbleiben möchte. Sie ist die Frau meines Lebens.«

»Warum sagen Sie dann, Sie *waren* sich sicher?«, bohrte der Reporter gnadenlos nach. »Weshalb sind Sie es denn nicht mehr?«

»Weil ... – weil sie sich verändert hat.«

»Jeder Mensch verändert sich. Sie sind auch nicht mehr der gleiche Paul Flemming wie vor ein paar Jahren. Die Leute wandeln sich nun mal. Man wird älter und reifer.«

»Das meine ich nicht. Katinka ist seit ihrer Zeit in Berlin wie ausgewechselt. Sie hat plötzlich ganz andere Vorstellungen und setzt neue Prioritäten.«

»Können Sie etwas präziser werden?«

»Fällt Ihnen denn nicht auf, mit welchem Übereifer sie ihren neuen Job erledigt?«

»Nein«, antwortete Blohfeld, direkt wie immer. »Fleißig war Ihr Schatz doch schon immer. Von diesem Ehrgeiz könnten Sie sich eine Scheibe abschneiden.« Mit diesen Worten erhob sich der schlaksige Reporter. »Ich muss mal dringend um die Ecke.«

Paul nickte geistesabwesend. Fast im gleichen Moment wurde das Bier serviert. Allerdings nicht von Marlen, sondern vom Chef persönlich.

»Ich konnte nicht anders, als den letzten Teil eures Gesprächs mitanzuhören«, raunte ihm Jan-Patrick zu. »Was passt dir denn nicht an Katinkas Arbeit?«

»Ach, Jan-Patrick«, sagte Paul betrübt. »Sie ist so sehr auf ihre Karriere fixiert, dass sie alles andere hintanstellt. Ich glaube, sie spekuliert auf eine gute Presse, nur um ihre Position zu festigen. Die Schlagzeile sehe ich schon vor mir.«

Der Küchenchef zog sich einen freien Stuhl heran und setze sich Paul gegenüber. »Wie lautet sie?«

»Sie lautet: ›Neue Besen kehren gut. Oberstaatsanwältin deckt Justizskandal auf!‹«

»Na und? Das wäre doch nur positiv, denn damit hätte sie sich Respekt in dieser Schlangengrube von Gericht verschafft. Jeder Mitarbeiter müsste künftig damit rechnen, dass die strenge Chefin ihm auf die Finger klopft, wenn er etwas nicht nach Vorschrift macht. – Außerdem hast du den Stein doch selbst ins Rollen gebracht, als du diesen alten Film vom Trempelmarkt angeschleppt hast.«

»Genau deshalb habe ich ja so ein ungutes Gefühl bei der Sache«, gestand Paul dem Wirt. »Ich möchte nicht bloß eine weitere Sprosse auf Katinkas Karriereleiter sein.«

»Das kann ich verstehen«, meinte Jan-Patrick und tippte an Pauls Weizenglas. »Hat euch Marlen noch nichts zu essen angeboten? Ich kann euch heute die Wildleber in Cassissauce mit Haselnussspätzle empfehlen. Oder das rosa Hirschsteak mit Preiselbeersauce an gebratenen Waldschwammerln – auf Pilzgerichte steht dein Freund doch zur Zeit.«

»Blohfeld ist nicht mein Freund«, sagte Paul schärfer als beabsichtigt.

»Wenn man vom Teufel spricht.« Jan-Patrick räumte den Platz, da der Reporter zurückkam und sich noch die Hände an den Hosenbeinen trockenrieb.

»Wo waren wir stehengeblieben?«, fragte Blohfeld und setzte sich.

»Egal«, winkte Paul ab und suchte verzweifelt nach einem neuen Thema. »Was ist eigentlich aus den Fotos des Adler-Zuges geworden, die ich neulich unbedingt für Sie schießen musste? Wann werden sie endlich gedruckt?«

»Oh, der Adler.« Blohfeld hob die Brauen. »Das ist ein brandheißes Thema, das Sie da ansprechen.«

Paul musste schmunzeln. »Brandheiß? Das Feuer im Lokschuppen ist meines Wissens schon etliche Jahre her.«

»So lange auch wieder nicht«, korrigierte ihn der Reporter und zündete sich dem Rauchverbot zum Trotz eine Zigarre an. »Im Oktober 2005 war das. Ein flammendes Inferno! Nicht nur der Adler mit fünf Waggons ist darin völlig verkohlt, sondern auch die letzte in Westdeutschland gebaute Dampflok aus dem Jahr 1959, das letzte Exemplar der stärksten Güterzuglok von 1941, eine der ersten Elektro-Lokomotiven aus dem Jahr 1928 und die einzige betriebsfähige Diesel ...«

»Ja, ja, schon gut«, fiel Paul ihm ins Wort, »Sie haben wie immer ausgezeichnet recherchiert. Aber eigentlich hatte ich nur nach dem Verbleib meiner Fotos gefragt. Außerdem – wen interessiert denn noch das Großfeuer? Der neue Adler fährt ja wieder, und zwar flotter als der alte.«

»Nichts ist vergessen. Der enorme Verlust wird von Enthusiasten immer noch betrauert!«, maunzte Blohfeld. »Abgesehen davon ist die Ursache des Feuers bis heute nicht hundertprozentig geklärt.«

»Ich dachte, der Brand wurde durch Arbeiten am Dach des Lokschuppens ausgelöst?«, versuchte sich Paul zu erinnern.

Blohfeld blies den Qualm seiner Zigarre aus. Die ersten Gäste an den Nachbartischen begannen bereits mit Nachdruck zu husten. »Das wurde uns Pressevertretern suggeriert – die Leser sollten beruhigt werden. Aber ich habe nie an diese Version geglaubt.«

Schon wieder eine Verschwörungstheorie, dachte Paul und verspürte wenig Lust, sich auf Blohfelds Gedankengänge einzulassen. »Es wird spät«, sagte er und sah dabei demonstrativ auf die Uhr. »Wir sollten jetzt zahlen.«

Blohfeld würdigte Pauls Vorschlag keiner Antwort. »Ich vertrete nach wie vor die These, dass es sich um Brandstiftung gehandelt hat.«

»Wer sollte denn einen Grund gehabt haben, einen alten Lokschuppen anzuzünden?«, zweifelte Paul.

»Da gibt es viele Möglichkeiten. Es könnte ein Pyromane gewesen sein ...«

»Entschuldigen Sie«, meldete sich Marlen zurück. »Bei uns ist das Rauchen nicht gestattet.« Ihre Stimme war sanft und charmant wie stets, ihre Augen aber sprühten Funken, als sie Blohfeld ansah.

»Aber Helmut Schmidt hätten Sie es erlaubt, was?«, frotzelte der Reporter und ließ seinen Zigarrenstummel ins Bierglas fallen. »Wir wollten ohnehin gerade gehen.«

8

Paul war froh, nach Hause zu kommen. Der Tag hatte es in sich gehabt. Er dankte Gott im Stillen dafür, dass sich Blohfeld schnell hatte abwimmeln lassen, nachdem sie den *Goldenen Ritter* verlassen hatten.

Es war zwar noch nicht richtig spät – gerade mal kurz nach zehn –, aber Paul spürte ein starkes Verlangen nach einem baldigen sehr engen Kontakt mit seinem Kopfkissen. Er schloss die Haustür auf, machte Licht im Flur, stieg die Treppen bis in den obersten Stock hinauf – und sah seine schönen Pläne für die Abendgestaltung zu nichts zerrinnen. »Was suchst *du* denn hier?«, fragte er die zusammengekauerte Gestalt auf dem letzten Treppenabsatz.

Hannah schreckte auf, rieb sich die Augen. »Paul, bist du es endlich?«

»An das Du muss ich mich erst gewöhnen«, nuschelte Paul vor sich hin und stieg über Hannah hinweg. Er schloss seine Wohnungstür auf und ging voraus. Hannah würde schon folgen. Dafür brauchte er ihr kaum eine extra Einladung auszusprechen. Es verging keine Minute, da hörte er bereits das Tappen ihrer Füße. Ihre Schuhe hatte sie sich beim langen Warten wohl aus Gründen der Bequemlichkeit schon abgestreift.

»Kaffee? Mineralwasser? Whisky? Oder ein Bier?«, fragte Paul aus der Küchenzeile. »Womit kann ich dienen?«

»Mmm«, gab Hannah von sich und ließ sich auf Pauls Sofa fallen. In ihren schlichten Jeans, mit dem braven T-Shirt und dem zotteligen Haar sah sie aus wie ein müdes Kind, nicht wie die toughe Studentin der Wirtschaftswissenschaften, die sie sonst so gern herauskehrte. »Haben Sie keine Cola ohne Zucker?«

»Nee. Weder mit noch ohne Zucker.«

»Dann danke. Ich verzichte.«

Paul nahm sich ein Bier und setzte sich neben sie. »Also, was ist los?«

»Das müsste ich Sie fragen. Äh, ich meine dich.« Paul hatte heute keine Lust mehr auf ein Frage-Antwort-Spiel und sagte deshalb gar nichts. »Ich habe gehört, dass du verprügelt worden bist«, rückte Hannah schließlich mit dem Grund ihres späten Besuchs heraus. »Und das am helllichten Tag.«

»Ich kann dir versichern«, sagte Paul etwas bärbeißig, »tagsüber tut es genauso weh wie nachts.«

»Ich wollte mich nicht über dich lustig machen, entschuldige.«

»Schon gut.« Paul war so müde, dass er sich am liebsten neben ihr ausgestreckt hätte. »Um es kurz zu machen: Mir geht es wieder gut, ich kann allein auf mich aufpassen und würde unser Gespräch gern vertagen. Wäre das möglich?«

»Nein«, sagte Hannah und schloss die Augen. »Ich habe seit Stunden auf Sie, äh, dich gewartet, und es war nicht sehr gemütlich im Treppenhaus. Und deshalb will ich jetzt wenigstens die ganze Geschichte hören. Worum dreht es sich in deinem neuen Fall?«

»Neuer Fall – wenn ich das schon höre!« Paul gab seine unbequeme Position im Stehen nun doch auf und rutschte neben Hannah aufs Sofa. »Es dreht sich um ein Verbrechen, das so lange her ist, dass du es theoretisch schon im Geschichtsunterricht durchgenommen haben könntest.« Paul berichtete ihr in groben Zügen, was er wusste und was bisher vorgefallen war.

Hannah hielt die Augen geschlossen, doch ihre gelegentlichen Nachfragen zeigten Paul, dass sie aufmerksam zuhörte. »Dann hast du Mama also im *Bratwurst Röslein* belauscht?«

»Ja«, gestand Paul ein. »Ich konnte nicht anders.«

Hannah öffnete das linke Auge. »Und ich konnte nicht anders, als ein wenig in den Unterlagen zu stöbern, die sie abends mit in ihre Wohnung nimmt.«

»Du hast was?«, fragte Paul ebenso verwundert wie neugierig.

»Ich habe gelesen, dass es tatsächlich noch Angehörige von Opa Kleinschmidt gibt. Seine Familie stammte ja aus der Gegend ums Kloster Weltenburg an der Donau, genauer gesagt aus Kelheim.«

»Kelheim, ja«, sinnierte Paul, dem sofort wieder das mitgehörte Gespräch zwischen Katinka und Kleinschmidt gegenwärtig war. »Plant Katinka etwa eine Befragung dieser Verwandten?«

»Ich habe nicht die leiseste Ahnung. Mit ihrer Tochter spricht sie ja grundsätzlich nicht über den Job. Aber selbst wenn sie das vorhat, wird es sicher noch ewig dauern, bis sie sich mit den niederbayerischen Justizbehörden geeinigt hat, wem das Recht einer Befragung zusteht.« Sie richtete sich auf. »Aber ich wüsste eine schnellere Möglichkeit, etwas über Kleinschmidts Familie herauszubekommen.«

»Und die wäre?«

»Wir fahren selbst hin und machen uns schlau.«

»Nach Kelheim?«, fragte Paul mehr als erstaunt. »Das ist aber von Nürnberg aus eine ganz schöne Strecke!«

»Zu weit weg von der fränkischen Heimat, was?«, neckte ihn Hannah.

»Das nicht«, winkte Paul ab. »Aber wir können doch nicht einfach ...«

Ein Klingeln an seiner Wohnungstür unterbrach ihn.

»Moment«, sagte Paul und bedeutete Hannah, im Atelier auf ihn zu warten. »Ich schaue schnell nach, wer es ist, und dann unterhalten wir uns weiter über diese verrückte Kelheim-Idee.« Kopfschüttelnd verließ er den Raum.

Er rechnete mit einem Nachbarn, der für ihn irgendein Päckchen angenommen hatte und es heute Abend noch abgeben wollte, oder mit einem verspäteten Model auf Auftragssuche. Jedenfalls würde das schnell erledigt sein, hoffte er, als er durch den Flur ging. Danach würde er Hannah ganz fix ihre neuesten Flausen austreiben und sich endlich ins Bett legen können.

Arglos öffnete er und war mehr als überrascht, Jasmin Stahl vor seiner Wohnungstür zu sehen.

»'n Abend«, sagte sie und lächelte ihn salopp an.

Paul sagte erst einmal gar nichts. Er sah sie an, bemerkte einige feine Veränderungen seit ihrer letzten Begegnung. Die Sommersprossen waren – wohl jahreszeitlich bedingt – weniger geworden, das rötliche Haar trug sie nun länger. Ihre Figur hingegen war noch so drahtig und sportlich, wie er sie kannte – und auch die Augen waren die gleichen: ein Blick, der gleichzeitig forschend und herausfordernd war, der Neugierde ebenso enthielt wie Vorsicht.

»Es gibt Neuigkeiten im Fall Kleinschmidt«, sagte Jasmin schließlich, als Paul immer noch stumm im Türrahmen stand. »Da dachte ich mir, dass ich sie dir ja auch persönlich überbringen könnte. Oder komme ich ungelegen, so spät?«

»Nein, überhaupt nicht. Nett von dir, dass du mal vorbeischaust«, sagte Paul und raffte sich zu einem Lächeln auf.

»Fein«, erwiderte Jasmin und wippte mit dem Fuß. »Dann wirst du sicher nichts dagegen haben, wenn ich kurz reinkomme. Oder soll ich es dir hier im Hausflur erzählen?«

»Nein, natürlich nicht.« Paul trat zögerlich zur Seite, um sie durchzulassen.

»Warum bist du denn so zurückhaltend?«, wollte Jasmin wissen. »Hast du etwa schon Damenbesuch?«

»Damenbesuch?«, prustete Paul. »Besuch ja, aber von einer Dame würde ich nicht sprechen.«

Jasmin bedachte ihn mit einem prüfenden Blick. »Jetzt machst du mich neugierig.«

»Nur zu.« Paul grinste in sich hinein. »Die ›Dame‹ ist eine alte Bekannte.« Sie traten ins Atelier, wo Paul Hannah in unveränderter Haltung auf dem Sofa vorzufinden erwartete – doch was er sah, ließ ihn entsetzt zurückschrecken. »Hannah!«, stieß er hervor. »Was tust du da?«

Jasmin versetzte Paul impulsiv einen schmerzhaften Stoß in die Rippen. »Dämliche Frage«, zischte sie ihm zu. »Sie zieht sich an.«

Paul war fassungslos, als er mit ansehen musste, wie Hannah in aller Gemütsruhe die Knöpfe ihrer Jeans schloss, ihr T-Shirt zurechtzupfte und dann mit einem gekünstelten »Uuuh!« einen BH vom Boden aufhob. »Den habe ich in der Eile vergessen«, sagte sie, ging auf Paul zu und kitzelte ihn unterm Kinn. »Ich gehe jetzt wohl besser. Schön war's bei dir. Wie immer.«

Ehe Paul sie aufhalten konnte, hatte sie sich unter seinem Arm hinweggeduckt und war in den Flur entschwunden. Paul war drauf und dran, sie zurückzuholen, doch da traf ihn Jasmins Ellenbogen ein zweites Mal.

»Bist du jetzt vollkommen übergeschnappt?«, herrschte sie ihn an. »Warum lässt du mich reinkommen, wenn du schon ein Date hast? Macht es dir Spaß, andere Leute vor den Kopf zu stoßen? Von wegen ›alte Bekannte‹!«

»Jasmin, ich versichere dir, dass zwischen Hannah und mir nichts läuft«, sagte Paul aufgebracht.

»Du brauchst mir nichts zu erklären, ich bin ja nicht deine Frau – nicht einmal deine Freundin. Aber ich finde es unfair, wenn du mich dabei zugucken lässt, wie du dich mit anderen Weibern amüsierst.«

»Das tue ich doch gar nicht! Hannah hat diese Szene inszeniert – das war doch offensichtlich! Ist dir das denn nicht aufgefallen?« Jasmin schüttelte den Kopf und sah ziemlich traurig aus. Paul fühlte einen Stich im Herzen. So etwas hatte er ganz bestimmt nicht gewollt. Doch ihm war klar, dass er jetzt sagen konnte, was er wollte, Jasmin würde ihm nicht glauben. Hannahs Beweggründe für diese kindische Posse waren ihm derweil durchaus klar. Sie hatte mitbekommen, wer geklingelt hatte, und sich blitzschnell einen bösen Streich einfallen lassen, um die mutmaßliche Konkurrentin ihrer Mutter zu vergraulen – was ihr ja wahrscheinlich auch gelungen war.

Paul hatte wenig Hoffnung, Jasmin zum Bleiben überreden zu können. Doch zu seiner Überraschung verließ sie nicht wutentbrannt seine Wohnung, sondern setzte sich hin. »Was rege ich mich eigentlich auf?«, fragte sie in den Raum hinein. »Du bist ein freier Mann und kannst tun und lassen, was du willst.« Das klang ziemlich resigniert.

Paul nahm einen neuen Anlauf, ihr doch noch alles zu erklären. Dann sah er ein, dass das wenig Sinn haben würde, und ließ sich neben Jasmin ins Polster sinken. »Was hast du denn für Neuigkeiten mitgebracht?«, fragte er möglichst neutral.

Jasmin blickte auf und nagte an ihrer Unterlippe, bevor sie sagte: »Eigentlich hast du es gar nicht verdient, dass ich dich mit vertraulichen polizeilichen Informationen füttere. Aber es ist ja nun mal dein ganz persönlicher Fall. Also ...«

»Also?«

»Du wolltest doch mehr über den Vorbesitzer der Kamera erfahren.«

»Ja«, sagte Paul eifrig. »Trempelmarkthändler, Entrümpelungsunternehmer, eine Witwe – so weit hatten wir die Kette rekonstruiert. Wie geht es weiter?«

»Mit dem Ehemann der Witwe, der übrigens schon 1986 bei einem Autounfall ums Leben gekommen ist. Dieser Herr, äh ... Freller war höchstwahrscheinlich der erste Besitzer des Fotoapparats. Nach seinem Tod wurde das Gerät offensichtlich in einen Schrank gelegt und vergessen.«

»Und sonst?«, fragte Paul etwas enttäuscht über die dürre Auskunft.

»Sonst kann ich dir nur noch wenig sagen. Der Mann war ein unbescholtener Arbeiter, beschäftigt bei den Nürnberger Eisenbahnfabrikanten *Schillinger & Söhne*. Die sind ja ziemlich groß im Waggonbau ...«

»Du untertreibst«, warf Paul ein und dachte an sein Treffen mit Blohfeld zurück. Bei dieser Gelegenheit war ihm der Name Schillinger zum ersten Mal seit längerer Zeit untergekommen. Neben dem Münchner Ingenieur Joseph von Baader, dem

Industriellen Joseph Anton Ritter von Maffei und dem genialen Nürnberger Kaufmann und späteren Industriebaron Theodor von Cramer-Klett war Schillinger einer der großen Vier in der bayerischen Industriegeschichte und ein Wegbereiter der Eisenbahn. Die Schillingers waren Begründer einer der ersten Maschinenfabriken in Nürnberg gewesen, anfangs noch unterstützt von englischer Technik im Dampfmaschinen- und Kesselbau. Später folgten Eisenbahnwagenbau, Eisengießerei, Brückenbau, kriegstechnisches Gerät, und all das schon sehr früh in Massenfabrikation. Noch heute zählte das Unternehmen zu den Vorzeigebetrieben der Stadt, auch wenn das momentane Familien- und Firmenoberhaupt nicht gerade zu den Sympathieträgern der Region gehörte: Wolfram Schillinger, in Pauls Augen ein selbstverliebter Egomane, sorgte immer wieder für Negativschlagzeilen, wenn er sich in der Öffentlichkeit zu herablassenden Äußerungen über Betriebsräte und linksliberale Politiker verstieg. In letzter Zeit überließ er daher meist seinen Geschäftsführern oder Anwälten das Wort, wenn es um offizielle Verlautbarungen aus dem Unternehmen ging. Wie dem auch sei, Jasmin schien die Bedeutung des Namens nicht klar zu sein: »*Schillinger & Söhne* bauen seit über hundertfünfzig Jahren Schienenfahrzeuge und gehören zur Weltspitze«, betonte Paul. »Die haben ja sogar schon am Adler-Nachbau mitgeschraubt.«

»Die olle Ludwigsbahn nach Fürth? Das wusste ich ja gar nicht.«

Paul erzählte ihr alles, was er über diesen Teil der Nürnberger Historie zu sagen wusste – zugegebenermaßen nicht besonders viel. Aber er verstand es, seine Wissenslücken mit kleinen Anekdoten zu kaschieren. Jasmin hörte ihm aufmerksam zu. Ihre Gestik und Mimik wirkten allmählich wieder entspannter.

»Ein unbescholtener Arbeiter also«, kam er dann wieder auf ihr ursprüngliches Thema zurück. »Das heißt, dass ihr nichts über ihn in euren Karteien habt?«

Jasmin bestätigte das.

»Hm. Keine absonderlichen Hobbys oder krankhaften Neigungen?«

»Zumindest ist nichts darüber bekannt. Und so viele Jahre nach seinem Tod werden wir auch nichts mehr erfahren.«

Paul wollte sich nicht so schnell geschlagen geben. Wenn es im Privatleben dieses Mannes schon nichts Auffälliges zu entdecken gab, dann vielleicht bei seiner Arbeit. Er dachte darüber nach, ob nicht der Beruf des Mannes etwas mit dem Erwerb der Kamera zu tun gehabt haben könnte. »Als was war er denn bei *Schillinger & Söhne* tätig?«

»Er war beim Werkschutz, soviel ich weiß. Warum?«

»Nun – das könnte doch zumindest seine Vorliebe für diese spezielle Art von Kamera erklären. Dieses Modell benutzte man ja unter anderem für die Spionage und heimliche Observationen.«

»Du glaubst, der Mann war eine Art Hobbyspion? Ein Freizeit-James-Bond?«

Jasmins ironischer Tonfall passte Paul nicht. »Könnte doch sein«, sagte er etwas brummig. »Zumindest haben Leute vom Werkschutz schon von Berufs wegen ein Faible für Überwachungstechniken aller Art.«

»Das mag ja stimmen, aber es sagt uns noch überhaupt nichts darüber, wie diese Fotos auf den Film gekommen sind. Meinetwegen motiviert der Beruf eines Werkschützers zum Kauf einer solchen Kamera. Aber man kauft sich keine Spionagekamera, um eine junge Frau zu ermorden.« Jasmins belehrender Ton erinnerte Paul daran, dass er in kriminalistischen Ermittlungen immer ein Amateur bleiben würde. »Diese Spur führt in eine Sackgasse.«

Paul stimmte widerwillig zu. Wenn man auf Biegen und Brechen Zusammenhänge herstellen wollte, waren die Ergebnisse selten überzeugend. »Habt ihr denn in der Mordsache selbst etwas Handfestes gefunden?«, lenkte er ab.

Jasmin blinzelte ihn beinahe mitleidig an. »Aber Paul, was erwartest du eigentlich von uns? Wunder?« Sie rückte näher an ihn heran – er sah ihre Sommersprossen jetzt genauer – und erklärte behutsam: »Die ganze Angelegenheit hat im Laufe der Zeit so viel Staub angesetzt. Das lässt sich nicht behandeln wie ein gerade erst verübter Mord. Wir sind auf alte, teilweise unvollständige Akten angewiesen, und die Zeugen sind inzwischen tot oder nicht mehr auffindbar.«

»Ja, aber ...« Paul wollte sich einfach nicht damit abfinden, dass da nichts zu machen war. »Was ist mit den Beweisen? Angeblich waren sie platziert.«

»Wer sagt das denn?« Jasmin sah ihn forschend an. »Kommt das etwa von der Staatsanwaltschaft?«

»Vielleicht«, antwortete Paul ausweichend.

Doch Jasmin ließ nicht locker. »Schon klar. Deine Freundin unterstellt der Polizei Versäumnisse oder Manipulation bei der Beweisaufnahme, und ihre eigene Zunft bleibt sauber außen vor.«

»Hör doch auf mit diesen Feindseligkeiten«, bat Paul sie. »Sag mir einfach, was du von dieser These hältst.«

»Dass damals Beweisstücke absichtlich am Tatort deponiert wurden?«

»Ja. Dass sie jemand gezielt dort hingebracht hat.«

»Hmm.« Jasmin zupfte sich am Ohrläppchen. »Es ist unwahrscheinlich. Wer sollte sich die Mühe machen? Und warum?«

»Beantworte bitte einfach nur meine Frage: Ist es möglich – ja oder nein?«

Jasmin sah ihn unschlüssig an. »Theoretisch ja.«

»Auch praktisch?«, bohrte Paul.

»Ja, auch praktisch. Bei den sichergestellten Beweisstücken, die die Fingerabdrücke des Täters trugen, handelte es sich um mobile Gegenstände.«

»Um was?«

»Um bewegliche Güter«, erklärte Jasmin. »Ein Glas zum Beispiel, eine Vase, ein Kugelschreiber, Schuhe, ein Regenschirm.«

»Also gab es keine Fingerabdrücke an der Tür und an den Schränken?«

»Nein. Ebenso wenig an Lichtschaltern oder Wänden.«

»Seltsam.« Paul kratzte sich am Kinn. »Aber es gab doch noch weiteres Material, das Kleinschmidt belastete, oder?«

»Selbstverständlich«, bestätigte Jasmin. »Haare und Textilspuren, die man eindeutig Kleinschmidt zuordnen konnte.«

»Wenn die auch bewusst platziert wurden, hat jemand ziemlich viel Aufwand betrieben«, folgerte Paul, dessen Zweifel wieder wuchsen. »Das ist wohl nicht sehr wahrscheinlich, was?«

Er rechnete mit einem knappen, klaren Nein. Doch Jasmin blieb seltsam zurückhaltend. Sie schien mit sich zu hadern, ob sie Paul noch tiefer ins Vertrauen ziehen sollte oder besser nicht. Schließlich rang sie sich doch dazu durch, ihn auf etwas aufmerksam zu machen, das ihr offenbar selbst zu denken gab. »Die Haare waren wurzellos«, sagte sie leise.

»Ja – und?« Paul wusste mit dieser Bemerkung nichts anzufangen.

»Die Enden waren auffällig glatt. Sie wirkten wie abgeschnitten.«

»Das heißt ...« Bei Paul dämmerte langsam die Erkenntnis.

» ... dass bei Haaren, die zum Beispiel in einem Handgemenge ausgerissen werden, normalerweise die Haarwurzeln vorhanden sind«, bestätigte Jasmin. »Bei den sichergestellten Haaren von Herrn Kleinschmidt fehlten die Wurzeln aber komplett.«

»Man hätte sich diese Haare also auch beim Friseur besorgen und am Tatort verstreuen können«, folgerte Paul.

Jasmin wiegte den Kopf. »Na ja – das klingt ein wenig simpel. Aber es ist eine Möglichkeit, die man hätte in Betracht ziehen müssen.«

»Aha!«, triumphierte Paul. »Es könnte also doch sein, dass der falsche Mann verurteilt wurde.«

Jasmin winkte ab. »Zieh keine vorschnellen Schlüsse. Alle Indizien haben damals gegen Kleinschmidt gesprochen, und er hatte kein Alibi für die Tatzeit. Die Beweislast gegen ihn war insgesamt stark – und überzeugend.«

Paul sah sie nachdenklich an. Er wollte gern an seinem positiven Bild von Kleinschmidt festhalten, aber sich auch nicht den Tatsachen verschließen. »Was stand denn in dem Autopsiebericht?«, fragte er zögernd.

»Jedes unschöne Detail. Der Leichendoktor war äußerst akribisch. Es war keine angenehme Lektüre, das kannst du mir glauben.«

»Dass es vorsätzlicher Mord und nicht doch ein Unfall war, ist also gerichtsmedizinisch bestätigt worden?«

»Ohne jeden Zweifel. Stumpfe Gewalteinwirkung an Oberkörper und Kopf. Der Täter muss minutenlang auf sie eingedroschen haben. Die Todesursache war letztlich eine Hirnblutung infolge eines Schädelbasisbruchs.«

»Brutal«, entfuhr es Paul.

»Ja, unmenschlich brutal. Und ich bleibe bei meiner Meinung, dass Kleinschmidt zu Recht verurteilt wurde. Er hat seine Strafe abgesessen und ist heute wieder auf freiem Fuß. Das ist auch okay so. Aber man sollte diese Sache jetzt einfach mal vergessen, anstatt alte Wunden aufzureißen.«

Jasmin sah Paul an, als würde sie in seinen Augen nach einer Bestätigung ihrer Worte suchen. Dann berührten sich zufällig ihre Knie. Beide zuckten sofort zurück.

Besser so, dachte Paul.

Es war bereits weit nach Mitternacht, als das Klingeln des Telefons Paul aus einem tiefen und traumlosen Schlaf riss. Mühsam rappelte er sich auf.

»Ja?«, fragte er mit unterdrücktem Gähnen.

Hannah meldete sich mit einer Stimme, die frisch klang wie am frühen Morgen. Sie hätte auf der Basis von Katinkas Unterlagen recherchiert, sagte sie. Im Internet, kaum dass sie von ihrem Besuch bei Paul zurückgekommen war. Die meisten Ergebnisse ihrer Recherche waren ernüchternd.

Kleinschmidts Mutter lebte bekanntlich längst nicht mehr, und Geschwister gab es keine. Aber Hannah war nach ausdauerndem Stöbern auf eine Verwandte gestoßen, von der nirgends ein Todestag verzeichnet war.

»Gertrud Wagner heißt die Frau. Sie lebt wahrscheinlich noch. In einem Altenheim oder so«, sagte sie voller Elan.

Paul dachte an Kleinschmidts Haar- und Gewebespuren und an sein fehlendes Alibi, an die erdrückenden Beweise seiner Schuld. Ihm war nicht danach zumute, in Hannahs Begeisterung einzustimmen. Schon gar nicht wollte er sich ausmalen, welche Folgen ihre Entdeckung für ihn haben würde: vermutlich nur neuen Ärger.

»Am besten«, sagte sie, sein Schweigen richtig deutend, »du schläfst erst mal drüber. Morgen sehen wir dann weiter.«

Von Schlafen konnte nach diesem Telefonat keine Rede mehr sein. Paul lag auf seiner Schlafcouch, den Blick starr nach oben gerichtet. Durch das große ovale Oberlicht sah er in einen sternklaren Himmel und hing zweifelnden Gedanken nach. Kurz dachte er daran, in einem der beiden Bücher zu schmökern, die er gerade las: Graham Greenes scharfsinniges *Die Stunde der Komödianten* und Michael Lewins herrlich lakonisches *Wer viel fragt*. Doch er wusste, er würde sich nicht darauf konzentrieren können.

Er war sich darüber im Klaren, dass er an einem Scheideweg stand. Entweder er würde sich von der Kleinschmidt-Affäre kurz und schmerzlos verabschieden. Oder aber er würde seine ganze Energie und noch sehr viel Zeit in die Aufklärung dieser Angelegenheit stecken müssen. Das hieße dann auch, sich auf unorthodoxe Ermittlungsmethoden einzulassen, wie Hannah sie im Kopf hatte. Beim Gedanken an all die Schwierigkeiten, die er sich damit aufhalsen würde, tendierte Paul zu Variante eins. Auch ein kurzer Überschlag seiner Finanzlage legte die Entscheidung nahe, sich ab sofort aus dem Fall herauszuhalten. Stattdessen würde er sich nach neuen, möglichst lukrativen Fotoaufträgen umhören. Das täte seinem Konto gut und würde auch bei Katinka auf Wohlwollen stoßen. Ganz zu schweigen von seinen Eltern.

Ja, nahm sich Paul vor, ich gebe die Schnüffelei auf! Und wenn ihn die Lösung des Falls noch so sehr reizte – er würde sich nicht gestatten, Hannahs Plan auch nur in Betracht zu ziehen. Mit dem festen Vorsatz, ihr am nächsten Morgen eine Absage zu erteilen, schloss er die Augen.

9

Am frühen Nachmittag saß er hinterm Steuer seines mit neuer Batterie ausgestatteten Renaults und fuhr mit Hannah durch die Oberpfalz. Am Himmel hingen fedrige Wolken. Die Sonne hatte nicht mehr ihre sommerliche Kraft, aber schien klar und hell, wie es sich für einen schönen Herbsttag gehörte. Paul hatte zwei Zimmer in einer Pension gebucht, nicht weit entfernt vom etwas nichtssagenden Stadtzentrum.

Pauls und Hannahs erster Besuch galt dem Kelheimer Rathaus. Auf dem Einwohnermeldeamt baten sie um Auskunft, was aus Kleinschmidts Verwandtschaft geworden war. Die Ergebnisse allerdings waren spärlich. Selbst als Hannah den im Internet entdeckten Namen anbrachte, hatten sie keinen Erfolg.

»Es tut mir wirklich sehr leid, dass Sie die Fahrt hierher umsonst gemacht haben.« Die Beamtin, eine pummelige Mittdreißigerin mit strohblondem Haar und freundlichen Augen, schien es aufrichtig zu bedauern, dass sie nicht helfen konnte oder durfte.

»Hey, lass uns erst mal an die Donau gehen. Ein strammer Spaziergang zum Kloster Weltenburg oder zur Freiheitshalle wird uns aufmuntern«, schlug Hannah voller Tatendrang vor, als sie das Amt verlassen hatten und auf einem menschenleeren Platz standen. Verspielt tänzelte sie um Paul herum.

»Machen wir eine Recherchierpause, ja? Nach der langen Autofahrt und der drögen Fragerei brauche ich dringend Sauerstoff und Bewegung!«

»Wir haben doch gerade erst angefangen«, protestierte Paul.

»Wir können auch eine Bootsfahrt machen. Gleich in der Nähe sind die Anleger. Ach, bitte!« Sie drängelte wie ein ungeduldiger Teenager.

Paul erinnerte sich gern an die Ausflüge seiner Kindheit, die er mit seinen Eltern zum Kloster Weltenburg unternommen hatte. Nicht, dass es für ein Kind besonders spannend gewesen wäre, neben biertrinkenden Pensionären in verqualmten Gewölbekellern Schweinebraten mit Kloß zu essen, aber der Ort weckte dennoch sentimentale Gefühle in ihm.

»Abgemacht?«, bohrte Hannah. »Wir fahren Boot? Sag bitte, bitte ja!« Sie strich abermals um ihn herum, streckte ihm auffordernd die Hand entgegen.

Einmal mehr hatte Paul das Gefühl, Hannah sei ein Kind und keine Studentin im vierten Semester. Dennoch – ihr infantiles Gebaren rührte ihn. Er war ganz in der Stimmung einzuschlagen, doch den Ausflug mussten sie verschieben. Die Frau, die sie im Einwohnermeldeamt befragt hatten, tauchte plötzlich in der Tür des Rathauses auf und winkte die beiden zu sich heran.

»Was will die noch?« Hannah schien diese Unterbrechung ihres Vorhabens gar nicht zu behagen.

»Das werden wir gleich wissen«, entgegnete Paul trocken.

Die Beamtin mit den freundlichen Augen sah sich verstohlen um. »Sie sind Freunde der Familie, sagten Sie?« Paul nickte wortlos. Die Frau blickte sich abermals um, bevor sie Paul einen Notizzettel zusteckte. »Also gut. Sie sollten wissen, dass dies hier mit dem Datenschutz nicht besonders gut zu vereinbaren ist. Von mir haben Sie die Adresse also nicht bekommen, geht das in Ordnung?«

Paul warf einen raschen Blick auf den Zettel. Die Anschrift von Gertrud Wagner, Großtante von Konrad Kleinschmidt, wohnhaft in einem Seniorenstift. Paul ließ das Blatt in seiner Jackentasche verschwinden. »Gesetze sind dafür da, sie auszulegen«, sagte er schmunzelnd. »Davon abgesehen erinnere ich mich ab sofort nicht mehr daran, je eine Auskunft bei Ihnen eingeholt zu haben.«

Die Frau lächelte erleichtert. »Viel Erfolg.«

10

»Sie wollen zu Frau Wagner? Ich weiß nicht recht! Frau Wagner kränkelt seit einigen Tagen – und bedenken Sie ihr gesegnetes Alter von achtundneunzig Jahren.« Die Pflegerin, die Paul und Hannah zum Zimmer der alten Dame führen sollte, machte einen unglücklichen Eindruck. Erst hatte sie es rundweg abgelehnt, die beiden Besucher überhaupt einzulassen. Nur der große Blumenstrauß in Pauls Händen und seine Versicherung, nicht länger als eine Viertelstunde zu bleiben, konnten sie umstimmen. »Na gut«, sagte sie, »unsere Gertrud bekommt ja sonst kaum Besuch. Ausnahmsweise. Und Sie sind Freunde der Familie? Stimmt das auch?«

»Erwecke ich den Eindruck, dass ich lüge?«, entgegnete Paul bestimmt.

Die Frau im weißen Kittel musterte ihn eingehend. Sie betrachtete sein ausdrucksstarkes Gesicht, die schwarze, abgesteppte Jacke, unter der ein dunkles Jackett hervorlugte, und nickte zufrieden. Dann wanderten ihre Blicke hinüber zu Hannah. Die trug ihr Haar brav zurückgesteckt unter einem Haarband. Ihr knöchellanger Trenchcoat verdeckte, was auch immer darunter verborgen sein mochte. Die Pflegerin schien beruhigt und führte die beiden durch die nüchternen Flure des Altenheims.

Im ersten Stock passierten sie eine Gruppe Heimbewohner. Einige saßen im Rollstuhl, andere stützten sich mit ihren dürren, faltigen Armen auf Krücken. Die Alten gaben kein Anzeichen, dass sie die Besucher bemerkt hätten. Vor einem Zimmer am Ende des Ganges blieben sie stehen. »Hier wohnt Gertrud. Ich lasse Sie jetzt allein. Wie gesagt: nicht länger als eine Viertelstunde. Bitte.« Damit verabschiedete sich die Pflegerin.

»Willst du da wirklich reingehen?« Hannahs Stimmung schien auf den Nullpunkt gesunken zu sein. Offenbar hatte sie sich den Niederbayernausflug doch ein wenig anders vorgestellt, als mit dem bedrückenden Alltag eines Altenheims konfrontiert zu werden.

»Natürlich, dafür sind wir doch hier.«

Paul wollte schon die Tür öffnen, als Hannah seine Hand zurückhielt. »Lass uns lieber umkehren. Der Tag war anstrengend. Verschieben wir den Besuch bei der Oma!«

Paul löste ihren Griff. »Hannah«, sagte er ernst. »Ich gehe jetzt da rein. Wenn du keine Lust dazu hast oder dich nicht traust, kann ich das verstehen. Ich würde sagen, wir treffen uns um sechs in der Pension, einverstanden?«

Ihr Mund wurde hart. »Tu, was du nicht lassen kannst. Es war ja meine Idee, hierher zu kommen, aber inzwischen denke ich, dass es ein Fehler war.« Sie drehte sich um und ging. Darauf konnte und wollte Paul nicht mehr reagieren. Verärgert räusperte er sich und drückte die Klinke herunter.

Das Zimmer lag in diffusem Halbdunkel. Die Jalousien waren heruntergelassen und die Lamellen schräg gestellt. Er wagte kaum aufzutreten, denn etwas in seinem Inneren mahnte ihn, behutsam vorzugehen. Langsam näherte er sich dem schneeweißen Bettenberg, unter dem er sein eigentliches Ziel vermutete. Er sah nur Laken, Bettbezug und Kissen. Keinen Menschen. Nicht mal ein Lebenszeichen wie ein Geräusch oder eine Bewegung.

Paul ließ den mitgebrachten Blumenstrauß sinken und trat neben das Kopfende des Bettes. Mit aller Vorsicht zog er die wolkenhaft aufgeblähte Decke ein wenig zurück. Endlich sah er sie. Gertrud schlief. Sie hatte ein uraltes Gesicht, winzig und in dem übergroßen Kissen fast vollständig versunken. Paul beugte sich zu ihr hinab. Er hörte ein Atmen, so leise, dass er es sich genauso gut eingebildet haben konnte. Er starrte auf den puppengroßen Kopf, musterte die Haut, die aussah wie aus Wachs geformt und von feinen, bläulichen Linien durchzogen war. Auf Stirn und Wangen sah Paul ungleichmäßige graue Flecken.

Mit einem Mal bemerkte er, dass Gertrud aufgewacht war. Sie sah Paul aus starren, matten Augen an. Der Anflug eines Lächelns huschte über ihre Lippen. Paul befielen Gewissensbisse, dass er hierher gekommen war und diese steinalte Frau aus dem Schlaf gerissen hatte. Es erschien ihm wie ein Frevel, sie wegen einer Geschichte zu belästigen, die sie wahrscheinlich längst vergessen hatte, und ihr etwas von dem kostbaren Bisschen Zeit zu stehlen, das ihr noch blieb. Hannahs plötzliche Skrupel waren womöglich doch nicht unberechtigt.

»Buh!«

Paul schreckte zurück.

»Sie sehen mich an, als wäre ich ein Geist.«

»Entschuldigen Sie bitte. Aber ich ...« Paul wusste nicht, wie er sich der Greisin gegenüber verhalten sollte. Ihre forschen Worte standen in so krassem Gegensatz zu ihrer Erscheinung.

»Mein lieber Herr«, flüsterte die Alte. Ihre Stimme klang zwar schwach, gleichzeitig aber auch warm und vertraulich. Unwillkürlich beugte sich Paul wieder vor, um ihren Worten zu lauschen. »Sie brauchen keine Scheu zu haben. In fünfzig oder sechzig Jahren sehen Sie genauso aus. Mit etwas Glück sind Sie dann ebenso gut beieinander wie ich – geistig meine ich.«

Paul lächelte verlegen. »Ich wollte Sie nicht kränken. Es ist nur ...«

»Ich weiß, was in Ihnen vorgeht. Sie sehen mich an und denken: Was für ein altes Wrack! Ein Gesicht wie ein Ballon, aus dem man die Luft abgelassen hat. Schlaff und grau. Eine dem Tode Geweihte.«

»Nein, bestimmt nicht, ich ...« Paul mühte sich vergebens, sich herauszureden.

Die Alte lächelte milde. »Ich glaube, ich kenne Sie nicht. Obwohl ich nicht ganz sicher bin. Mein Gedächtnis macht mir zu schaffen. Der Doktor hat mir einen guten Kalklöser verschrieben.« Sie kicherte. »Ein Mittel, das man wahrscheinlich auch in alte Waschmaschinen schüttet. Aber Hauptsache, ich funktioniere wieder.« Paul strich sich nervös über die Bartstoppeln. »Ich merke, Sie finden das gar nicht lustig. Gut, dann höre ich auf mit den Scherzen. – Akzeptieren Sie, dass Sie es mit einem vollwertigen Menschen zu tun haben? Alzheimer bemüht sich um mich bisher vergeblich.«

Paul schluckte. Die Alte war nicht auf den Kopf gefallen. Was für ein Vorurteil, hier nur die Ruine eines menschlichen Wesens vor sich zu haben. »Sie kennen mich wirklich nicht, Frau Wagner. Aber Sie kennen jemanden, der in Schwierigkeiten steckt und dessen einzige Hilfe womöglich Sie sein könnten.«

Paul erzählte. Er erzählte von Konrad Kleinschmidt und seiner Vermutung, dass der Mann unschuldig im Gefängnis gesessen hatte. Und er erzählte von seinen eigenen Erlebnissen. Von dem zwielichtigen Pärchen, das ihn verprügelt hatte. Von dem Kopfzerbrechen, das ihm dieser Fall schon beschert hatte. Paul erzählte sogar von Blohfeld und seinen Spekulationen. Nur Hannah ließ er außen vor, weil er sich noch immer über ihr unreifes Verhalten ärgerte.

Der winzige Kopf in dem riesigen Kissen lag still und schwieg. Kein Zucken, kein Schnaufen, nicht die leiseste Regung verriet, was Gertrud Wagner über die Sache dachte. Für einen Augenblick befürchtete Paul, dass sie wieder eingenickt war. Doch dann kam ein wenig Farbe in ihre fahlen Lippen. »Das ist keine schöne Geschichte. Ich wünschte, ich hätte in meinem Leben nicht mehr davon gehört. Den kleinen Konrad habe ich nie wieder gesehen seit damals.« Paul schmunzelte. Von einem Rentner als dem kleinen Konrad zu sprechen, erschien ihm etwas verschroben. Trotzdem nickte er interessiert. »Seine Mutter hat sich bei uns nicht mehr gemeldet. Seit sie fortgegangen ist, nach dem Krieg, so um das Frühjahr '46 herum, weiß ich nichts mehr von ihr. Keine neue Adresse, nichts. Ich habe sie irgendwann einfach vergessen.«

»Ja, aber davor, Frau Wagner! Was war, bevor die beiden Kelheim verlassen haben? Was ist zum Beispiel mit dem Vater passiert? Ist er im Krieg gefallen?«

Plötzlich stand Furcht und Sorge in den Augen der Alten. Ihr Mund öffnete sich, aber kein Ton kam heraus. Paul wurde unruhig. Nervös sah er sich nach einer Klingel um, mit der er notfalls die Schwester alarmieren könnte.

»Konrad hatte keinen Vater«, sagte sie schließlich in einem Ton, der keinen Widerspruch zuließ. »Das war der Grund, weshalb die beiden gehen mussten. Es war eine andere Zeit ... ihr Leumund war einfach dahin. Wissen Sie, Kelheim ist klein. Es hat die Regeln einer Dorfgemeinschaft; zumindest war es damals so. Jeder kannte hier jeden. Sie hätte nie wieder eine Chance bekommen. Konrad genauso wenig. Er war ein Bastard. Die Leute hätten ihn geschnitten.«

Paul wollte sich mit dieser Antwort nicht zufriedengeben. »Aber es muss einen Vater gegeben haben. Ich bitte Sie! Kinder sind noch nie ohne das Zutun von Männern entstanden. Was ist passiert mit diesem Mann? Hat er die Mutter sitzen lassen?«

Dürre, kalkweiße Hände krochen unter dem Laken hervor und legten sich schützend über den Mund der Alten. »Ich kann es Ihnen nicht sagen. Es ist zu lange her. Ich kann mich nicht erinnern«, nuschelte sie.

Hier stimmte doch etwas nicht – was verbarg die Frau? Deutlich konnte Paul ihre Furcht spüren, mit der Wahrheit herauszurücken. Er ermunterte sie vorsichtig, aber bestimmt: »Diese Angelegenheit liegt Jahrzehnte zurück. Sie brauchen sich nicht zu ängstigen. Wer auch immer der Vater war – er ist längst gestorben oder zumindest steinalt. Er kann niemandem mehr etwas anhaben.«

»Ha!« Die Alte richtete sich ein Stück weit auf. »Natürlich ist er tot. Wer wird denn hundertzehn Jahre alt?«

»Na also. Sie erinnern sich! Wie war sein Name?«

Wieder trat die nackte Angst in die Augen der Greisin. »Ich kann es nicht sagen.«

Die Tür öffnete sich. Die Schwester, die Paul hierher geführt hatte, schaute ihn ungeduldig an.

»Moment bitte«, bat er. »Geben Sie mir noch fünf Minuten.«

Die Schwester schüttelte unwirsch den Kopf. »Nicht eine Minute. Sehen Sie nicht, dass Frau Wagner erschöpft ist?«

Paul warf ihr einen flehenden Blick zu, doch die Schwester blieb hart. Mit energischem Wink forderte sie ihn zum Gehen auf. »Da kann man wohl nichts machen«, gab er nach und nickte der Alten im Bett freundlich zu. »Trotzdem danke, dass Sie mich angehört haben.«

»Die Blumen.« Paul wollte schon den Raum verlassen, als ihn die Greisin auf den Strauß in seiner Hand aufmerksam machte. »Wollen Sie die schönen Rosen etwa wieder mitnehmen?«

»Verzeihung, das will ich sicher nicht.« Peinlich berührt machte er kehrt und legte den Strauß auf dem Nachttisch ab. »Ich sage der Schwester, sie soll eine Vase bringen. Also nochmals vielen Dank. Auf Wiedersehen ...«

»Der Vater!«, unterbrach ihn die Alte. Die Worte kamen scharf, waren dennoch nur ein Flüstern. Die Schwester, die am Türrahmen lehnte, hatte es nicht gehört.

»Was sagten Sie?«, fragte Paul überrascht.

»Der Kindsvater. Er war ein großer Mann.«

Paul beugte sich näher zu ihr. »Ich verstehe nicht ...«

»Geld ...«, stammelte sie. »Es ging immer nur ums Geld.«

Er wusste ihre Worte nicht einzuordnen. »Sie müssen entschuldigen, aber ich – «

Die Schwester ging dazwischen: »Schluss jetzt! Genug ist genug.«

11

Die beiden kleinen Pensionszimmer waren bescheiden eingerichtet. Paul hatte bei der Wahl einer Bleibe auf ihre zentrale Lage geachtet. Die Ausstattung war ihm egal gewesen. Das hatte ihm zwar einen missbilligenden Blick von Hannah eingebracht, war aber in Hinblick auf seinen selbst gesetzten, mageren Etat wichtig.

»Geld,« murmelte Paul vor sich hin. »Es ging immer nur ums Geld.« Was hatte ihm die alte Gertrud damit sagen wollen? Er streifte gedankenverloren durch das Zimmer, griff nach einem blassroten Seidenschal, der über einem schäbigen Sessel am Fenster lag. Er ließ den Schal durch seine Hände gleiten, hob ihn zum Gesicht, um an dem zarten Stoff zu schnuppern. Ein blumiges, unaufdringliches Parfüm entströmte ihm. Die Handschrift von Hannah – und der gleiche Duft, den ihre Mutter verwendete. Natürlich musste er sofort an Katinka denken. Er war sicher, dass Hannah genau das beabsichtigt hatte, als sie den Schal in seinem Zimmer liegengelassen hatte. Er sollte nur ja nicht auf den Gedanken kommen, ihre Mutter zu vergessen.

»Geld.« Meinte Gertrud tatsächlich einen vermögenden Kindsvater? Einen reichen Mann, der sich amüsiert hatte und dann nichts von den Folgen seines Seitensprungs wissen wollte? Wenn Gertrud darauf angespielt hatte und gesetzt den Fall, dass sie nicht fantasierte oder Paul gar auf den Arm genommen hatte, dann hatte Paul womöglich ein Problem – denn vermögende Leute waren und blieben gemeinhin machtvoll und einflussreich. Der betreffende Herr oder seine Familien würden also auch heute noch alles daran setzen, um zu verhindern, dass jemand in ihrer schmutzigen Wäsche wühlte.

Vielleicht ließen sich daraus ja Pauls momentane Schwierigkeiten erklären, vielleicht lag hier sogar der Grund dafür, dass er zusammengeschlagen worden war. Anderseits – sah er da nicht doch nur Gespenster?

Es klopfte, und Paul empfing Hannah mit einem Vorwurf auf den Lippen: »Wir wollten uns doch um sechs hier treffen. Du bist spät dran.«

Hannah legte sichtlich verlegen ihren Mantel ab. Zu Pauls Überraschung trug sie darunter ein schlichtes, aber schickes Kostüm. Nichts, was ihrer üblichen Garderobe entsprach. »Ich habe gedacht, du wärst länger in diesem Altenheim beschäftigt.«

Paul setzte sich auf die Bettkante. »Nein, die haben da recht engagiertes Personal, das seine Heimbewohner hütet wie einen Schatz. Ein paar Worte, und ich musste verschwinden.«

»Na ja.« Sie kicherte, streifte die Schuhe ab, setzte sich neben ihn. »Um so besser. Auf diese Weise haben wir mehr Zeit, um über den Fall zu sprechen.«

Als Hannah neben ihm saß und er ihr – beziehungsweise Katinkas – Parfüm einatmete, wäre er beinahe weich geworden und hätte sein Misstrauen für sich behalten. Doch eine Frage brannte ihm auf den Nägeln: »Was hast du so lange allein getrieben?«

»Lange?«, tat Hannah ahnungslos. »Ich war gerade mal eine Stunde fort.«

Es waren mindestens zweieinhalb Stunden vergangen, seit sie sich im Seniorenstift getrennt hatten. Schärfer, als ihm selbst lieb war, fragte Paul: »Kann es sein, dass du mich hintergehst und Recherchen auf eigene Faust anstellst? Hat dich womöglich deine Mutter vorgeschickt, um mir in die Quere zu kommen?«

»Aber nein!« In Hannahs Gesicht stand jetzt echte Überraschung. »Ich habe einfach nur einen Stadtbummel gemacht und mir dieses neue Teil hier gekauft. Gefällt es dir nicht?« Sie blickte selbstkritisch an sich herunter.

»Willst du mich auf den Arm nehmen?« Zorn stieg in ihm auf. »Du wolltest mir doch helfen, oder? Warum hast du mich zu dieser Detektivtour überredet, wenn dir dann nichts Sinnvolleres einfällt, als shoppen zu gehen?«

Wenn Blicke töten könnten ...! Paul zog instinktiv den Kopf ein. Hannah war eine selbstsichere junge Frau. Wenn sie wollte, konnte sie zerbrechlich und wehrlos wirken, aber weitaus öfter erwies sie sich als dickköpfig und energisch. »Passen Sie mal auf, Herr Flemming«, fiel sie ins gewohnte Siezen zurück, »und lassen Sie sich eins gesagt sein: Ich bin keine Staatsanwältin wie meine Mama. Ich will zwar dazu beitragen, die Kleinschmidt-Geschichte aufzuklären. Aber die Nummer in dem Altenheim war mir einfach zu abgefahren. Steinalte Leute auszuquetschen – da muss ich passen. Sorry.«

»Also bist du lieber bummeln gegangen.« Paul merkte, dass er mit seinem Misstrauen Gefahr lief, Hannahs Freundschaft zu verlieren. Aber so einfach wollte er sich nicht abspeisen lassen. »Verkauf mich bitte nicht für dumm«, nahm er einen neuen Anlauf, »zum Shoppen hast du in Nürnberg genügend Gelegenheiten und eine größere Auswahl als ausgerechnet in diesem Kaff. Was steckt also wirklich dahinter?«

»Du und deine blöden Fragen!«, antwortete Hannah leichthin. »Irgendwie musste ich die Zeit ja totschlagen.«

Paul sah sie eindringlich an. »Hannah, ich kenne dich schon zu lange, als dass du mir etwas vormachen könntest.«

Sie stieß entnervt die Luft aus. »Du kannst ganz schön penetrant sein, weißt du das?« Sie schüttelte eine Locke aus der Stirn und erklärte: »Das mit meiner Aversion gegen ein Verhör im Altenheim stimmt. Ehrlich! Also dachte ich mir, dass ich mich vielleicht irgendwie anders nützlich machen könnte.«

»Und?«, fragte Paul noch immer argwöhnisch.

»Ich dachte mir, dass die nette Frau, die uns die Adresse von Gertrud Wagner gesteckt hat, mehr weiß, als sie uns gegenüber rausließ. Und dass es sich lohnen könnte, noch einmal mit ihr zu reden. Also bin ich zurückgegangen. Ins Rathaus. Das heißt, vorher habe ich mir diesen Dress zugelegt. War bei einer Modekette am Marktplatz gerade im Ausverkauf. Damit komme ich seriöser rüber. Im Rathaus habe ich dann wegen der Kleinschmidts nachgebohrt. Vor allem ging es mir darum, etwas mehr über die Umstände des Umzugs nach Nürnberg herauszufinden.« Sie sah Paul verdrießlich an. »Fehlanzeige. Keine neuen Infos.«

»Dann war deine Extratour ja wohl ein Schlag ins Wasser«, konnte sich Paul nicht verkneifen zu sagen.

»Nicht ganz. Die nette Rathaustippse hat mir eine interessante Story über Kleinschmidts Mutter erzählt! Sie soll kurz nach der Geburt ihres Sohnes unverhofft zu Geld gekommen sein. Sicherlich waren das keine Reichtümer, aber es hat gereicht, um den Dorfklatsch zu aktivieren. Die Leute haben getratscht wie die Wilden.«

»Eine Überweisung vom unbekannten Kindsvater?«, spekulierte Paul.

»Das konnte mir die Frau nicht sagen. Sie kannte die Geschichte ja selbst nur noch vom Hörensagen.«

»Und sonst? Hast du noch etwas herausbekommen?«

»Nein.« Hannah schien für einen kurzen Moment in sich zu gehen. »Nein!«, wiederholte sie dann entschieden.

»Aber ...« Paul brachte es nicht übers Herz, noch einmal nachzuhaken, denn Hannah wirkte mit einem Mal müde und abgespannt. Er musste sich damit abfinden zu warten, wenn er erfahren wollte, auf wessen Seite sie diesmal wirklich stand.

12

»Na prima!«, sagte Blohfeld verärgert. Er drückte eine halb gerauchte Zigarre in den Ascher neben dem Bildschirm seines PCs. Dann stand er auf und zog die Tür seines Büros zu. »Na prima«, wiederholte er unwirsch. »Jetzt haben wir Hinweise auf zwei uralte Fälle: einen Mord *und* eine verleugnete Vaterschaft. Und aus beiden kann ich mangels ausreichender Fakten keinen Zeitungsbericht machen, denn selbst ein Victor Blohfeld kann auf einer Glatze keine Locken drehen.« Er setzte ein muffliges Gesicht auf und kehrte an seinen PC zurück. »Im Grunde genommen war Ihre Reise zu den Moosbüffeln doch für die Katz, oder?«

Paul sah ihn etwas beleidigt an. »So würde ich das nicht sagen.«

»Aber ich!« Verbissen hackte Blohfeld auf seine Tastatur ein. »Ich habe zur Zeit wirklich Wichtigeres zu tun, als mich um Ihren privaten Pipifax zu kümmern.« Paul sah ihm über die Schulter und schloss aus den wenigen Zeilen, die er auf die Schnelle erfassen konnte, dass es um die Aufklärung eines Verbrechens mit gentechnischen Methoden ging. Der Reporter tippte noch einige Worte ein, dann stieß er sich mit einem genervten Seufzer von der Schreibtischkante ab. Er rollte mit seinem Bürostuhl zurück und ließ seinen Blick durch die große Trennscheibe seines Büros in die anderen Redaktionsräume gleiten. »Mal ganz unter uns, Flemming: Was versprechen Sie sich eigentlich davon, noch mehr Zeit und Geld in diese Angelegenheit zu investieren? Aus meiner Sicht ist die Sache jetzt schon ausgereizt. Da lässt sich – wie gesagt – kaum noch eine vernünftige Story draus machen. Schon gar nicht, wenn Sie mir weiterhin die Tatortfotos vorenthalten!« Er runzelte vielsagend die Stirn.

»Im Gegensatz zu Ihnen geht es mir nicht bloß um eine Story, Blohfeld. So gut sollten Sie mich inzwischen kennen.«

»Worum dann?«

»Um die Wahrheit.«

Blohfeld lachte rau. »Aber wenn die Wahrheit stinklangweilig ist und keine Sau hinterm Ofen hervorlockt, ist sie doch auch nicht das Wahre, oder?« Dann kniff er die Augen zusammen und taxierte Paul düster. »Kann es sein, dass es weniger die Suche nach der Wahrheit ist, die Sie antreibt, als das dringende Verlangen nach einem anständigen Honorar? Gehen Ihnen allmählich die Gehaltsschecks aus? Ja, Flemming, diese Motivation könnte ich verstehen, denn von mir sehen Sie tatsächlich erst dann wieder Bares, wenn ich druckfähiges Material von Ihnen bekomme!«

Paul atmete tief durch. Aber eine passende Antwort auf Blohfelds Vorhaltungen fiel ihm nicht ein – im Grunde sprach der Reporter ja nur die Tatsachen aus.

»Es ist zu ärgerlich«, grummelte Blohfeld weiter. »Wir haben diese ausbaufähige Kleinschmidt-Affäre, in der gerade seine unbekannte Herkunft ein großes Potenzial birgt, aber uns fehlt der richtige Dreh, um etwas daraus zu machen.«

»Ja«, seufzte Paul. »Es wäre schön, wenn wir einen Papa für Kleinschmidt auftreiben könnten!«

»Können wir aber nicht, zum Kuckuck!« Blohfeld gab einen Laut von sich wie ein gereizter Hund. »Stattdessen stehlen Sie mir nur die Zeit. Und ich sage Ihnen, es macht mich ganz kribbelig, an diesem Thema hier zu arbeiten – und uns hilft es kein bisschen weiter.« Er vollführte eine schnelle Kreisbewegung mit der Maus, klickte zweimal die rechte Taste. Dann wandte er sich zum Drucker um, der summend einige Seiten ausstieß. »Hier«, sagte Blohfeld und reichte Paul mit bedeutungsvollem Nicken das Bündel Ausdrucke. »Das sind Auszüge aus der Reportage, an der ich gerade arbeite.«

Paul griff sich den Papierstapel und überflog die erste Seite flüchtig. »Es dreht sich um Genetik, ja?«, fand Paul seine anfängliche Vermutung bestätigt.

»Ja. Macht Sie das denn nicht auch ganz rasend?«

»Sollte es das?«

»Herrgott noch mal, Flemming, wie begriffsstutzig sind Sie eigentlich? Sie erzählen mir doch die ganze Zeit, Kleinschmidt hatte möglicherweise einen vermögenden Vater, der es vorzog, unerkannt zu bleiben. Mit Hilfe moderner Gentechnologie könnte man seine Herkunft heute kinderleicht nachweisen!«

Paul sah den Reporter fragend an. »Aber – nach all den Jahren? Selbst wenn wir einen passenden Kandidaten hätten, dürfte der doch längst unter der Erde sein.«

»Der genetische Code steckt in jeder einzelnen Körperzelle, im Haar genauso wie im Speichel. Blaupausen in billionenfacher Ausfertigung. Noch viele Jahre nach dem Tod eines Menschen können Sie in seinen Überresten den Fingerabdruck des Lebens finden. Bei lebenden Nachkommen kann man über Generationen und fünf Ecken die Verwandtschaft nachweisen. Wenn Sie mir einen möglichen Vater nennen könnten, Flemming – dann hätte ich meine Story und Sie hätten Ihr Honorar!«

»Und dann würden wir *was* genau tun?«, fragte Paul noch immer zweifelnd.

»Na, was wohl? Dann wird analysiert!« Blohfeld warf einen raschen Blick in seine eigenen Unterlagen und erklärte selbstsicher wie stets: »Ich habe für diese Reportage im Institut für Mikrobiologie, Biochemie und Genetik der Uni Erlangen-Nürnberg recherchiert und wurde dabei von einem sehr beredten Professor begleitet.« Er lächelte selbstgefällig. »Die haben ja jetzt dieses irre moderne Biologikum gebaut. Eine Forschungseinrichtung wie aus einem Science-Fiction-Film! Wenn ich den Professor richtig verstanden habe, ist die passende Ausrüstung das A und O bei der Genanalyse. Dann klappt es selbst mit der Überprüfung sehr alter Gewebespuren. Ihnen ist ja sicherlich bekannt: Chromosomen sind wie Ketten aufgebaut. Statt Perlen enthalten diese Kettenmoleküle Abfolgen von Nukleotiden. Darin ist das komplette genetische

Programm eines Organismus verborgen. Quasi ein Bauplan für jedes Lebewesen.«

»Und das wäre dann wirklich eindeutig? Ein zweifelsfreier Nachweis der Vaterschaft?«

Blohfeld ließ sich auf der Schreibtischkante nieder und dozierte im Ton eines Hochschullehrers: »Mit diesen Erbmolekülen besitzt jedes Geschöpf auf diesem Globus, jeder Fisch, jede Wanze und jeder leidlich gute Fotograf, ein unverwechselbares Erkennungszeichen. Besser als ein Ausweis – vor allem fälschungssicherer.«

»Aber uns fehlt – wie schon gesagt – der Name des mutmaßlichen Papas«, gab Paul noch einmal zu bedenken. »Mit wessen Erbmaterial sollten wir die Chromosomen des Sohnes also vergleichen? Davon abgesehen hätte das alles nicht das Geringste mit Kleinschmidts Bestreben zu tun, seine Unschuld in der Mordsache zu beweisen.«

»Das wäre dann Ihr Problem«, beschied Blohfeld. »Mein Problem ist jetzt zuerst einmal, diesen Artikel zu Ende zu bringen. Aber dann ...« Er fixierte Paul auf diese besondere Weise, die ahnen ließ, dass wieder einmal kühne Pläne hinter seiner Stirn Gestalt annahmen.

»Dann was?«

Blohfeld sah ihn herausfordernd an. »Dann wollen wir doch mal sehen, ob Sie nicht einen Vater für Kleinschmidt auftreiben. Für Sie ist die Sache noch lange nicht vorbei, Flemming! Ich will meine Story, und ich erwarte Ergebnisse. Und bis Sie welche für mich haben, lassen Sie mich gefälligst in Ruhe weiterarbeiten!«

13

Da jagte Blohfeld mal wieder einer fixen Idee hinterher, fuchste es Paul, als er das Redaktionsgebäude verließ. Jetzt sollte er auch noch irgendwelches Erbmaterial aus dem Hut zaubern! Blohfeld tendierte zu unüberlegtem Aktionismus und verlangte oft Unmögliches von sich und anderen. Das wusste Paul längst und erklärte es sich mit dem Stress, dem der Reporter Tag für Tag ausgesetzt war. Immer neue, zugkräftige Schlagzeilen zu liefern, war bestimmt kein leichtes Brot. Ständig stand er unter Strom. Aber von diesem aufreibenden Erfolgsdruck wollte sich Paul nicht anstecken lassen.

Er dachte wehmütig an seinen spätsommerlichen Bummel über den Trempelmarkt zurück, während auf dem Weg in Richtung Weinmarkt das Laub unter seinen Schritten raschelte. Damals, so erschien es ihm im Rückblick, war seine Welt noch in Ordnung gewesen, er selbst entspannt, locker und frei. Jetzt fühlte er sich unter Zugzwang gesetzt und zermürbt. Er musste zusehen, dass er sein Geschäft am Laufen hielt. Gleichzeitig sollte er sich dringend stärker ums Private kümmern. Und er ärgerte sich über die vielen Hemmnisse im Fall Kleinschmidt. Immer wenn er das Gefühl hatte, endlich einen roten Faden in Händen zu halten, löste sich dieser auf oder glitt ihm aus den Fingern.

Er kam in dieser Angelegenheit einfach nicht voran. Dauernd ergaben sich neue, verkomplizierende Aspekte, die aber alle nicht erklären konnten, warum Konrad Kleinschmidt womöglich ein Verbrechen untergeschoben worden war. Immerhin konnte Paul davon ausgehen, dass Katinka als Profi auch nicht besser vorankam als er. Bei dem Gedanken an Katinka kam ihm plötzlich wieder Hannahs Schal in den Sinn, getränkt mit dem Parfüm ihrer Mutter. Unwillkürlich wurde ihm warm ums Herz. Er hatte Katinka seit fünf Tagen nicht gesehen und sehnte sich nach ihr. Als er vor seiner Haustür stand, überlegte er, ob er sie heute noch spontan besuchen sollte. Vielleicht hatte sie Zeit und Lust, mit ihm Abendessen zu gehen. Er machte also kehrt und steuerte auf seinen am Straßenrand geparkten Renault zu. Schon aus einigen Metern Entfernung erkannte er einen Zettel, der unter dem Scheibenwischer klemmte.

»Mist«, schimpfte er, »wann lernt dieser dämliche Stadtteilbeamte es endlich, dass ich Anwohner bin und hier parken darf?« Aber es war kein Strafzettel, den Paul unter dem Wischerblatt vorfand. Er zog das an den Rändern ausgefranste Blättchen aus seiner Befestigung. Eindeutig kein Knöllchen. Er faltete das Papier auseinander und las mit aufkeimender Unruhe eine anonyme Botschaft:

»Herr Flemming. Treffen Sie mich heute Abend um sieben. Ich habe wichtige Informationen für Sie.«

Es folgte die Aufforderung, zu einem abgelegenen Treffpunkt zu kommen. Sonst nichts. Kein Name, kein Grund für diese seltsame Einladung. Paul hielt den Zettel ratlos in der Hand. Jeder vernünftige Mensch würde ihn in den Rinnstein werfen, dachte er sich und war versucht, genau dies zu tun. Seine Finger begannen das Papier bereits zu zerknüllen. Aber irgendetwas hielt ihn zurück. Noch einmal las er die magere Botschaft, versuchte, aus der schludrigen Handschrift schlau zu werden und Rückschlüsse auf den Verfasser zu ziehen. Von einem Kind stammten die konspirativen Zeilen jedenfalls nicht, denn dafür waren die Buchstaben viel zu routiniert aufs Papier gesetzt.

Paul wippte von einem Fuß auf den anderen. Sollte er oder sollte er nicht? Vielleicht hatte ihm der unbekannte Briefschreiber ja wirklich etwas Wichtiges mitzuteilen – eine neue Information über den Fall, der ihn so beschäftigte? Da er momentan nicht recht weiterkam, war er versucht, jedem noch so unwahrscheinlichen Hinweis nachzugehen. Aber warum dieser abgeschiedene Treffpunkt? Hatte der Absender der Nachricht Angst davor, mit Paul in der Öffentlichkeit gesehen zu werden? Wie auch immer – der genannte Termin war schon fast verstrichen. Wenn Paul herausfinden wollte, was dahinter steckte, musste er jetzt sofort los, oder die Chance – wenn es denn eine war – wäre vertan.

Also dann: Er pfiff auf den gesunden Menschenverstand! Keine Minute später hatte er den Wagen gewendet und fuhr mit überhöhter Geschwindigkeit über den Altstadtring. Er hatte sich dicht hinters Steuer geklemmt und drückte aufs Gas, als wollte er der untergehenden Sonne hinterherjagen und den Tag künstlich verlängern. Er trieb seinen Renault durch den noch immer dichten Verkehr, so schnell es ging, weil er schon über der Zeit war.

Als er die Steinbühler Straße erreichte, blickte er auf die Uhr. Er hatte mehr als zwanzig Minuten Verspätung. In den Lichtkegeln seiner Scheinwerfer tauchten feine weiße Nebelschwaden auf. Auch das noch, dachte Paul. Er steuerte den Renault über die Kohlenhofstraße und bog dann – wie auf dem Zettel beschrieben – in eine von Schlaglöchern übersäte Seitenstraße ab.

Der Kohlenhof mit seinen alten Speditionsbaracken und dem Hauptgüterbahnhof – für Paul war dieser Moloch aus Gleisen, Waggons und Cargocontainern ein weißer Fleck auf dem Stadtplan. Die unwirtliche Gegend, als Arbeiterstrich verschrien, war Paul allenfalls durch ihre Koma-Sauf-Discos ein Begriff, und durch den stetigen Verfall. An diversen abgestellten Lkws vorbei lenkte Paul den Wagen über das vielfach geflickte Kopfsteinpflaster. Dahinter zeichnete sich im Nebeldunst der Rangierbahnhof ab.

Mit jedem skeptischen Blick auf die Uhr wuchs die Ungewissheit, ob seine Verabredung noch galt. Paul fuhr weiter, der Motor dröhnte. Immer mehr Sattelschlepper flankierten die Fahrstraße, dann eine gigantische Wechselbrücke auf Schienen. Die zu beiden Seiten aufgetürmten Behälter im Containermaß schluckten die mageren Reste des Dämmerlichts.

Halb acht. Derjenige, der ihm das Briefchen hinter das Wischerblatt gesteckt hatte, war sicher nicht mehr da, da hatte

Paul kaum noch Hoffnung, als er parallel zu den Bahngleisen weiterfuhr, vorbei an endlosen Reihen von Güterwaggons: Kesselwagen, Muldenkipper, Kühlwagen, eng an eng rangiert, Puffer an Puffer bis zum Prellbock. Die Orientierung fiel ihm zunehmend schwer. Er wurde langsamer, passierte ein halb verfallenes Stellwerk und gleich danach einen ebenso marode aussehenden Güterschuppen, vor dem ein schrottreifer Stückgutwagen vor sich hinrostete. Oberhalb der Hallenrampe lagen Säcke, Ballen und diverses Stückgut verteilt. Einen Lademeister hatte dieser Schuppen schon lange nicht mehr gesehen, dachte sich Paul.

Bei einem als Zollprüfstelle gekennzeichneten Flachbau bog er scharf ab und meinte, den Treffpunkt endlich erreicht zu haben. So stand es jedenfalls auf dem Zettel. Er ließ den Wagen näher an das triste, einstöckige Gebäude heranrollen, blieb stehen und löste den Anschnallgurt.

Der Bungalow sah verwaist aus. Die heruntergelassenen Rollos waren verschlissen und ließen erkennen, dass sie schon lange nicht mehr benutzt worden waren. Wahrscheinlich hatten die Beamten des Zollamts diesen hässlichen Kasten längst abgeschrieben und waren in angenehmere Räumlichkeiten umgezogen. Paul konnte das gut nachvollziehen – aber er hatte keine Ahnung, was ihn hier erwarten würde. Immer wieder die Fragen: Wer hatte ihm den Zettel ans Auto geheftet? Warum dieser ungewöhnliche Treffpunkt? Die Tür war nicht verschlossen, der Flur dahinter schien menschenleer. Um sicher zu sein, hätte Paul allerdings mehr sehen müssen. »Hallo?«, war alles, was er herausbrachte, noch dazu recht leise. Er probierte einen Lichtschalter aus, doch es tat sich nichts. Eine Taschenlampe müsste man haben, dachte er und überlegte, was weiter zu tun wäre.

Zunächst einmal wartete er, bis er sich in dem schwachen Licht etwas besser orientieren konnte. Schemenhaft zeichneten sich Büromöbel ab, die zur Rechten und zur Linken des Gangs aufgestapelt waren. Vorsichtig suchte er sich seinen

Weg und strich mit den Fingern über einen hölzernen Bürostuhl, der mit fünf anderen einen schiefen Turm bildete. Er ertastete eine dicke Staubschicht. Hier hatte sich wirklich seit geraumer Zeit niemand mehr aufgehalten. Paul kam das Ganze immer verdächtiger vor. War er gerade dabei, wie ein Narr in eine Falle zu tappen? Gegen seine eigenen warnenden Gedanken ankämpfend, ging er langsam weiter. »Hallo?«, rief er noch einmal in die Stille, doch niemand antwortete.

Ein eigentümliches Ächzen ließ ihn aufschrecken. Sein ganzer Körper spannte sich an. Dem Ächzen folgte ein ohrenbetäubendes Gepolter. Paul blickte in Panik um sich und entschied sich geistesgegenwärtig für einen beherzten Sprung nach vorn. Gerade noch rechtzeitig. Mit lautem Getöse purzelten die Möbel, krachte das Holz, flogen die Splitter. Um ein Haar hätte ihn ein Stapel aus Schreibtischen und Beistellregalen unter sich begraben.

Auf allen Vieren kauerte er auf dem kalten Boden, in einer Wolke aus aufgewirbeltem Staub. Er hörte sein Herz bis zum Hals schlagen und hustete. Er war wirklich in eine Falle geraten! Gutgläubig, wie er nun mal war, hatte er sich leimen lassen. Paul spürte einen metallischen Geschmack auf den Lippen – vor Schreck hatte er sich auf die Zunge gebissen.

»Ist Ihnen etwas passiert?« Eine geduckte Gestalt löste sich aus dem Halbdunkel. Ein kleiner Mann mit gekrümmtem Rücken und langem strähnigen Haar kam auf ihn zu. Sein Alter war schwer zu schätzen.

Paul atmete drei-, viermal tief durch. »Was ist hier, verflucht noch mal, eigentlich los?«

»Es tut mir sehr leid. Ich wollte Sie nicht erschrecken.«

Paul rappelte sich auf, klopfte sich notdürftig den Staub ab und nahm den ältlichen Mann ins Visier. Ungepflegt, schlechte Zähne, verlotterte Kleidung, rundherum wenig Vertrauen erweckend. »Haben Sie mir diesen Brief geschrieben? Warum haben Sie mich hierher bestellt?«, forschte er und strengte seine Augen an, um sein Gegenüber deutlicher erkennen zu können. Wahrlich eine armselige Gestalt. Aber wohl kaum eine Bedrohung.

»Wer weiß?« Der Fremde wedelte mit den Armen, ließ seine Augen rollen.

»Nehmen Sie mich nicht auf den Arm. Das ist nicht lustig.« Paul hatte sich wieder im Griff. Sein Puls normalisierte sich. »Also noch einmal. Waren Sie das, der mir den Zettel ans Auto gesteckt hat?«

Der Mann nickte, schaute sich um, murmelte etwas von »nach hinten gehen, da ist es sicherer« und verschwand wieder im Halbdunkel.

»Halt! Verflucht! Warten Sie!«

Die beiden Männer passierten eine Tür, die nur noch schief in den Angeln hing. Er helfe am Kohlenhof ab und zu aus, sagte der Fremde. Eigentlich sei er längst pensioniert, aber »die Jungs freuen sich, wenn ich vorbeischaue. Von mir können die eine Menge lernen«. Eine weitere abgenutzte Holztür trug die Aufschrift *Kantine*. »In der Küche sind wir ungestört«, erklärte der Alte. Paul folgte ihm zweifelnd – ›ungestört‹ traf wohl auf dieses ganze verlassene Gebäude zu. Warum sein Begleiter ausgerechnet in der Kantine plaudern wollte, wurde Paul klar, als er unter der Theke eine Flasche hervorzauberte. Wenigstens funktionierte hier die Deckenbeleuchtung. Verlegen grinsend setzte der Alte an. Paul wartete geduldig, bis er seinen Durst gelöscht hatte, lehnte aber entschieden ab, als ihm auch ein Schluck angeboten wurde.

»Ich habe nicht vor, den ganzen Abend hier zu verbringen«, sagte er ohne Umschweife. »Also ein letztes Mal: Wer sind Sie und worüber wollen Sie mit mir reden?«

Der Alte reagierte nicht sofort und liebäugelte offensichtlich mit einem weiteren Zug aus der Flasche. Doch auf Pauls strengen Blick hin sagte er schließlich: »Mein Name tut nichts zur Sache. Reden möchte ich mit Ihnen über sein unrühmliches Ende.«

»Wessen unrühmliches Ende?«

Der Alte sah ihn vielsagend an. »Das Ende des Adlers. Es war unrühmlich.«

»Sie sprechen von der Eisenbahn? Wie kommen Sie darauf, dass ich mich ausgerechnet für den Adler interessiere?«, fragte Paul.

»Mit der ersten deutschen Eisenbahn«, sagte der Alte weihevoll, »dem Symbol der Industrialisierung, war es am Ende ganz trostlos. Sie wurde verschrottet. Den hohen Herren war das egal. Damals wie heute. Diese Leute pfeifen auf ihre Verantwortung. Die haben ganze andere Interessen.«

»Was reden Sie denn da?« In Pauls Ohren war das unzusammenhängendes Gefasel.

Der alte Mann stierte erneut sehnsüchtig auf die Flasche, bevor er sich zu einer Antwort durchrang. »Ich bin der Freund eines Mannes, über den Sie Nachforschungen angestellt haben.«

»Ein Freund von Kleinschmidt?«, wollte Paul wissen.

Der Alte schüttelte den Kopf. »Ich spreche von meinem leider viel zu früh verstorbenen Freund Willy Freller.«

»Freller ... Willy Freller ... – ach du meine Güte!« Paul war ehrlich überrascht, als ihm aufging, woher er diesen Namen kannte. »Woher wissen Sie denn von meinen Nachforschungen?«

»Manche Dinge sprechen sich sehr schnell herum.«

»Dann packen Sie mal aus! Erzählen Sie mir etwas über diesen Mann!«

Das tat der Alte tatsächlich: »Wilhelm Helmut Freller lautete sein vollständiger Name. Er arbeitete im Werkschutz bei *Schillinger & Söhne*. Er war ein früherer Kollege und Skatfreund von mir und wurde Zeuge eines Verbrechens, das er mit seiner Kamera festgehalten hatte. Er wusste, dass er in Gefahr schwebte wegen dieser Fotos.«

»Moment«, unterbrach Paul den unerwarteten Redefluss des Alten. »Um was für ein Verbrechen handelte es sich?«

»Es ging um den Mord an einer jungen Frau.«

»Den Mord an Lisa Grötsch?« Paul war alarmiert. »Sie behaupten, Freller war Zeuge der Tat? War es nicht eher so, dass er selbst beteiligt war?«

»Nein«, sagte der andere vehement. »Niemals hätte er so etwas getan. Sie haben ihn nur dabei haben wollen, damit er – nun ja ...«

»Er sollte Schmiere stehen?«, begriff Paul.

»Ja, aber Willy ahnte nicht, auf was die Sache hinauslaufen würde.«

»Na schön«, versuchte Paul abzukürzen. »Was geschah dann?«

»Willy war ganz bestimmt kein Unschuldsengel. Er konnte hart rangehen, wenn es sein musste. Aber was die mit dem armen Mädchen machten, das ging selbst ihm zu weit. Willy fotografierte heimlich mit seiner kleinen Kamera. Mit den Fotos wollte er sich selbst absichern für den Fall, dass man später ihm die Sache anhängen wollte.«

»Das leuchtet ein«, sagte Paul. Insgeheim konnte er sich aber genauso gut vorstellen, dass Freller die Fotos benutzen wollte, um seinen Auftraggeber damit zu erpressen. »Was hat Ihr Bekannter anschließend unternommen?«

»Zunächst hat er abgewartet, was passieren würde. Sicherheitshalber versteckte er den Film, und zwar im Adler.«

Das war keinesfalls möglich, dachte Paul, denn er selbst hatte den Film ja entdeckt und in Händen gehalten. Offenbar wusste der Alte nicht, dass Paul Frellers Kamera samt Inhalt erstanden hatte. »Im Adler? Das ist aber ein sehr ungewöhnliches Versteck«, ging er dennoch auf die Erzählung ein.

»Ja, aber das gehörte zu Willys Plan«, bekräftigte der Alte. »Denn damit hatte er ja gleichzeitig eine Spur gelegt. Der Adler war ein verborgener Hinweis auf die Hintermänner der Tat. Falls Willy also etwas passiert wäre und man den Film im Adler gefunden hätte ...«

»Augenblick, nicht so schnell«, unterbrach ihn Paul erneut. »Wenn ich richtig verstanden habe, wollte sich Freller mit dem im Adler deponierten Film absichern, um nötigenfalls der Polizei einen Hinweis geben zu können – und in der Hoffnung, dass niemand vorzeitig sein Versteck ausheben würde?«

»Ja. Denn auf dem Gelände der DB Regio war der Adler Tag und Nacht gut geschützt. Aber sie haben trotzdem versucht, an die Negative heranzukommen.«

»Wer waren sie?«

Der Alte starrte ihn verdutzt an. »Die Leute von Schillinger, wer sonst?«

»Wer sonst …«, wiederholte Paul ungläubig. »Schillinger – Sie reden noch immer von dem Eisenbahnfabrikanten? Woher wollen Sie das eigentlich alles so genau wissen?«

»Weil Willy Freller es mir anvertraut hat – kurz vor seinem Tod«, kam es jetzt sehr überzeugend. »Ich sagte es schon: Er ahnte, dass er durch sein Wissen in Gefahr schwebte.«

Paul nickte ihm auffordernd zu. »Erzählen Sie mir den Rest!«

»Den Rest? Der Rest ist schnell gesagt. Willys Plan war für die Katz, denn er kam ums Leben. Keine Woche, nachdem er mir alles verraten hatte. Autounfall.«

»Tragisch. Aber was ist denn Ihrer Meinung nach aus dem Film geworden?«, setzte Paul nach.

Der Alte verzog den Mund. »Ja, das ist eine merkwürdige Sache, die mir selbst nicht ganz klar ist.«

»Gerade haben Sie über die Schillingers gesprochen«, versuchte ihm Paul auf die Sprünge zu helfen. »Wenn ich das alles richtig deute, was Sie mir berichtet haben, muss die bloße Existenz dieses Films doch auch nach dem Tod Ihres Freundes eine Bedrohung dargestellt haben.«

»Deswegen sind die Leute von Schillinger ja später in den Lokschuppen eingestiegen, um nach den Negativen zu suchen.«

»Im Adler?«, versuchte Paul am Ball zu bleiben. »Sie wollen mir weismachen, dass diese Männer im Auftrag des Schillinger-Konzerns in das Bahndepot eingedrungen sind und …«

»Ja!« Der Alte nickte heftig. »Sie haben den Adler durchsucht. Dafür mussten Sie einige Teile der Verkleidung lösen. Sie benötigten einen Schweißbrenner. Die Sache ging schief ...«

Paul war baff. »Das verheerende Großfeuer soll durch Schillingers Leute ausgelöst worden sein?« Das wäre ja die Offenbarung des Jahres! »Aber – das war zwanzig Jahre nach dem Unfalltod Ihres Bekannten! Das ist doch völlig unlogisch!«

»Mag ja sein«, pflichtete der Alte ihm bei. »Trotzdem ist es so gewesen.«

Paul ließ seinen Gesprächspartner nicht aus den Augen, als er fragte: »Haben Sie dafür irgendeinen Beweis?«

Der Alte sah zur Seite und ging einige Schritte zurück. »Beweis?«

»Ja, einen Beweis! Oder am besten mehrere!«, sagte Paul energisch. Denn er wusste es ja besser. Er hatte die angeblich im Adler versteckten Fotonegative auf dem Trempelmarkt gekauft. Der Film hatte nie im Adler gelegen, sondern war wahrscheinlich die ganze Zeit über in der Wohnung des Fotografen archiviert gewesen, unentwickelt, verstaubt und vergessen. Davon abgesehen galt es als erwiesen, dass ein technischer Defekt den Brand im Lokschuppen ausgelöst hatte, auch wenn Blohfeld anders darüber denken mochte. »Würden Sie Ihre Aussage vor der Polizei wiederholen?«, fragte Paul trotzdem.

Der Alte sah ihn entgeistert an. »Warum denn das? Habe ich Ihnen nicht schon genug geholfen?«

»Nein. Es sind noch jede Menge Fragen offen«, sagte Paul entschieden. »Begleiten Sie mich doch ins Präsidium! Dort können wir alles in Ruhe klären.«

Der Alte nickte verhuscht. Dann zog er einen weiteren Flachmann aus seinem Mantel. »Ein Schlückchen vorher geht sicher noch. Ich hole uns geschwind zwei Becher.« Er verschwand hinter der Anrichte, und Paul war sofort klar, dass er ihn nie wiedersehen würde. Doch er hatte nicht die Handhabe, ihn gegen seinen Willen mitzunehmen, und eigentlich erwartete er auch nicht, aus dem leicht verwirrten Alten noch weitere brauchbare Informationen herauszubekommen. Deshalb entschloss er sich, das alte Zollgebäude zu verlassen, bevor das Licht vollends ausfiel.

14

Schillinger & Söhne, der Adler ... Paul gingen die krausen Gedankengänge des Mannes vom Güterbahnhof nicht aus dem Sinn. Als er am nächsten Morgen aufwachte, erschien ihm sein gestriges Erlebnis wie ein wirrer Traum. Der unheimliche Treffpunkt, der Nebel, die stürzenden Möbel – all das kam ihm im Nachhinein ganz irreal vor. Dennoch ahnte er, dass er unverhofft den ersten ernstzunehmenden Hinweis erhalten hatte. So verrückt sich die Schilderungen des Alten im ersten Moment auch angehört hatten, ergaben sie bei näherer Betrachtung doch einen Sinn. Was der scheue Zeitzeuge ihm anvertraut hatte, war zwar unwahrscheinlich, aber schlüssig.

Die Tat könnte sich in etwa so abgespielt haben, sinnierte Paul: Unbekannte Erfüllungsgehilfen der Familie Schillinger, darunter Willy Freller, inszenierten einen brutalen Mord. Sie drangen unter einem Vorwand in die Wohnung von Lisa Grötsch ein, töteten sie und legten anschließend Spuren, die auf Konrad Kleinschmidt als Täter hindeuteten. Und nun war auch ein tieferer Sinn hinter diesem heimtückischen und hinterhältigen Täuschungsmanöver erkennbar: Wahrscheinlich hatte all das den Zweck, Konrad Kleinschmidt für eine möglichst lange Zeit hinter Gitter zu bringen. Denn es galt, einen außerehelichen Nachkommen von der Bildfläche verschwinden zu lassen.

Ja, so oder so ähnlich könnte es sich zugetragen haben. Paul fragte sich allerdings: Wozu der Aufwand? Uneheliche Kinder gab es immer wieder, auch und gerade bei reichen Leuten. Wäre es denn nicht damit getan gewesen, Kleinschmidt beizeiten auszuzahlen? Irgendein wesentliches Puzzleteil fehlte Paul also nach wie vor – oder aber er lag mit seinem Konstrukt sowieso völlig daneben.

Die innere Unruhe ließ ihn nicht los. Paul stellte sein kaum angerührtes Frühstück zur Seite und griff sich seinen Mantel. Er musste mit jemandem über den gestrigen Vorfall und seine Schlussfolgerungen reden. Nicht mit Blohfeld, denn dem ginge es bestimmt nur wieder um die große Story für seine Zeitung. Nein, er würde sich an Katinka wenden – sie würde ihn zwar wegen seiner fahrlässigen Risikobereitschaft rüffeln, aber sie könnte die Zusammenhänge und den Wahrheitsgehalt besser ermessen. Sollte an den Worten des Alten etwas dran sein, würde das ihren eigenen Recherchen vielleicht zugute kommen.

Außerdem, dachte sich Paul, als er wenig später in die U-Bahn stieg, wollte er Katinka ohnehin möglichst schnell wiedersehen. Je chaotischer sein Leben momentan verlief, desto klarer wurden seine Gefühle für sie.

Seine Stimmung stieg mit jeder Stufe der ausladenden Treppe des Gerichtsgebäudes. Er legte sich zurecht, mit welchen Worten er Katinka seine gestrige Unternehmung so harmlos wie möglich schildern würde. Und, ach ja, auch wegen der eigenmächtigen Recherche in Kelheim würde er sich natürlich noch rechtfertigen müssen. Aber mit einem Lächeln auf den Lippen und einer Einladung zum Kaffee würde das schon hinhauen, beruhigte sich Paul. Mal sehen, wie lange Katinka ihren vorwurfsvollen Blick diesmal aufrechterhalten könnte, bevor er sie mit ein paar ehrlich gemeinten Komplimenten entwaffnete.

Er wollte bereits anklopfen und mit beherztem Schwung eintreten, da bemerkte er, dass Katinkas Bürotür nur angelehnt war. Den Fuß schon auf der Schwelle, hörte er die Stimme einer ihm fremden Frau und verharrte in der Bewegung.

»Warum tust du dir das eigentlich noch länger an, Kati?«, hörte Paul die Frau fragen. Er versuchte die Stimme einzuordnen, kam aber zu keinem Schluss. Wahrscheinlich eine befreundete Kollegin.

»Eine berechtigte Frage«, erkannte er nun Katinkas Stimme. Nach kurzem Zögern fuhr sie fort: »Wahrscheinlich weigert sich irgendetwas in meinem tiefsten Inneren zu akzeptieren, dass er sich niemals ändern wird.«

»Zu dieser Erkenntnis hättest du schon vor drei Jahren kommen können«, sagte die andere Frau.

»Du hast ja recht«, gab Katinka zu. »Er ist wirklich ein Schuft – und das ist noch geschmeichelt.«

Von wem zum Teufel sprachen die beiden? Paul nahm seinen Fuß von der Schwelle, blieb aber in Hörweite.

»Sehr gutaussehend, mit viel Charme, aber ohne Skrupel«, fuhr die Kollegin fort. »Er passt einfach nicht zu einer emanzipierten Frau wie dir, er passt nicht zu dem, was du tust und in der Gesellschaft darstellst. Genauso wenig übrigens wie dein Mini. Du solltest dir endlich einmal einen ausgewachsenen BMW zulegen, Kati.«

»Er passt nicht zu dem, was ich tue?«, fragte Katinka kleinlaut. »Na ja, er selbst hat wohl noch nie in seinem Leben etwas Vernünftiges gearbeitet ...«

»... und ist ständig in irgendwelche dummen Geschichten verwickelt«, stachelte die andere sie weiter an.

Wenn Paul bis eben noch hoffnungsvolle Zweifel genährt haben mochte, ob die beiden wirklich über ihn redeten, machte Katinkas nächster Satz dem ein Ende:

»Wir hatten uns ja viele Jahre überhaupt nicht mehr gesehen. Keinerlei Kontakt seit der Schulzeit.«

»Aber dann hat er dich rumgekriegt«, sagte die andere mit unüberhörbarem Vorwurf in der Stimme.

»Weißt du ...« Katinka tat sich mit einer Antwort schwer. »Er kann ja so lieb sein, so amüsant.«

»Nach allem, was ich über ihn gehört habe, schätze ich ihn als eitel und egoistisch ein. In jeder Hinsicht ein schlechter Charakter.«

»Trotzdem hat er etwas an sich, dem man einfach nicht widerstehen kann – jedenfalls als Frau nicht.«

»Und genau das nutzt er schamlos aus!«

»So würde ich das nicht sagen«, schränkte Katinka ein, fügte dann aber hinzu: »Ein gewisser Mangel an moralischer Integrität besteht bei ihm aber ohne Frage.«

Paul glaubte, nicht richtig zu hören. Es war sicher kein feiner Zug, an Türen zu lauschen, doch dieses Gespräch über ihn war auch nicht gerade fair. Was er da hörte, versetzte ihm einen Stich. Dass Katinka so über ihn dachte und darüber offen mit einer Kollegin sprach, kränkte ihn sehr. Paul ließ den Gedanken an einen Besuch fallen und schlich sich leise davon. »Ein Tunichtgut«, murmelte er verbittert. Dafür hielt ihn die Liebe seines Lebens also. Das waren ja großartige Neuigkeiten! Enttäuscht verließ er das Oberlandesgericht und stieg wieder in die U-Bahn.

Paul schmollte und verbarrikadierte sich für den Rest des Tages in seinem Atelier. Telefon und Türglocke beschloss er zu ignorieren. Und statt sich gedanklich mit Katinkas unfreundlicher Offenbarung zu quälen, verschanzte er sich hinter seinem Computer und suchte im Netz nach Einträgen über den Adler. Zuerst war es nur eine Ablenkung von der erlittenen Kränkung, dann aber fand er schnell Gefallen an den Fakten, Dokumenten und Legenden über Deutschlands erste Eisenbahnlinie.

Während Paul recherchierte und einen Block mit Notizen füllte, verstrich die Zeit wie im Fluge. Er verdrängte Hungergefühle ebenso wie den Durst, denn in ihm formte sich allmählich ein farbiges Bild von den Anfängen der Eisenbahngeschichte – und ihm schwante, dass er dieses Wissen sehr bald noch gut gebrauchen könnte.

Es dämmerte, als Paul seinen Rechner abschaltete und sich auf sein Sofa plumpsen ließ. Er streckte sich aus, verschränkte die Arme hinter dem Kopf und schloss die Augen. In seiner

Fantasie reiste er zurück in die Vergangenheit, bis zum 7. Dezember 1835.

Morgens um sieben ist es an diesem Montag in der erwachenden Reichsstadt Nürnberg noch kalt und dunkel, trotzdem sind die Schaulustigen von weither gekommen, ebenso wie viele Berichterstatter aus den anderen deutschen Ländern. Sie alle haben sich am Plärrer versammelt, dem Platz vor der Stadtmauer, an dem normalerweise Markthändler lautstark ihre Waren anpreisen. Dort, am Kopfbahnhof der Königlich privilegierten Ludwigs-Eisenbahn-Gesellschaft, wartet die dampfbetriebene Lokomotive mit neun Passagierwagen, von den offenen Wagen der 3. Klasse bis zu den edlen Waggons der 1. Klasse. Vor dem Adler liegt der sechs Kilometer lange Schienenstrang parallel zur herrschaftlichen Chaussee von Nürnberg nach Fürth. Vorausberechnete Fahrtzeit: fünfzehn Minuten.

Schon im März 1833 waren die Nürnberger Kaufleute über die ersten funktionsfähigen, dampfbetriebenen Eisenbahnen aus England gut informiert gewesen. Sehr überlegt und planvoll prüften sie mehrere Systeme und gründeten die ›Gesellschaft zur Errichtung einer Eisenbahn mit Dampfkraft zwischen Nürnberg und Fürth‹. Hauptinitiatoren waren der Kaufmann Georg Zacharias Platner, der Leiter der polytechnischen Schule, Johannes Scharrer sowie der Fürther Bürgermeister Franz von Bäumen. Während über den Bau der Bahn Einigkeit zwischen den beiden Städten herrschte, lieferten sich die Vertreter beider Räte einen zermürbenden Kleinkrieg über den genauen Streckenverlauf. Angeblich entwickelte sich aus diesem Streit die bis heute andauernde Hassliebe zwischen Nürnberg und Fürth.

Der Adler wiegt sechs Tonnen und stammt aus dem Werk der britischen Firma Robert Stephenson & Co. in Newcastle upon Tyne, die Schienen aus gewalztem Schmiedeeisen kommen von der Firma Remy & Co. aus Neuwied. Die Lok ist sieben Meter lang, den Tender mit Kohlen und Wasser mitgerechnet. Sie rollt auf sechs großen, rot lackierten Eisenrädern. Der Dampfkessel ist grün gestrichen und wird am vorderen Ende vom zwei Meter hohen Schornstein überragt. Die Dampfmaschine des Adlers leistet einundvierzig Pferdestärken – damit ist die Eisenbahn stärkstes und schnellstes Fahrzeug in Deutschland.

König Ludwig I. war anfangs begeistert von der Eisenbahn, verlor aber nach einigen Jahren das Interesse. Sein Herz schlug fortan für den Bau des Ludwigskanals zwischen Main und Donau. Dennoch trägt die Eisenbahn seinen Namen.

Auf dem Führerstand steht ein fein gekleideter Herr im Frack, mit weißen Handschuhen und Zylinder auf dem Kopf. Er sieht ungewöhnlich jung aus für einen Mann mit einer solchen Verantwortung, hantiert aber routiniert mit den Hebeln, Stellrädern und Ventilen. Sein Name ist William Wilson, Maschineningenieur aus Schottland, vom Herstellerwerk abgesandt. Wilson bringt den Kessel auf Betriebstemperatur. Beim Kohleschaufeln geht ihm ein weiterer recht junger Mann zur Hand, ein Nürnberger, der sich um diese Arbeit geradezu gerissen hat: Es ist Johann Georg Schillinger, späterer Begründer der Schillinger-Werke.

Der Schornstein qualmt jetzt stark. Zunächst sind es weiße Dampfwolken, die in der kühlen Luft kondensieren. Dann kommt der schwarze Kohlenruß hinzu – der Zug mit zweihundert ausgewählten Fahrgästen an Bord setzt sich fauchend und schnaufend in Bewegung. Der Adel hat in der mit feinem Tuch ausgeschlagenen und mit teuren Glasfenstern versehenen 1. Klasse Platz genommen und quittiert das Geschehen mit aufgesetzter Lässigkeit. Der Adler schnaubt und schüttelt sich. Schließlich erreicht er seine Höchstgeschwindigkeit von vierzig Stundenkilometern. Schillinger schippt unentwegt Kohlen in den Heizkessel und hört kaum etwas vom Applaus der Schaulustigen entlang des Bahndamms.

Pünktlich wird der Endbahnhof in Fürth erreicht. Wieder ertönt brausender Applaus. Die herrschaftlichen Fahrgäste bleiben distinguiert zurückhaltend und lassen sich die Aufregung des gerade Erlebten nur in den wenigsten Fällen anmerken. Vor der Rückfahrt nehmen sie ein Frühstück im Gasthof Kronprinz von Preußen ein. Schillinger, von Kopf bis Fuß rußverschmiert, gehört an diesem Tag noch nicht zum erlauchten Kreis der Geladenen. Aber in ihm gärt bereits der Wunsch, schon sehr bald in die feine Gesellschaft aufzusteigen und Großes zu vollbringen.

Er weiß um die enorme Bedeutung der Eisenbahn für die Zukunft: Seine Heimatstadt Nürnberg ist um 1835 im Niedergang begriffen. Der lukrative Fernhandel mit Gewürzen, Stoffen und Waffen, der die Reichsstadt einst reich und berühmt gemacht hatte, ist lange versiegt. Wirtschaftskrisen und Missernten führen dazu, dass die Armut um sich greift. Schon seit etlichen Jahren suchen die Kaufleute nach Wegen, der Dauerkrise Herr zu werden. Schillinger erkennt im Adler eine Chance, dieses Ziel zu erreichen: Die Eisenbahn kann nicht nur für neue, schnellere Transportwege sorgen, sondern bereits durch ihre Produktion Arbeit und Geld in die Stadt bringen …

Als Paul die Augen wieder öffnete, hatte er genügend Kraft gesammelt, um seine selbstgewählte Einsamkeit zu beenden. Der seit 1835 bestehenden Verbindung zwischen der Familie Schillinger und dem Adler musste er sich unbedingt noch eingehender widmen, denn Paul war nun überzeugt davon, dass hier der Schlüssel zur Lösung seines Falls zu finden war. Der Adler war es, der am Beginn der Familiendynastie stand, und er würde unter Umständen auch ihr Ende einläuten. Wenn Katinka ihn für einen Taugenichts hielt, war das ihre Sache, dachte Paul. Aber dann dürfte es seinem ohnehin lädierten Image auch nichts mehr schaden, wenn er sich nun eben doch an Reporter Blohfeld statt an die Staatsanwaltschaft wandte.

Paul ging zurück zu seinem Computer. Er hatte beschlossen, Blohfeld sein aktualisiertes Wissen über den Adler und die Schillingers sowie seine Mutmaßungen über den Zusammenhang mit dem Fall Kleinschmidt zu mailen. Und er nutzte auch gleich die Gelegenheit, sich für den nächsten Morgen zu einem Redaktionsbesuch anzumelden.

15

»Ich möchte nicht in Ihrer Haut stecken.« Blohfeld klang ehrlich betroffen. Müde stützte er seinen Kopf auf die Handfläche. »Sie haben Ihre Katinka offenbar böse enttäuscht.«

Paul mahlte mit den Zähnen. Ihn ärgerte es nicht nur, dass der Reporter seinen aktuellen Beziehungsstress dem Thema Schillinger vorzog, sondern dass er ihm überhaupt von dem belauschten Gespräch in Katinkas Büro erzählt hatte.

»Es ist im Grunde ja Ihr Problem. Aber diese heimliche Fahrt nach Kelheim – noch dazu mit ihrer Tochter – kündet nicht gerade von einem soliden Vertrauensverhältnis zwischen Ihnen und Frau Blohm. Ganz zu schweigen von Ihrer irrwitzigen Aktion am Güterbahnhof – wenn sie davon Wind bekommt ...! Kein Wunder, dass Ihre Liebste mehr und mehr Zweifel an Ihrer Zuverlässigkeit hegt.«

»Sind Sie beide Verbündete, oder was?«, wehrte sich Paul. »Katinka weiß ja noch gar nichts von der Sache am Kohlenhof. Außerdem bin ich ihr nicht über jeden meiner Schritte Rechenschaft schuldig.« Doch Blohfeld hatte es mit seinen Sticheleien geschafft. Paul hatte Katinka gegenüber mal wieder ein schlechtes Gewissen – trotz ihrer Lästereien über ihn.

»Junge, Sie sind verliebt in Frau Oberstaatsanwältin. Stehen Sie endlich dazu!«, posaunte Blohfeld heraus. »Und machen Sie sich nichts vor – die Nummer mit der Polizistin war ein Fehltritt. Ich mag diese ehrgeizige Kommissarin sowieso nicht.«

»Mein Verhältnis zu Jasmin Stahl geht Sie nichts an, Blohfeld«, sagte Paul erbost.

Der Reporter beugte sich weit vor. »Das können Sie zu mir sagen, nicht aber zu Frau Blohm. Also machen Sie sich lieber schon jetzt mit dem Gedanken vertraut, dass Sie sich eines Tages für all den Mist, den Sie verzapfen, verantworten müssen.«

Paul fielen Blohfelds Augen auf. Bisher hatte er sie nie besonders beachtet. Er hatte die Person Blohfeld gesehen: den dürren Körper, die grauen, strähnigen Haare, die rosigen Wangen, die geäderte Himmelfahrtsnase. Aber die Augen – die waren für Paul immer nur ein unverbindliches hellblaues Flackern gewesen. Jetzt erkannte er die Tiefe in Blohfelds Blick. Was immer der Reporter ihm sagen wollte, ihm war es wichtig. »Ich bin bestimmt kein guter Ratgeber in Liebesangelegenheiten. Aber Ihr Rumgeplänkel mit einer Anderen ist Frau Blohm ganz bestimmt nicht verborgen geblieben. So was trifft eine Frau ganz tief in ihrem Inneren.« Er tippte sich an die Brust. »Frauen können leichter vergeben als wir Männer. Sie haben ein größeres Herz. Aber man darf diese Gabe nicht überstrapazieren.«

Paul nickte gequält. Sollten Blohfelds Worte ihn aufbauen oder verärgern? Seine kurze, aber heftige Affäre mit Jasmin Stahl lag inzwischen ein gutes halbes Jahr zurück. Würde die Geschichte ihn bis ans Ende seiner Tage verfolgen?

»Geben Sie es zu, Sie haben sich wie ein Mistkerl aufgeführt. Sie haben sich von ein paar weiblichen Reizen die Vernunft rauben lassen. Sie haben ...«

»Stopp, Blohfeld!« Paul hielt die Hände wie zur Abwehr nach oben. »Genug von Ihren Moralpredigten. Was zwischen mir und Jasmin Stahl gelaufen ist oder nicht, muss Sie nicht kümmern. Ich bereue nichts. Und Jasmin ist kein unrechtes Mädchen.«

Blohfeld schüttelte abermals den Kopf. »Sie werden es nie begreifen.« Dann raffte er sich mit einem leicht genervten Schnaufen auf. »Aber wir haben jetzt ohnehin Wichtigeres zu tun, als uns den Kopf über Ihr hoffnungsloses Liebesleben zu zerbrechen. Kommen Sie mit.«

»Wohin denn?«, erkundigte Paul sich überrascht.

»Nach Erlangen«, tat der Reporter seinen neuesten Plan kund und nahm seinen Mantel vom Garderobenständer. »Wenn in dem, was Ihnen dieser verrückte Alte am Güterbahnhof gesagt hat, nur ein Fünkchen Wahrheit steckt und Ihre Schlussfolgerungen richtig sind, sind wir an einer ganz großen Nummer dran. Denn gesetzt den Fall, dass Konrad Kleinschmidt tatsächlich ein illegitimer Spross aus dem Hause Schillinger ist, ließe sich auch der enorme Aufwand erklären, mit dem Kleinschmidt damals außer Gefecht gesetzt wurde.« Vergnügt fügte er hinzu: »Wie es scheint, haben wir den lang gesuchten heimlichen Papa doch noch gefunden.«

»Sie meinen also auch, es wäre vorstellbar, dass der Mord Kleinschmidt in die Schuhe geschoben wurde, um ihn möglichst lange von der Bildfläche verschwinden zu lassen? Um ihn daran zu hindern, in seiner eigenen Vergangenheit zu forschen?«

Blohfeld deutete ein Nicken an. »Es ist natürlich nur eine Theorie. Aber wir haben gute Chancen, sie zu beweisen – oder auch zu widerlegen.«

»Ja!« Paul spürte seine Begeisterung wieder wachsen. »Nun wäre es wichtig, auch den Rest des Films zu entwickeln. Das Ende der Rolle war zu stark verklebt, als dass ich mich selber hätte daran wagen können. Aber die Jungs im Polizeilabor haben ganz andere Möglichkeiten und können das Letzte aus dem alten Material herauskitzeln. Wer weiß – vielleicht war der damalige Drahtzieher im Hause Schillinger so kontrollsüchtig, dass er bei der Tat anwesend war. Eines der noch nicht gesichteten Fotos zeigt ihn womöglich selbst.«

»Unwahrscheinlich«, winkte Blohfeld ab. »Er wird kaum so unvorsichtig gewesen sein, am Tatort Spuren zu hinterlassen, die direkt zu den Schillingers führen. Natürlich ist es wichtig, den Rest der Bilder zu überprüfen. Aber ich sehe unsere größten Erfolgschancen eher in der Gentechnologie.«

»Ach – daher also Erlangen«, begriff Paul.

»Richtig. Wir haben uns über diese Möglichkeit ja kürzlich schon unterhalten. Nun sind wir aber einen großen Schritt weiter: Wir wissen, wessen Gene miteinander verglichen werden müssen. Ich habe einen Termin bei der Mikrobiologie der Friedrich-Alexander-Universität vereinbart.«

»Und da machen wir was genau?«

Blohfeld hielt einen kleinen Klarsichtbeutel in die Höhe, der gelblich-weiße Späne enthielt. »Wir lassen ein genetisches Profil hiervon anfertigen.«

»Fingernägel?«, fragte Paul befremdet. »Stammen die etwa von Kleinschmidt?«

»Richtig. Und jetzt unterstellen Sie mir nicht, ich hätte sie dem alten Kauz unter Gewaltandrohung abgeschnitten.«

»Haben Sie nicht?«, bezweifelte Paul.

»Nein«, sagte Blohfeld trocken. »Ich war zwar nahe dran, nachdem er mir partout kein Interview geben wollte, aber man muss sich beherrschen können.«

»Sie waren bei Kleinschmidt?«, fragte Paul überrascht.

»Nun, ich war zufällig in der Nähe seiner Wohnung ...«

»Zufällig in der Nähe«, wiederholte Paul lächelnd.

»Auf *Ihre* Ermittlungsergebnisse hätte ich ja noch lange warten können«, moserte Blohfeld. »Na ja, bei mir war der Alte auch nicht kooperativ. Aber sein Badezimmer ist der Traum des Genetikers! Kamm, Zahnbürste, ein schlecht gereinigter Nagelknipser – Erbgut, wohin das Auge blickt! Ich dachte, der fehlende Knipser würde ihm nicht ganz so schnell auffallen.«

»Sie belästigen ihn mit Fragen, die er nicht beantworten will, und zum Dank für seine Gastfreundschaft bestehlen Sie ihn«, resümierte Paul kopfschüttelnd. »Na, zumindest eine elegantere Methode, als in seinem Müll zu wühlen. Aber wozu wollen Sie diese Genuntersuchung machen lassen, wenn uns nach wie vor die Gegenprobe fehlt?«

»Haben Sie denn nicht mal sich selbst richtig zugehört? Weil wir inzwischen einen Anhaltspunkt haben, von wem wir diese Gegenprobe bekommen können!«

»Von den Schillingers? Die werden nie im Leben mitmachen!«

»Warten Sie es ab.«

16

Sie bogen von der zweispurigen Nürnberger Straße ab und fuhren auf dem Weg zur Erwin-Rommel-Straße an der Technischen Fakultät, dem Uni-Rechenzentrum und dem Lehrstuhl für Anorganische Chemie vorbei. Kurz darauf hatten sie eines der architektonischen Glanzstücke der Friedrich-Alexander-Universität erreicht: das Biologikum, einen futuristisch anmutenden Gebäudekomplex aus Glas und Stahl.

Blohfeld erledigte in seiner schnoddrig fordernden Art die Formalitäten im Nu. Schon waren sie mitten drin in der beeindruckenden, hochmodernen Forschungsfabrik – und wurden erst einmal in einen Umkleideraum geleitet. Paul musste seine Straßenkleidung gegen einen weißen Schutzanzug mit autarker Atemluftversorgung tauschen, der seinen Körper hermetisch gegen die Umwelt abschirmte. Über den Kopf stülpte er sich einen transparenten Überzug, der sich durch den Überdruck aufblähte wie ein überdimensionaler Luftballon. Das Material des Overalls war so steif, dass Paul nur mühsam vorwärts kam. Ihr Begleiter, ein freundlicher junger Mann, der sich als wissenschaftlicher Mitarbeiter und Absolvent des Masterstudiengangs für molekulare und zelluläre Biologie vorgestellt hatte, legte an der Tür zum Laboratorium, ihrem eigentlichen Ziel, seinen Ausweis auf einen Laserabtaster und gab zusätzlich einen Code ein. Erst als ein grünes Lämpchen aufblinkte, konnten die drei passieren.

»Das ist ja eine schärfere Kontrolle als am Flughafen«, kommentierte Paul.

Blohfeld blieb ungerührt. »Sie werden gleich begreifen, warum diese Sicherheitsvorkehrungen notwendig sind.«

Sie gingen an einem klobigen Gerät vorbei. Es war aus wuchtigen Metallteilen zusammengesetzt und sah aus wie eine riesige Stanzmaschine. Ein Werkzeug, das Paul in einer Kfz-Werkstatt erwartet hätte, nicht aber in einem Hightech-Labor.

Unaufgefordert erklärte Blohfeld: »Das ist zum Zerstoßen der Zellen. Eine Art Mörser.«

»Wie sollen winzige Zellen mit so einem monströsen Ding bearbeitet werden? Ist da nicht eher Feinmotorik gefragt?«

Der ebenfalls in einem ballonartigen Anzug steckende Assistent tauchte neben ihnen auf und antwortete an Blohfelds Stelle: »Zugegeben, die Technik ist vorsintflutlich und taugt nur für pflanzliche Zellen. Aber im Prinzip ist das Zerstören der Zellwände tatsächlich nichts anderes als physische Gewalt. Um an das Erbgut zu gelangen, knackt man die Zellen – im wörtlichen Sinne.«

Sie passierten eine weitere Luftschleuse und drangen endlich ins Allerheiligste des Labors vor. »Wozu dieser Aufwand?«, wollte Paul wissen.

»Es gibt vier Sicherheitsstufen für Genlaboratorien. Stufe eins ist die harmloseste. Wir gehen jetzt in eines der Kategorie drei. Also nichts anfassen!«, sagte der Assistent freundlich, aber bestimmt.

Gedämpftes, bernsteinfarbenes Licht empfing sie, als sie in einen kreisrunden Raum traten. Paul spürte ein unangenehmes Gefühl in sich aufsteigen. Der Ausflug in die Welt der Mikrobiologie behagte ihm nicht besonders. Die vielen Sicherungen und Luftschleusen waren nicht zum Spaß eingebaut worden – sie waren ein Hinweis auf die Gefahren, die von diesem Raum ausgingen. »Was ist so brisant an der ganzen Genthematik?«, erkundigte er sich betont lässig, um seine steigende Nervosität zu überspielen.

»Die Wissenschaftler experimentieren hier mit Hepatitisviren und HIV«, erläuterte der Assistent. »Schließlich arbeiten wir in erster Linie für die Medizintechnik und nicht etwa für Altertumsforscher. Dass Sie den Raum heute für Ihre Zwecke nutzen können, beruht nur auf der Gefälligkeit meines Chefs, des Dekans. Der legt großen Wert auf ein gutes Verhältnis zur Presse.«

Aids-Viren? In Pauls Magen begann es zu rumoren. Er fühlte sich mehr als unbehaglich, als er sich in der sterilen

Zelle umsah. In einer Ecke summte ein überdimensionierter Kühlschrank. In seinem Bauch, erklärte ihr Begleiter, lagerten Gläser voller Chemikalien, Blut und Gewebe bei siebzig Grad unter Null. Milchiges Licht drang durch die spiegelnden Fenster rings um sie herum. Das Ganze wirkte antiseptisch und kalt. Um sich selbst bei Laune zu halten, fragte Paul den wissenschaftlichen Mitarbeiter weiter aus. »Wenn dieses technische Ungetüm draußen im Vorraum inzwischen zum alten Eisen zählt, wie knackt man die Zellwände denn heute?«

»Da gibt es verschiedene Methoden. Mir persönlich ist die chemische am liebsten. Die ist schnell und effektiv.« Er deutete auf eine weiße Vitrine. Durch die verglaste Tür konnte Paul ein Sammelsurium verschiedener Flaschen, Kolben und Reagenzgläser erkennen. Der Assistent öffnete das Schränkchen, zog ein Gefäß mit einer trüben rötlichen Flüssigkeit heraus und griff in eine Schublade, in der in Reih und Glied Pipetten und Spritzen lagen. »Ich brauche nur einen einzigen Tropfen.« Vorsichtig schraubte er die Verschlusskappe von dem Fläschchen und tunkte eine Pipette ein.

»Was bleibt von den Zellen übrig, wenn Sie sie mit diesem Saft beträufeln?«

Der wissenschaftliche Mitarbeiter entnahm Blohfelds Probenbeutel behutsam einen einzelnen Fingernagel und deponierte ihn in einem Glasschälchen. Er ließ einen winzigen Spritzer aus der Pipette in das Schälchen fallen. Augenblicklich bildeten sich kleine Bläschen, und ein feiner Dunst stieg auf. »Was übrig bleibt? Wenn es gut läuft, nicht viel. Sie sehen, diese Mixtur ist eine fein abgestimmte Lösung aus Salzen, Säuren und Enzymen – eine äußerst wirkungsvolle Mischung. Die Zelle löst sich auf. Komplett. Sie wird in ihre Bestandteile zerlegt. Der DNA-Strang mit den Erbinformationen schwimmt anschließend frei in der Lösung, so dass ich ihn nur noch zu isolieren brauche.«

Paul beobachtete die Flüssigkeit, die sich jetzt in dünnen rosa Fäden auf dem Fingernagel ausbreitete, mit wachsendem

Respekt. Er dachte an die Spritzen, die neben den Pipetten in der Schublade lagen. »Was wäre, wenn ein lebender Mensch mit Ihrem Zelllöser in Berührung käme?«

»Das sollte er tunlichst vermeiden«, sagte der wissenschaftliche Mitarbeiter. Er zog sich einen Drehstuhl heran, setzte sich und beobachtete das Schälchen.

Paul sah sich nach einem zweiten Hocker um, denn seine Beine wurden allmählich müde. Die Luft war stickig in seinem Schutzanzug. »Und, äh ... führen diese Methoden zu überzeugenden Resultaten?«

Der wissenschaftliche Mitarbeiter lachte kurz auf. »Aber ja! Die DNA-Analyse ist heute weltweit Standard. Die Bestimmung des genetischen Codes hat sich als ein sicheres Verfahren bewährt. Sie können sich auf die Ergebnisse verlassen. Jedenfalls, wenn ausreichendes Material für die Untersuchungen vorhanden ist.«

In seinem Anzug wurde es Paul entschieden zu warm. Er sehnte den Moment herbei, in dem sie die sterile Kammer verlassen konnten. Er reckte sich, beschloss, die beiden zur Eile zu treiben. Er wollte den Assistenten gerade ansprechen, als sein Blick abermals auf die Probe fiel. Die trübrote Flüssigkeit hatte sämtliche Nagelstrukturen mit zähen Schlieren überzogen. Der Span löste sich allmählich auf und war schließlich verschwunden.

17

Auch wenn er es eine Weile verdrängt hatte, ging ihm der Inhalt dessen, was er bei Katinka belauscht hatte, noch immer nach. Der Stachel saß tief. Trotzdem war es langsam an der Zeit, das Gespräch mit ihr zu suchen, spürte Paul. Er musste über seinen Schatten springen, schließlich hatte er ihr viel zu sagen – und gerade im Fall Kleinschmidt war er ihr noch einige Erklärungen schuldig. Wahrscheinlich würde sie wegen seiner fortgesetzten Eigenmächtigkeiten in dieser Sache ganz schön sauer sein. Doch davon wollte er sich nicht abschrecken lassen.

Paul machte sich zu Fuß auf den Weg zu ihrer Wohnung und legte sich dabei die Rechtfertigungen zurecht, die er ihr anbieten wollte, ohne sich dabei selbst zu verleugnen. Denn er mochte sich nicht verbiegen, um ihr zu gefallen. Das wäre der falscheste Ansatz für einen Neuanfang.

Katinka wirkte zu seiner Überraschung nicht wütend, als sie ihm öffnete. Eine Spur Enttäuschung, vielleicht, lag in ihrem Ausdruck, keine Andeutung aber von Zorn; sie sah nicht aufgebracht aus, im Gegenteil: Sie war die Ruhe in Person. Wortlos ließ sie ihren unsicheren Besucher eintreten. Der schaute sich, ebenfalls ohne einen Ton zu sagen, in der winzigen Wohnung am Aufseßplatz um. Ein Anderthalb-Zimmer-Appartement, in seiner Schlichtheit etwas für eine Studentin, nicht für eine Oberstaatsanwältin.

»Ist ja nur für den Übergang«, erklärte Katinka, die Pauls erstaunten Blick richtig deutete.

Er musterte dennoch sprachlos ihre Bleibe. Wände, so dünn wie Pappe. Das ursprüngliche Weiß der Raufaser war von einem speckigen Grau überzogen. Von einem engen Gang ging ein schmales, dunkles Zimmer ab, aus dem das penetrante Glucksen eines Heizkörpers drang. Paul warf einen flüchtigen Blick hinein. Auf dem Boden lag eine Matratze mit Bettzeug. An der Wand lehnte ein Kleiderschrank, dessen Türen sich offenbar nicht richtig schließen ließen. Paul sah das Ende eines Kostüms herauslugen. Auf dem Boden neben dem Bett registrierte er einen Pappkarton, gefüllt mit Unterwäsche.

»Hier drüben ist's gemütlicher.« Katinka zog Paul am Ärmel in ein annähernd doppelt so großes Zimmer. Die Einrichtung bestand nur aus zwei einfachen Holzstühlen und einem dazu passenden Tisch, über den Katinka eine schlichte weiße Decke geworfen hatte. Ein Drittel des Raums war durch eine hüfthohe Anrichte abgetrennt, hinter der es aus einem Topf und einer Pfanne verheißungsvoll dampfte. Durch zwei schmale, vom Küchendunst beschlagene Fenster fiel das kalte Licht einer Straßenlaterne. »Meine neue Wohnung in Mögeldorf ist erst Ende nächster Woche bezugsfertig. Diese Bude hier hat mir Hannah organisiert – man sieht's. Aber fühl dich trotzdem wie zu Hause.«

Pauls schlechtes Gewissen wurde durch Katinkas Verhalten nicht gerade beruhigt. Er fragte sich, wann sie wohl endlich auf die Kelheim-Fahrt mit Hannah zu sprechen kommen würde. Andererseits – noch hatte er in der ganzen Sache Kleinschmidt ja kein Porzellan zerschlagen. Vielleicht wollte Katinka es sich mit Paul nicht verderben und sah großherzig über seine jüngsten Eskapaden hinweg. Genauso gut aber konnte der dicke Hammer noch kommen. In diesem Fall machte sie sich gerade warm für den Angriff.

Aus dem dampfenden Topf zauberte Katinka Nudeln, aus der Pfanne köstlich duftende gedünstete Artischockenherzen. In einer großen Schüssel vermengte sie die Artischocken mit Sauerampferblättern, Petersilie und kleingehackten hartgekochten Eiern. Sie stellte ein Stück italienischen Hartkäse nebst Reibe dazu, zündete zwei Kerzen an und lud ihn ein: »Lass es dir schmecken.«

Paul lächelte dankbar, füllte die beiden Teller und hobelte einen kleinen Berg Käseflocken auf seine Pasta. »Du hast mit

Berlin also tatsächlich abgeschlossen«, stellte er fest. Pfiffig kombiniert, schien Katinkas Blick zu sagen. Sie nahm ihm den Käse ab. »Das heißt, du wirst dich in Mögeldorf dauerhaft wohnlich einrichten?«, plapperte er weiter. Schlauberger, sagten ihre Augen. Sie gönnte sich eine doppelte Portion Käse. »Du hättest dort auch noch Platz für einen gelegentlichen Besucher, der die Gelegenheit gern zur Gewohnheit machen würde?«

»Paul.« Sie legte den Käse auf den Tisch. »Dräng mich nicht schon wieder. Lass es uns langsam angehen, ja?«

Paul stieg eine kräftige Röte ins Gesicht. Er widmete sich seinen Nudeln und schwieg, jedoch nicht besonders lange. Es war einfach nicht mehr zu ertragen. Er wollte das Thema endlich zur Sprache bringen. Entschieden legte er das Besteck beiseite. »Katinka. Die Sache mit Hannah ...«

Sie unterbrach ihn scharf. »Nein! Ich will nichts wissen von euren Dummheiten! Ich habe keine Zeit und keine Lust, mich da einzumischen. Sie ist alt genug, und du bist es erst recht. Ihr müsst wissen, was ihr tut.« Ihre Augen straften ihren letzten Satz Lügen.

»Aber ich möchte, dass du erfährst – «

»Bitte.« Sie hob abweisend die Hand. Das Energische war jedoch aus ihrer Stimme verschwunden. »Ich *darf* gar nicht alles erfahren, was du so treibst, sonst müsste ich dem sofort einen Riegel vorschieben. Meine Kollegen hätten sehr wenig übrig für deine unkonventionellen Ermittlungsmethoden.«

Paul griff nach der Flasche Rotwein, die Katinka auf den Boden neben den Tisch gestellt hatte, und schenkte ihnen beiden ein. Er kam sich auf einmal sehr selbstbezogen vor. In den letzten Tagen hatte sie wohl viel mitgemacht. Ihr Umzug von Berlin zurück nach Nürnberg, die Herausforderungen ihres neuen Jobs, einhergehend mit den gesellschaftlichen Ansprüchen und den Unsicherheiten in ihrem Privatleben, mussten gewaltig an ihren Kräften gezehrt haben. Ausgerechnet in dieser Situation belastete Paul sie noch mit zusätzlichen Problemen. Kein Wunder, dass sie sauer reagierte.

Die Pasta schmeckte vorzüglich. Paul konnte nicht umhin, jeden Bissen zu genießen. Er entschied, die Einzelheiten seiner zweifelhaften Recherchemethoden vorerst auszuklammern und Katinka nur über die aktuellen Erkenntnisse im Fall Kleinschmidt zu unterrichten. Seine Ausführungen gipfelten in der gewagten Schillinger-Hypothese. Er zögerte, bevor er seine und Blohfelds Gedanken darlegte: »Was, wenn Herr Kleinschmidt in Wirklichkeit gar kein Kleinschmidt ist?« Katinka hob fragend die Brauen. »Also, wenn er nicht wirklich Kleinschmidt heißen würde ... – ich meine, wenn sein Vater ...«

Katinka schluckte hinunter und spülte mit einem Schluck Wein nach. »Er heißt Kleinschmidt, weil seine Mutter Kleinschmidt hieß. Wenn sein Vater sich nicht aus dem Staub gemacht hätte, würde Kleinschmidt mit Sicherheit dessen Nachnamen tragen. Aber das ist keine sehr erhellende Erkenntnis, Paul.«

Er stach mit seiner Gabel in die Luft, als wäre sie ein Taktstock, und setzte seine Pointe. »Sicher, der Vater ist weg. Doch es gibt eine erste Spur, die zu ihm hinführt«, trumpfte er auf.

»Du spielst auf die greise Frau in Kelheim an, die dir etwas über eine vermögende Abstammung vorgesäuselt hat.« Sie zwinkerte ihm zu. »Hannah hat mir bereits ausführlich Bericht erstattet.«

»Genau darauf spiele ich an. Und auf den ...«

»... den Irren, der in einer ausgedienten Zollstation am Kohlenhof herumspukt?«, frotzelte sie.

Paul steckte das ohne Murren ein. »Ja«, sagte er und verkniff sich die Frage, woher sie nun auch dies schon wieder wusste. Stattdessen legte er ihr haarklein seine Vermutung dar, dass Konrad Kleinschmidt ein außereheliches Mitglied der Schillinger-Familie sein könnte. Paul berief sich nicht nur auf die dünnen Aussagen der alten Gertrud und des schrulligen Alten vom Güterbahnhof. Er führte auch die ausgeklügelte Finesse an, mit der Kleinschmidt außer Gefecht gesetzt worden war und die durchaus für einen mächtigen und finanzkräftigen Auftraggeber spräche.

Er beugte sich vor, blickte Katinka eindringlich in die Augen. »Wir suchen nach jemandem, dem kein Aufwand zu groß war, um einen unerwünschten Familienspross aus dem Weg zu räumen. Jemanden mit Macht und Geld ohne Ende. Wen könnte man sich da besser vorstellen als die Schillingers?« Schließlich sprach Paul selbstbewusst das Vorhaben an, mittels Genproben zu beweisen, dass Kleinschmidt tatsächlich ein Angehöriger des Hauses Schillinger war.

»Aber warum ahnt Kleinschmidt selbst nichts davon? Ich meine, solange er nichts weiß, ist er für niemanden ein echtes Problem, oder?« Paul öffnete den Mund, um zu antworten, und stellte fest, dass er darauf nichts zu sagen wusste. Katinkas Frage war so simpel, und doch brachte sie Pauls ganzes Gedankengebäude zu Fall. Sie legte ihnen beiden Nudeln nach, bevor sie ausführte: »Ich habe bereits mit ihm darüber gesprochen, weil ich nach deiner Kelheim-Fahrt und deinen Erlebnissen im Güterbahnhof zunächst ähnliche Rückschlüsse gezogen hatte. Aber Fehlanzeige! Er hat vom Namen Schillinger zwar gehört – kein Wunder, wer kennt den Stahlkonzern nicht? Aber dass ein Schillinger sein Vater gewesen sein könnte, hält er für abwegig. Nie im Leben, sagt er. Und mal unter uns – er sieht diesem Schillinger-Clan nicht die Spur ähnlich, findest du nicht auch?« Sie tupfte sich mit ihrer Serviette den Mund ab. »Übrigens habe ich allmählich den Eindruck, dass Kleinschmidt der ganzen Aufregung ohnehin nicht mehr lange gewachsen ist. Am liebsten würde er sich wieder zurückziehen. Ich glaube, er hat sich im Gefängnis an seine Isolation gewöhnt.«

Paul war der Appetit vergangen. Seine schöne Theorie sollte er einfach in den Wind schießen? »Ich sehe meinem Vater auch nicht besonders ähnlich. Das beweist gar nichts.« Er verspürte plötzlich den überstarken Drang, noch einmal intensiv über die Sache nachzudenken, und zwar zu Hause. Er schob seinen Stuhl zurück.

»Kannst du denn überhaupt keine Kritik vertragen?«, versetzte Katinka unwirsch.

»Doch, doch. Nur – ich bin mir meiner Sache sicher! Du hättest die Augen von Gertrud sehen müssen. Da steckt etwas Großes dahinter!«

Zweifel lagen in Katinkas Stimme. »Sie ist über neunzig, Paul.«

»Aber geistig keine siebzig! Und dieser Kerl vom Güterbahnhof – ich konnte seine Angst vor dem Namen Schillinger regelrecht spüren.« Er stand auf. »Ich will mich noch einmal mit Blohfeld unterhalten. Wir müssen ganz schnell einen Weg finden, den Vater von Kleinschmidt zu ermitteln.«

»Paul, verflixt!« Auch Katinka erhob sich jetzt. Die große Silberschnalle ihres Gürtels verfing sich an der Serviette, so dass sie ihren Teller anstieß und die Soße überschwappte. »Kleinschmidts Vater, wer auch immer er war, liegt längst unter der Erde. Er ist tot.«

»Das spielt keine Rolle. Seine Gene haben überlebt: in Kleinschmidt!« Paul würde sich seine Überzeugung nicht nehmen lassen.

»Okay. Gut. Wenn du unbedingt weiter so unvernünftig sein willst, ist dir nicht zu helfen. Aber ich warne dich: Tu nichts Illegales!« Sie versuchte sich die Soßenflecken von der Hose zu wischen. »Ich fahr' dich nach Hause.«

»Nein danke. Ich nehme die U-Bahn.«

18

Kaum hatte Paul, zurückgekehrt von einem morgendlichen Obsteinkauf auf dem Hauptmarkt, die Wohnungstür hinter sich geschlossen, klingelte es schon wieder und Jasmin drängte sich an ihm vorbei in sein Atelier. Sie wirkte ungewohnt hektisch, und ihre Wangen glühten.

»Du hier? Um diese Zeit?«, wunderte sich Paul über den unverhofften Besuch. »Musst du nicht arbeiten?«

»Und ob ich das muss«, sagte Jasmin wenig freundlich. »Ich habe die Mittagspause vorgezogen und riskiere gerade ein Disziplinarverfahren wegen wiederholten Ausplauderns von Dienstgeheimnissen.«

Paul bot ihr den Sessel neben seinem Sofa an und setzte sich ihr gegenüber. »Also?«, fragte er sie offen. »Was darfst du mir nicht verraten?«

Jasmin funkelte ihn an. »Paul – du bist in eine Sackgasse geraten. Vergiss alles, was du über den Fall Kleinschmidt zu wissen meinst. Vergiss vor allem diese Verschwörungstheorien in Zusammenhang mit der Familie Schillinger.«

Paul runzelte die Stirn. Neben der Staatsanwaltschaft war also auch schon die Polizei auf dieser Spur. »Warum?«, fragte er.

»Weil ...« Jasmin war zu aufgeregt, um gleich weiterreden zu können. Sie rang nach Luft. »Weil du dich in große Gefahr begibst! Ist dir klar, dass dich die Schillingers verklagen können? Wegen übler Nachrede, wenn es gut läuft. Wegen Geschäftsschädigung, wenn es schlecht läuft.«

»Das ist doch aber kein Grund dafür, ein Verbrechen zu vertuschen!«, wandte Paul ein.

»Nein. Aber es gibt ab sofort auch keinen Grund mehr, nach einem anderen Täter als Kleinschmidt zu suchen.«

Paul blickte sie fragend an. »Spielst du etwa wieder auf sein fehlendes Alibi an? Ich bin mittlerweile sicher, dass es auch dafür eine Erklärung gibt.«

»Das wären nur wieder neue Spekulationen, Paul. Viel schwerer wiegt die Tatsache, dass Kleinschmidt selbst einen Rückzieher gemacht hat. Er will keine Ermittlungen mehr und hat seine Ansprüche für nichtig erklärt.«

Paul setzte sich aufrecht. »Im Ernst?«, fragte er verblüfft. »Das kann er doch nicht tun!«

»Doch, das kann er, und das hat er!«

»Nein ...«

»Doch!«

Paul war fassungslos angesichts dieser neuen Wendung. Warum machte Kleinschmidt plötzlich eine Kehrtwende? Das ergab doch keinen Sinn. Nicht nach allem, was dieser Mann schon ausgelöst und in Bewegung gesetzt hatte.

Jasmin straffte ihren drahtigen Körper, als sie erklärte: »Für mich kommt dieser Schritt keineswegs unerwartet. Du musst bedenken: Zwar hat Kleinschmidt ein Interesse daran gezeigt, seine Unschuld nachzuweisen. Ihm ist es aber nie darum gegangen, bei der Jagd nach dem wahren Mörder zu helfen, und erst recht nicht darum, seine Familienverhältnisse zu klären. Das Ganze wächst dem Mann doch längst über den Kopf – er will nur noch seine Ruhe haben.«

Da war etwas Wahres dran, musste sich Paul im Stillen eingestehen. Nicht umsonst hatte Blohfeld Kleinschmidts Fingernägel aus dem Badezimmer geklaut. Höchstwahrscheinlich hätte Kleinschmidt nein gesagt, wenn der Reporter ihn offen darum gebeten hätte. Paul musste zugeben, dass er mittlerweile auf eigene Faust handelte – und er musste sich fragen, für wen oder was er eigentlich noch Kopf und Kragen riskierte. Es mochte Ehrgeiz sein oder Eitelkeit, doch etwas hinderte ihn daran, das auch vor Jasmin zuzugeben. Geradezu trotzig fragte er: »Gibt es denn wenigstens etwas Neues über den Besitzer der Kamera, diesen Willy Freller?«

»Freller?«, fragte Jasmin etwas überrascht. »Ja, gibt es tatsächlich. Wir wissen jetzt, dass er 1986 bei einem Unfall starb, der sich nicht weit vom Gelände der Schillinger-Eisenwerke in der Südstadt ereignete. Ein Schwertransporter missachtete die Vorfahrt. Frellers Auto wurde regelrecht zermalmt.«

»Na bitte!«, rief Paul. »Wieder ein Verbrechen in direktem Zusammenhang mit den Schillingers!«

»Eben nicht«, sagte Jasmin ungerührt. »Kein Verbrechen, sondern ein Verkehrsunfall. Auf Bayerns Straßen sterben jährlich fast tausend Menschen. Du wirst doch nicht hinter jedem Verkehrstoten ein Verbrechen vermuten, oder?«

Es war zum Haareraufen! Wollte oder konnte ihn Jasmin nicht verstehen? Paul war enttäuscht und sauer. Wortlos stand er auf, kehrte seiner Besucherin den Rücken zu und setzte sich an seinen Schreibtisch. Ohne Jasmin weiter zu beachten, wandte er sich seinem bereits laufenden Computer zu, an dem er schon frühmorgens über die Unternehmensgeschichte der Schillingers recherchiert hatte.

Er versuchte, sich in die letzte Website zu vertiefen, die er vor seinem Marktbummel aufgerufen hatte: einen Eintrag über die Kindertage der Schwerindustrie. All die großen Pioniere der Industrialisierung waren hier aufgeführt, der Lokomotivenbauer August Borsig, der Hochofenkönig Hoesch, die Krupp'sche Stahldynastie – und natürlich ein starker Mitbewerber aus Nürnberg: der alte Schillinger.

Wie bescheiden er angefangen hatte! Paul las die Zeilen staunend. Schillinger, Sohn eines Hufschmieds, startete seine legendäre Karriere unter denkbar schlechten Umständen. Der Vater starb früh, Schillinger musste als ältestes von sieben Geschwistern die Familie ernähren. Er schuftete vierzehn Stunden täglich in einem Bergwerk nahe der späteren Maxhütte. Trotzdem reichte das Geld kaum, um die Familie über Wasser zu halten. An seinem einzigen freien Tag, dem Sonntag, grübelte er darüber nach, wie er seine schlimme Lage verbessern könnte. Und er fand einen Weg, den er als Heizer auf dem Adler begann ...

»Schon wieder Schillinger?« Jasmin hatte sich neben ihn gestellt. »Willst du nicht endlich aufgeben?«

»Kommt gar nicht in Frage. Außerdem ist die Vita des Konzerngründers sehr interessant. Der Mann hat es weit gebracht in seiner Zeit und viel geleistet für seine Heimatstadt Nürnberg.«

»Weil er brutal und rücksichtslos war. So sind sie bis heute, diese großen Konzernlenker. Ich kann mich nur wiederholen: Du solltest dich in Acht nehmen.«

»Wer?«

»Wer was?«

»Wer das wissen will.«

Jasmin sah ihn beleidigt an. »Ich bin hier ja wohl überflüssig«, sagte sie schmollend. »Darf ich noch deine Toilette benutzen, bevor ich gehe?«

»Du weißt ja, wo sie ist.« Wortlos zog Jasmin ab. Paul zwang sich zurück zu seiner PC-Recherche. Doch er hatte noch nicht einmal einen Absatz gelesen, als Jasmin laut nach ihm rief:

»Paul! Kommst du bitte mal? Hier klemmt was.«

Entnervt schaute er auf. »Was ist denn los?«

»Ich kriege den Wasserhahn nicht mehr zu. Habe ihn wohl zu weit aufgedreht.«

»Das gibt's doch gar nicht!«, stöhnte Paul. »Wer von uns beiden ist denn hier der Techniker?«

»Ich bin diplomierte Ingenieurin«, stellte Jasmin klar, »aber das hier ist keine Frage der Technik, sondern eine der Kraft.« Sie kam ihm mit pitschnassem Pullover entgegen. »Selbst auf die Gefahr hin, dass gleich deine Hormone hüpfen – aber den muss ich ausziehen.« Sekunden später trug sie nur noch ihren BH. Paul wandte sich schnell ab und eilte ins Badezimmer. Aus dem Hahn sprudelte es wie aus einer Fontäne. Jasmin hatte es geschafft, ihn bis zum Anschlag aufzudrehen und in dieser Position zu arretieren. Nur mit großer Anstrengung gelang es Paul, ihn zu lockern und zurückzuschrauben. Auch er war jetzt völlig durchnässt. Geladen ging er zurück ins Atelier. Mit einer gewissen Beruhigung stellte er fest, dass sich sein Gast inzwischen eins seiner Hemden übergezogen hatte. Paul streifte nun selbst seinen Rolli ab, schlüpfte in ein frisches Sweatshirt und wollte sich wieder in seine Internetlektüre vertiefen. Aber der Computer war heruntergefahren.

»Wenn du weiter über die Schillingers recherchieren willst ...«

»Ja?« Er sah sie kampfeslustig an.

Jasmin hielt seinem Blick stand. »Dann musst du mich zuerst hier rausschmeißen.«

»Warum zum Teufel sträubst du dich so gegen meine Nachforschungen?«

»Weil wir dafür zuständig sind, meine Kollegen und ich. Du bringst dich unnötig in Gefahr. Überlass die Sache der Polizei. Du bist schließlich kein Privatdetektiv, sondern Fotograf. Und mit dem Fotografieren solltest du auch dein Geld verdienen, statt dauernd auf Verbrecherjagd zu gehen.«

»Nichts gegen die Polizei, meinen Freund und Helfer«, wandte Paul ein, »aber die meisten deiner Kollegen, mit denen ich bisher das Vergnügen hatte, haben nicht gerade mein Vertrauen in die Staatsgewalt gefestigt.«

»Die meisten meiner Kollegen sind kompetent, engagiert und vor allem professionell. Ganz im Gegensatz zu dir, Paul.«

Er sah sie forschend an. Etwas freundlicher sagte er: »Jasmin, so geht das nicht. So können wir nicht miteinander umgehen. Ich respektiere dich und deine Aufgabe. Aber du musst auch Verständnis für meine Sicht der Dinge haben.«

»Ich weiß.« Ihr Ausdruck blieb ernst. »Das weiß ich genau ... und das macht es mir so schwer.«

Beide setzten sich aufs Sofa. Sie zog zaghaft ihre Beine an, während Paul erklärte: »Bei mir herrscht augenblicklich das reinste Tohuwabohu. Ich kann mich kaum meinem eigentlichen Job widmen, ich werde aus unerfindlichen Gründen zusammengeschlagen, meine persönlichen Gefühle sind ein einziges Chaos.« Paul holte Luft. »Und dann bist da noch du.«

»Möchtest du, dass ich gehe?« Ihre dunkle Stimme klang weich und zärtlich.

Paul seufzte. »Nein. Ich möchte nur, dass ich wieder klar sehen kann. In diesem Kriminalfall und in meinem Leben.« Er lehnte sich zurück.

Jasmins Füße tasteten sich behutsam vor. Beinahe unmerklich begann sie, ihre Zehen an Pauls Oberschenkel zu reiben. »Dabei möchte ich dir helfen. Und das Beste für dich ist, Konrad Kleinschmidt und die Schillingers ein für allemal zu vergessen.«

»Das kann ich nicht.« Paul erhob sich und ging zum Fenster.

»Nein«, kam es leise vom Sofa, »natürlich nicht.« Ein stilles Seufzen. »Aber wundere dich nicht, wenn die Sache diesmal nicht gut für dich ausgeht.«

19

In der schummrigen Erkernische ihres Stammlokals breitete Blohfeld seinen neuesten Plan aus. »Wir können uns strikt an die Methoden der Archäologen halten.«

Marlen steckte ihren Kopf zwischen die beiden. Blohfeld orderte ein Landbier im Steinkrug.

»Für mich auch eins, aber nur ein kleines«, bat Paul die Bedienung.

»Kleines Bier gibt's nicht«, wies ihn Marlen lächelnd zurecht. »Dann musst du wiederkommen, wenn du ein Großes trinken darfst. Oder nach Norddeutschland ziehen.«

»Sehr witzig«, rief Paul ihr nach, um sich gleich wieder an Blohfeld zu wenden. »Wie sollen uns ausgerechnet Archäologen helfen können?«

Der Reporter rieb sich die Augenbrauen. »Es wird nicht einfach sein, Ihnen das klarzumachen.«

»Versuchen Sie es trotzdem.« Paul fand es langsam ermüdend, jede Information erbetteln zu müssen.

»Die lebenden Schillingers werden sich höchstwahrscheinlich zieren, uns eine Genprobe zu überlassen. Von weiter entfernten Verwandten können wir kaum ein größeres Entgegenkommen erwarten. Also versuchen wir es am besten bei den Verblichenen.«

Paul starrte ihn an. Er mochte nicht glauben, was er da eben gehört hatte. »Sie wollen Erbmaterial von Toten stehlen?«

Blohfeld wandte unschuldig seinen Blick ab und fokussierte eine lecke Petroleumlampe über sich. »Nun ja, mit der Speziallösung, die man uns im Labor gezeigt hat, könnte man selbst kleinste Reste von den Knochen separieren und – «

»Wir sollen uns ernsthaft an Toten vergreifen? Das ist strafbar!«

»Ach was! Wir haben eine Juristin auf unserer Seite, die uns notfalls aus dem Gröbsten rauspauken kann«, blaffte Blohfeld ihn an. »Außerdem sind wir nicht die Ersten, die so etwas tun. Denken Sie an den Leichenraub bei den Flicks. – Mensch, Flemming, ich will Ihnen helfen!«

»Alles, was Sie wollen, ist eine Sensation für Ihr Blatt!« Pauls Blick fiel auf die Theke, an der Marlen stand und auf die beiden Biere wartete. Er sah etwas Rotes aufleuchten. Blitzschnell verschwand es in Marlens Mund. Er beugte sich vor, um mehr erkennen zu können. »Wenn ich nicht genau wüsste, dass wir Oktober haben, würde ich sagen: Marlen isst Kirschen – oder sogar Erdbeeren.«

Blohfeld zog einen Flunsch. »Na und? Was ist daran so Besonderes? Schwangere haben Appetit auf die ungewöhnlichsten Dinge. Jan-Patrick sitzt ja an der Quelle und kennt jeden Obstimporteur in der Region. Oder es sind genmanipulierte Erdbeeren, die im Herbst gedeihen. Ist heute alles drin.« Er atmete tief durch und seufzte. »Ich beneide Ihren Freund, den Wirt. Ein glückliches Paar.« Paul kam es komisch vor, den Reporter so nachdenklich, beinahe sentimental zu erleben. Und die Überraschungen waren noch nicht zu Ende. »Ich hatte nur einmal das Glück, die große Liebe zu finden«, plauderte Blohfeld weiter. »Aber auf körperlicher Ebene war das die totale Katastrophe. Da lief so gut wie nichts ...«

»Ich bin mir nicht sicher«, bemerkte Paul, »ob Sie mich mal wieder auf den Arm nehmen oder tatsächlich zum ersten Mal etwas aus Ihrem Leben erzählen.«

Ein milder Ausdruck legte sich über das zynische, verhärmte Gesicht des Journalisten. »Nein, nein, ich verschaukle Sie nicht. Corinna war ihr Name, Conny. Sie Volontärin, frisch von der Uni, und ich Jungredakteur. Sie werden es mir nicht glauben, Flemming, aber ich hatte damals noch Ideale und hehre Ziele. Politikredakteur wollte ich werden. Conny zog es mehr in Richtung Feuilleton. Sie war richtig gut darin. Modernes Theater war ihr Steckenpferd, aber der Kulturchef, Ricky Reichelt, schickte sie lieber in die Oper. Weil er wusste, dass das nur wenige beherrschen. Conny hat ihn nie enttäuscht.« Nun schnäuzte er sich gar vor Rührung – lautstark. »Sie war eine tolle Frau! Clever und schlagfertig. Und verdammt gut ausgesehen hat sie noch dazu.«

»Sie waren Feuer und Flamme, was?«

»Ja«, nickte der Reporter. Ein leichtes Rosa hatte sich ins Aschgrau seiner Gesichtsfarbe gemischt. »Ich stand auf diese Frau. Fast jede freie Minute verbrachte ich mit ihr. Abends in der Oper war ich natürlich auch immer dabei. Kenne noch heute jedes große Stück auswendig. Falls es also mal einen Mord im Opernhaus geben sollte, bin ich der richtige Mann, um die Sache aufzuklären.« Er lachte glucksend.

»Was ist denn aus Conny geworden?«

»Weiß ich nicht«, sagte Blohfeld und ließ die schmalen Schultern hängen. »Sehr weit bin ich mit ihr nicht gekommen. Es gab nur ein erstes und letztes Mal, und das war ein Desaster. Danach haben wir uns noch ab und zu getroffen, aber nach dem Volontariat hat sie den Laden gewechselt und der Kontakt riss ab.«

»Aber Sie als Vollblutjournalist hatten doch wohl alle Möglichkeiten, um ihren weiteren Weg verfolgen zu können.«

»Genau das wollte ich lieber nicht.« Der Reporter kniff seine ohnehin schmalen Augen zusammen, als er merkte, dass er drauf und dran war, eine weiche Stelle in seiner Betonfassade zu entblößen. »Zurück zu unserem eigentlichen Thema«, sagte er schroff. »Es gibt eine Familiengruft auf dem Rochusfriedhof, die nur sehr unzureichend gegen Vandalismus geschützt ist.«

Paul lachte auf. »Wenigstens sehen Sie Ihre eigene Rolle endlich richtig.«

»Eigene Rolle als was?«

»Als Vandale!«

Den restlichen Abend vertrieb sich Paul, indem er es sich erneut auf dem Sofa in seinem Atelier gemütlich machte, um einige Ausdrucke seiner Recherchen über die Schillingers durchzusehen. Das Telefon schwieg ebenso wie die Türglocke und gewährte ihm ein ungestörtes Lesestündchen. Paul wurde bald klar, dass der alte Schillinger mit egoistischer Schläue vorgegangen war, um seine Ziele zu erreichen. Das Ausspionieren englischer Technik als Heizer auf dem Adler war nur der Anfang gewesen. Ein Leben lang, auch noch als Großindustrieller, zeigte er sich mit allen Wassern gewaschen und geschickt in der Wahl seiner Mittel.

Paul merkte kaum, wie die Zeit verrann, so sehr hielt ihn die Lektüre gefangen. Als er fast mit der Nase an die Blätter stieß, bemerkte er, dass es inzwischen zu dunkel zum Lesen geworden war. Ohne aufzublicken betätigte er den Schalter einer Stehlampe, überflog einige weitere Kapitel und gewann einen vagen Eindruck von den Schillinger-Nachfolgern.

Abermals blätterte er um und gelangte schließlich in die Gegenwart. Der derzeitige Konzernführer, so entnahm er dem letzten Kapitel, war bereits dem Pensionsalter nah, doch er hielt die Zügel noch fest in der Hand: Wolfram Schillinger. Ein vierschrötiger Kerl. Paul musterte das eingefügte Portrait: eine breite Stirn mit weit zurückliegendem Haaransatz, eine kräftige Nase, einen schmallippigen Mund. Er blickte in die kalten Augen eines machtbewussten Konzernchefs. Paul betrachtete das scharf gezeichnete Gesicht mit einem Gefühl, das an Ehrfurcht grenzte. Wenn er nicht aus vielen Presseberichten gewusst hätte, dass Wolfram Schillinger als großspurig, unbeherrscht und hitzköpfig galt, wäre sein Respekt noch größer gewesen. Doch Schillinger war eine Unternehmerpersönlichkeit mit Schwächen. Er konnte sich nicht zurücknehmen – und das machte ihn angreifbar.

Erst beim zweiten Überfliegen des Abschlusskapitels fiel Paul auf, dass Wolfram Schillinger gar nicht die direkte Erbfolgelinie der Schillingers vertrat. Die Ehe seines Vorgängers Magnus Schillinger war kinderlos geblieben. Nur deshalb konnte Wolfram, der Neffe, einspringen.

Paul legte den Stoß Papiere nachdenklich beiseite. Das Puzzle fügte sich zusammen.

20

Während der Pestepidemie um 1517 hatte der Nürnberger Rat entschieden, die innerstädtischen Kirchhöfe zu sperren und aus hygienischen Gründen neue Friedhöfe außerhalb des Stadtgebiets anzulegen. Nahe dem Dorf Gostenhof war der Rochusfriedhof entstanden. Die wohlhabende Patrizierfamilie Imhoff spendierte eine respektable Kapelle, später wertete ein schmuckes Barocktor den Begräbnisplatz weiter auf. Viele bekannte Nürnberger waren auf diesem Friedhof bestattet. Normalerweise beruhigte es Paul, gut über seine Umgebung Bescheid zu wissen – nicht aber in dieser Nacht, als er sich zum ersten Mal in seinem Leben heimlich im Finstern zwischen Grabsteinen hindurchstahl.

Sein Befinden besserte sich auch nicht, als Blohfeld und er vor der imposanten Familiengruft der Schillingers standen.

Es war eine klare Nacht, und der Mond spendete ausreichend Licht. Ein schmiedeeisernes Gitter schützte den gedrungenen Sandsteinquaderbau gegen unbefugten Zutritt. Wie Blohfeld bereits angedeutet hatte, stellte das Sicherheitsschloss kein ernsthaftes Hindernis für den entschlossenen Reporter dar. Er sprengte es kurzerhand mit einer Rohrzange und winkte Paul hinein.

Als sich Pauls Augen an die Dunkelheit im Innern der Kapelle gewöhnt hatten, erkannte er einen tonnengewölbten Raum, der von einer kleinen Sakristei abgeschlossen wurde. Die Grufteinbauten lagen zur linken und rechten Seite und waren durch Bronzeepitaphe gekennzeichnet. Ein Kruzifix markierte das von Blohfeld bestimmte Ziel. Der Reporter klaubte eine Handvoll Steinchen zusammen, um damit seiner Taschenlampe auf dem abgerundeten Kopf einer gegenüberliegenden sandsteinernen Heiligenfigur Halt zu geben. Immer wieder rutschte sie ab, und Paul hörte seinen Begleiter fluchen.

Es war klamm und empfindlich kalt in der Gruft. Paul zitterte. Konnte es sein, dass man die Kälte stärker spürte, wenn die Angst größer wurde? Diese Frage ging ihm durch den Kopf, während er unruhig von einem Fuß auf den anderen trat und dem Reporter zusah.

Endlich war die Leuchte ausbalanciert und tauchte die Grabkammer in ein fahles Licht. Blohfeld bückte sich nach seinem Rucksack und nahm zwei Paar derbe Arbeitshandschuhe heraus. Er nickte Paul mit grimmiger Miene zu. Sie packten an den Enden einer massigen Sandsteinplatte an und versuchten sie zu bewegen – ohne Erfolg. Der mächtige Stein bewegte sich keinen Millimeter. Blohfeld griff erneut in seinen Rucksack, zog zwei Klappspaten heraus. Wortlos reichte er einen an Paul weiter. Beide bemühten sich, die Schaufelblätter in den Spalt zwischen Grabplatte und Fundament zu zwängen. Paul kämpfte gegen die Angstgefühle an, die ihn fast lähmten. Was, wenn sie jemand hier erwischte? Er hörte seine Zähne klappern und konnte nichts dagegen tun.

Blohfeld verlor den Halt, als sein Spaten plötzlich bis zum Schaft in die Furche glitt. Sein schmaler Körper schlug dumpf auf den Grabdeckel, und er unterdrückte mühsam einen Wutschrei. Paul wollte sich ebenfalls gegen seinen Spaten stemmen, da fiel ihm eine feine Linie auf, die im Zickzack über die Platte lief. Er ging in die Knie, um das Muster zu befühlen, und stellte ungläubig fest, dass der Stein gesprungen war. Er fragte sich, welche ungeahnten Kräfte in seinem dürren Begleiter steckten – Blohfeld musste den Grabdeckel bei seinem Sturz glatt zertrümmert haben! Er warf ihm einen scheelen Blick zu.

»Schauen Sie nicht so«, blaffte Blohfeld. »Der ist uralt. War bestimmt schon völlig porös.« Er packte die Platte über Eck. Paul fasste an der anderen Seite an. Ohne große Anstrengung konnten sie nun einen Teil des zerbrochenen Deckels beiseite schieben. Muffige Luft strömte Paul in die Nase, ihn fröstelte wieder. Als sein Spaten auf das verwitterte Holz des eingelassenen Sarges stieß, gab es einen knirschenden Laut von sich. Paul schreckte zurück.

»Keine Panik, der alte Schwerenöter lebt nicht mehr. Er wird Ihnen nichts tun«, belustigte sich der andere über seine Schreckhaftigkeit und ließ sich mit Schwung in das Grab hinabgleiten. Paul musste eine Pause einlegen. Das hier war mehr, als seine Nerven aushielten. Zitternd ließ er den Spaten sinken und stützte sich am Grabstein ab. Sein Blick wanderte über die eingemeißelte Inschrift: »Dr. Magnus Hermann Schillinger«, las er leise. »Geboren am 26. April 1898, gestorben am 12. November 1979.« Er versuchte sich zu erinnern, was er in der Schillinger-Biografie über ihn gelesen hatte. Doch er hatte Mühe, seine Gedanken zu sortieren.

»Kommen Sie runter! Ich schaffe es nicht allein.« Blohfeld stand bereits der Schweiß im Gesicht. »Sie schlottern ja wie ein Kind. Packen Sie mit an, dann vergehen Ihnen die Sorgen.«

Paul stieg in die Grube. Da war er wieder, dieser Modergeruch! Angewidert drehte er sich ab. »Ich kann das nicht!«

Der Reporter sah ihn vorwurfsvoll an. »Wovor haben Sie Angst? Sie glauben doch nicht wirklich, dass es uns der olle Schillinger krumm nimmt, wenn wir seine Totenruhe für einige Minuten stören.« Und versöhnlicher: »Schließlich ist das, was wir tun, auch in seinem Interesse.«

»Wie das?«

»Es hätte ihn sicher interessiert, was aus seinem Seitensprung geworden ist.«

Paul rang mit sich und versuchte die Furcht zu überwinden. Er griff an die Abdeckung des Sarges. Als er an dem verschnörkelten metallenen Beschlag zog, hatte er ihn sofort in der Hand. Das Holz war morsch und von Fäulnis zerfressen. Man konnte es in einzelnen großen Splittern abheben. Das Innere des Sarges war mit erdähnlichem Material gefüllt. Wahrscheinlich war es im Lauf der Jahrzehnte durch Löcher in den Seiten eingedrungen und von Maden und anderem Kleingetier verteilt worden.

Blohfeld ging alles zu langsam. Seine Hand fuhr beherzt in den Sarg hinein, tastete sich blind voran. Dann verkrampften sich seine Gesichtszüge. Er drehte seinen Arm, zog, als wolle er eine Weinflasche entkorken. Zu Pauls Bestürzung förderte er einen langen gelblichen Knochen zutage, an beiden Ende dick zulaufend. »Wohl der Oberschenkel«, kommentierte Blohfeld trocken und warf den Knochen über den Rand der Grabkammer.

»Tun Sie das nicht!«, zischte Paul. »Lassen Sie seine Überreste hier unten!«

»Ja, ja, schon gut.« Den nächsten Knochen, kleiner und viel zarter, bettete Blohfeld behutsam neben sich. »So recht?« Paul nickte stumm. Ihm war elend zumute. Schon hatte Blohfeld seine Hände wieder ins Dunkel des Sarges versenkt. Er ging zielstrebig vor, ließ seinen Blick zwischendurch immer wieder über den Rand des Grabes gleiten.

Sie waren dabei, den mutmaßlichen Vater von Konrad Kleinschmidt auszugraben, den Onkel Wolfram Schillingers, des heutigen Vorstandsvorsitzenden. Seine eigene Frau hatte Magnus Hermann Schillinger keinen Nachwuchs beschert. Einige Biografen hielten Schillinger Senior für nicht zeugungsfähig. Paul allerdings glaubte, dass er sehr wohl Kinder in die Welt zu setzen vermochte – und es auch getan hatte. Kleinschmidt, das Ergebnis der Affäre mit einem jungen Mädchen aus Kelheim, war der lebende Beweis dieser Theorie. Wenn sie denn stimmte ...

»Wir haben übrigens verdammtes Glück.« Blohfelds Stimme durchschnitt die Stille wie ein Messer.

»Pssst!«, mahnte Paul. »Können Sie nicht etwas leiser reden?« Das trampelhafte Wesen seines Bekannten brachte ihn in dieser Nacht um den Verstand. »Warum haben wir Glück?«

»Weil sich die meisten Großindustriellen nicht mit normalen Grabstätten wie dieser zufrieden gegeben haben.«

Normal? Das war für Paul etwas anderes. Die Grabplatte war mit üppigen Ornamenten verziert, die protzigen Buchstaben und Zahlen glänzten, als wären sie aus purem Gold gegossen. Der massive Grabstein, der dunkel und drohend über ihren Köpfen thronte, symbolisierte Macht. Diese letzte Ruhestätte war für die Ewigkeit gedacht – mochte der Stein inzwischen auch porös sein.

»Die meisten Industriekapitäne«, führte der andere aus, »haben sich wahre Palastgräber in die Landschaft setzen lassen.« Er wischte sich über die Stirn. »Schillinger hat nicht viel von Kirche und Totenkult gehalten. Deswegen bloß dieses Sozialgrab.«

Eine zynische Entgegnung lag Paul auf der Zunge, doch ein plötzlicher Windstoß, der sich in die kleine Kapelle verirrte, ließ ihn zusammenfahren. Raschelnd fielen Blätter aus der finsteren Krone einer Eiche neben der Familiengruft, die durch einen schmalen Lichtschacht zu sehen war. Pauls Blicke folgten dem gewundenen Stamm des Baumes. Beunruhigt musterte er die dürren grauen Äste, die unheildräuend auf- und niederschwangen.

Ein Stöhnen. »Ich habe etwas Großes an der Angel«, presste Blohfeld heraus.

Paul rutschte das Herz noch tiefer in die Hose. »Machen Sie keinen Unsinn!«

»Verflixt, ich kriege dieses Ding nicht raus!«, ächzte der andere. Blohfeld grub seine Arme noch einmal mit Nachdruck in den Untergrund, als sein Gesicht plötzlich versteinerte.

»Was ist?« Pauls Puls raste.

Blohfeld starrte in die Gruft. Regungslos.

»Um Himmels willen, Blohfeld, was ist los?«

Der Reporter verharrte bewegungslos, die Pupillen geweitet, bevor er seinen Kopf plötzlich in den Nacken warf. »Flemming!«, rief er laut und voller Überschwang. »Wir haben es geschafft!«

»Still! Sie wecken ja die ganze Nachbarschaft!«, dämpfte ihn Paul.

»Nachbarschaft ist gut!« Blohfeld gluckste vor sich hin, während er sich noch einmal nach unten beugte. Zwischen nachrutschenden Holz- und Erdbrocken zerrte er etwas nach oben. Mit beiden Händen hob er ein besonders ausgeprägtes Skelettstück ins schwache Licht der Taschenlampe. Einen Schädel, ebenfalls gelb angelaufen. In den Augenhöhlen hatte sich schwarze Erde gesammelt. Blohfeld versuchte sie vorsichtig herauszulösen. »Kommen Sie lieber nicht näher«, warnte er Paul. »Sonst beißt er Sie.«

»Blödmann.«

Blohfeld stellte den Schädel an den Rand der Gruft und betrachtete ihn zufrieden. »Den leihen wir uns für ein paar Tage aus. Beim Kopf ist die Wahrscheinlichkeit am größten, auf unversehrte Gewebereste zu stoßen.« Er knuffte Paul in die Seite. »Und nun machen wir das Grab wieder zu. Damit der kopflose Schillinger Ihnen nicht hinterherrennt«, ergänzte er süffisant.

21

»Nein, nein, nein! Das ist indiskutabel! Wie konntest du nur so etwas tun?« Katinka, die Hände in die Hüften gestemmt, das Gesicht rot vor Zorn, wetterte schon seit Minuten, ohne Paul eine Chance zum Widerspruch zu lassen.

Eigentlich hatte er sich mit ihr verabredet, um einen weiteren Anlauf zu nehmen und offen mit ihr über ihre gemeinsame – oder auch nicht gemeinsame – Zukunft zu sprechen. Er wollte endlich erfahren, ob sie ihn wirklich für so oberflächlich und beziehungsuntauglich hielt, wie es im Gespräch mit ihrer Kollegin geklungen hatte. Deshalb hatte er sie gebeten, ihre Mittagspause für einen gemeinsamen Spaziergang zu nutzen. Weil er so praktisch nah gelegen war, hatte Katinka den Veit-Stoß-Platz vorgeschlagen, der auch eine ruhige Zuflucht vor dem Autoverkehr bot. Als sie die Fürther Straße überquerten, blieb Paul auf einer Verkehrsinsel vor einem hoch aufragenden Denkmal stehen, das mit zahlreichen Bronzefiguren und verschnörkelten Ornamenten bestückt war. Sein Blick fiel auf eine Texttafel, die in blankpolierten Lettern verkündete:

Unter König Ludwig I wurde die erste dampfbetriebene Eisenbahn Deutschlands eröffnet zwischen Nürnberg und Fürth.

Ein seltsamer Zufall, dass er gerade heute an diesem Denkmal vorbei kam, sinnierte Paul, dem erst jetzt bewusst wurde, dass er mitten im ehemaligen Gleisbett der Ludwigsbahn stand.

»Es ist grün!«, rief ihm Katinka vom Bordsteinrand aus zu.

Der Veit-Stoß-Platz wurde von der Dreieinigkeitskirche, einem typisch neugotischen Kirchenbau, dominiert. Der Platz selbst war wenig spektakulär, aber die Büsche und Bäume in ihrem herbstlichen Laubkleid bildeten einen angenehmen Kontrast zur dichten Bebauung des Stadtteils. Die beiden kamen an einem verwaisten Abenteuerspielplatz vorbei und erreichten ein kreisrundes, mit rotem Schotter markiertes

Basketballfeld. Paul hätte Katinka vieles zu sagen gehabt. Doch nun, während sie weiter durch die kleine Parkanlage marschierten – Katinka gab in ihrer Erregung einen strammeren Schritt vor, als Paul im Sinn gehabt hatte –, war es sie allein, die redete und ihm einen Vorwurf nach dem anderen entgegenschleuderte.

»Das kann ich mir nicht länger mit ansehen«, schimpfte sie. »Du lässt dich auf Dinge ein, die ... ja, die ... – ich weiß wirklich nicht mehr, wie ich das beschreiben soll.« Katinka fuhr sich nervös durch ihr langes Haar. Vielleicht, dachte Paul bitter, würde es ihr leichter fallen, ihn vor Gericht zu stellen und anzuklagen. Doch Katinka konnte sich durchaus auch ohne Robe in Rage reden. »Wahnwitzig! Ja, das ist das richtige Wort! Wahnwitzige Dinge tust du!« Ihre Schritte wurden noch schneller. »Du hast unser Vertrauensverhältnis sträflich missbraucht.«

»Dieser ganze Fall ist einzig und allein durch meine Entdeckung ins Rollen gekommen«, rechtfertigte Paul sein Tun.

»Du hast meine Loyalität rücksichtslos ausgenutzt«, beharrte Katinka zornig. »Erst bist du nach Niederbayern gefahren und hast durch deine vorzeitige Einmischung polizeiliche Ermittlungen unmöglich gemacht. Und zu allem Überfluss bist du ...« Sie schnappte nach Luft, so sehr regte sie die Angelegenheit auf. » ... bist du jetzt auch noch gewaltsam in die Gruft einer sehr angesehenen Nürnberger Familie eingedrungen. Der schiere Wahnsinn!« Sie sah ihn bitterböse an. »Nebenbei gesagt hast du mich mit dieser durch und durch bescheuerten und völlig unüberlegten Aktion jeder Möglichkeit zu einem sauberen Verfahren beraubt.« Verflixte Standpauke, ärgerte sich Paul. Anstatt froh zu sein, dass er sich so für den Fall Kleinschmidt engagierte, so eine harsche Reaktion! Doch sie war noch nicht am Ende. »Da kommt ja ein ganzes Bündel an Delikten zusammen: unbefugtes Betreten, Störung der Totenruhe, Sachbeschädigung! Darauf stehen bis zu drei Jahre Haft! Was habt ihr euch, verdammt noch mal, dabei gedacht? Seid ihr völlig durchgedreht?«

Paul ergriff die Flucht nach vorn. Er steuerte auf eine Gruppe Parkbänke zu, heraus aus der unmittelbaren Gefahrenzone. Doch Katinka hatte ihn schnell eingeholt. »Wir wollten dir und der Polizei nur helfen. Sicher haben wir irgendeinem chronisch überarbeiteten Kommissar damit einen Haufen Arbeit erspart«, argumentierte er und merkte selbst, wie scheinheilig das klang.

»Ihr habt euch allen Ernstes an einer Leiche vergangen. Ich fasse es immer noch nicht.« Sie schlug sich mit der flachen Hand vor die Stirn. »Wie stellst du dir moderne Polizeiarbeit eigentlich vor?«

»Ein wenig Hilfe von außen können die sicher gebrauchen.« Paul setzte sich auf eine der Bänke.

Katinka baute sich wutschnaubend vor ihm auf. »Vergiss endlich die Klischees aus dem Fernsehen. Bei einem Mordfall fahren Staatsanwaltschaft und Polizei alle Register auf. Eine Soko wird gebildet, die hat fünfzehn, manchmal sogar zwanzig Mitglieder. Und alle sind sie Experten – ganz im Gegensatz zu dir!«

Paul reagierte aufmüpfiger, als er wollte. »Jasmin Stahl schätzt meinen Rat durchaus. Sie gehört ja auch zu deinen hochgeschätzten Experten!« Er wusste, kaum dass er das letzte Wort ausgesprochen hatte, dass er zu weit gegangen war. Bis eben war es ein gewöhnlicher Streit gewesen, emotionsgeladen zwar, aber nicht kränkend. Nun hatte Paul die Spielregeln geändert und den Konflikt auf eine andere, intimere Ebene geführt. Mit jedem weiteren Wort waren jetzt beide verletzbar.

Prompt hielt Katinka in ihrem zornigen Schwung inne. Zögernd setzte sie sich neben Paul auf die Bank und schwieg eine Weile. Sie schlug die Beine übereinander, zupfte ihr schick und teuer aussehendes Kostüm zurecht und atmete tief durch. »Als ich dich das erste Mal nach so vielen Wochen wieder gesehen habe, im Zug auf dem Weg von Berlin nach Nürnberg, da hielt ich dich immer noch für einen anständigen

Kerl. Einen mit Flausen im Kopf – das macht dich ja irgendwie auch sympathisch –, aber eben trotzdem anständig.« Ihre Stimme wurde milder. »Aber ich kann nicht immer meine schützenden Hände über deine Eskapaden halten. Diesmal hast du den Bogen überspannt.«

»Aber ...«, setzte Paul an und bückte sich, um eine auf dem Boden liegende Kastanie aufzuheben.

Katinka schüttelte den Kopf. »Nein, es gibt kein Aber. Du lässt mir keine andere Wahl, als dir ein Ultimatum zu stellen: Du hast zwei Tage, um die Sache wieder in Ordnung zu bringen. Danach hältst du dich aus diesem Fall raus. Endgültig. Und sag deinem Freund Blohfeld, er soll mir ja nicht mit seiner verfluchten Pressefreiheit kommen. Sonst endet seine persönliche Freiheit bald hinter Gittern.«

»Blohfeld ist nicht mein Freund.« Paul befreite die Kastanie aus ihrer stacheligen Ummantelung. »Warum bist du mir gegenüber eigentlich so abweisend? Du gibst mir das Gefühl, dass alles, was ich tue, falsch ist – einfach alles, ich meine: nicht nur die Dinge, bei denen ich es verdient habe.«

Die Wut schien Katinka müde gemacht zu haben. Sie reagierte weit weniger heftig, als Paul es erwartet hatte. »Ach, Paul, es ist nur – meinst du, dass ... ich meine, kannst du dir vorstellen ...« Sie vergewisserte sich, dass Paul ihr wirklich in die Augen sah. »Glaubst du, das mit uns beiden könnte auf die Dauer doch noch etwas werden?« Sie war plötzlich die Unsicherheit in Person, ihre Augen flackerten. Jetzt war es an Paul, tief durchzuatmen. Doch er konnte nichts sagen – er spürte, wie sich seine Kehle zusammenschnürte. Noch immer warteten Katinkas Augen auf eine Antwort.

Bilder schossen ihm durch den Kopf. Er dachte an die Ereignisse der letzten Tage. An den ersten Kuss nach langer Zeit im Eisenbahnabteil. An die Reise mit Hannah und das Halstuch mit Katinkas Parfüm. Starke Gefühle stiegen in ihm auf – doch dann dachte er auch an Jasmin. Und nach den vielen Vorwürfen, die eben auf ihn eingeprasselt waren, kam es ihm unmöglich vor, Katinka hier und jetzt eine Liebeserklärung zu machen. Paul suchte nach einem Ausweg, einem Kompromiss – oder wenigstens nach einem Aufschub. »Möchtest du demnächst mal wieder mit mir essen gehen?«, lenkte er ab.

»Paul?« Katinkas Blick war pure Traurigkeit. »Glaubst du an uns oder nicht?«

»Ja – ich denke, ja«, kam es nachdenklich zurück, so leise, dass das Gurren einer Taube seine Worte fast übertönte.

22

»Also los!« Blohfelds schwarzer Mercedes donnerte über das Kopfsteinpflaster. Sie waren auf dem Weg zum Erlanger Genlabor im Biologikum, ihr makabres Untersuchungsobjekt lag – in ein Handtuch gewickelt – auf dem Rücksitz. Sie waren der Lösung ihres Rätsels nahe, meinte Paul zu wissen.

»Wie lange werden wir brauchen?« Es war bereits einundzwanzig Uhr durch. Blohfeld hatte darauf bestanden, keinesfalls früher auf das Unigelände zu fahren, um nicht den »dummen Fragen irgendwelcher neugieriger Professoren oder Studenten« ausgesetzt zu sein. Paul war die späte Stunde gar nicht recht, denn er befürchtete nach seinem Zusammenstoß mit Katinka, dass sie ihnen schon sehr bald einen Strich durch die Rechnung machen würde. Würde sie ihnen überhaupt noch die zwei Tage gönnen, von denen sie gesprochen hatte, oder würde sie ihren Nachforschungen ein vorzeitiges Ende machen?

»Ich hoffe, Sie haben etwas zum Lesen dabei«, antwortete der Reporter vage. »Es kann schon eine Weile dauern, bis wir die genetische Struktur herausgearbeitet haben.« Sie näherten sich dem Forschungszentrum. Das Gebäude des Biologikums war von allen Seiten angestrahlt, aber wirkte trotz der Helligkeit gespenstisch verlassen. Blohfeld lenkte den Mercedes direkt neben den Haupteingang. Auf dem Parkplatz stand sonst nur noch ein betagter, bunt bemalter VW-Transporter. Blohfeld strich sein graues Haar nach hinten. »Nun lassen Sie uns mal Ausschau halten nach unserem eifrigen Helferchen.«

»Wieder der wissenschaftliche Mitarbeiter von neulich?«, wollte Paul wissen.

Der Reporter nickte. »Der ist ganz heiß darauf, dass er in meinem Artikel erwähnt wird. Für ein bisschen Publicity würde er fast alles tun.«

Gemeinsam mit dem eilfertigen jungen Mann passierten sie die Kontrollen – umständlich, aber problemlos, wie bei Pauls erstem Besuch im Labor. Volle zwanzig Minuten brauchten sie, um die Schutzanzüge anzuziehen. Paul war froh zu wissen, dass das Ausziehen später wesentlich schneller vonstatten gehen würde. Nun waren sie vermummt – und in ihren Bewegungen gehandicapt. Sie watschelten zum Sicherheitslabor. Um sie herum war es mucksmäuschenstill. Nur das leise Knistern einer defekten Neonröhre unterbrach die Friedhofsruhe in unregelmäßigen Abständen. Der Assistent öffnete ihnen eine wuchtige Tür, deren Rahmen mit wulstigen Gummidichtungen gepolstert war.

Innerhalb des Labors, das in schattenlosem Gelb steril und trist vor ihnen lag, herrschte ebenfalls absolute Ruhe. Nicht nur die Luft war lupenrein, man hatte auch sämtliche Geräusche aus dieser künstlichen Welt verbannt. Blohfeld steuerte zielstrebig auf die Mitte des Raums zu. Sie hatten den Totenkopf bereits vorher aus dem Handtuch gewickelt und legten ihn jetzt vorsichtig auf einen gefliesten Tisch, über dem eine große Abzugshaube gähnte.

»Es kann natürlich sein, dass die Proben verunreinigt sind«, merkte ihr Begleiter an. »Nicht von Ihnen, denn Sie haben sicher Handschuhe getragen. Aber von dem Arzt, der Schillinger damals untersucht hat. Von den Leuten vom Bestattungsinstitut. Von Würmern, die sich durch seine Eingeweide – «

»Wir haben verstanden«, meldete sich Paul zu Wort. Ihm war ohnehin nicht ganz wohl in seiner Haut.

»Wir nehmen Proben aus dem Inneren seiner Augenhöhlen. Dort sind die Chancen, nicht verunreinigte Gewebereste zu finden, am größten.« Der Assistent kratzte mit einem Stilett an den Rändern der ausgefransten Löcher im Schädel. Anschließend tappte er zu dem kleinen Schrank, um das Lösungsmittel in einer Pipette abzumessen. »Nanu.« Er stutzte.

»Was ist?« Paul warf ihm durch seine Schutzhaube einen fragenden Blick zu.

Der Assistent hielt das Fläschchen mit der milchigen Flüssigkeit gegen das Licht. »Ach, nichts. Ich hatte die Flasche bloß voller in Erinnerung.« Er schüttelte den Kopf und zapfte eine winzige Dosis ab.

»Nun wollen wir sehen, was uns der alte Schillinger über seinen Sohn zu sagen hat«, sagte Blohfeld erwartungsfroh. »Alles bereit für die Polymerasekettenreaktion!«

Der Assistent hatte mehrere brotkrumengroße Stücke in einer Petrischale verteilt, die in einem Bürettenstativ klemmte. Paul verfolgte jeden Arbeitsschritt aufmerksam. Bis er aufhorchte: ein Geräusch! Paul hatte schon vorher gemeint, seltsame Laute zu hören, diesmal aber war er sich sicher. »Wer treibt sich denn um diese Uhrzeit hier herum?« Blohfeld reagierte nicht; er konzentrierte sich darauf zuzusehen, wie die ätzende Flüssigkeit auf die Gewebeproben verteilt wurde. Paul sah sich unsicher in dem kreisrunden Raum um. Durch die luftdichten Panzerglasscheiben hätte er in die angrenzenden Räumlichkeiten blicken können – wenn dort Licht gebrannt hätte. So aber erkannte er in den gewölbten Fenstern nur sein eigenes verzerrtes Spiegelbild. »Könnte das die Putzkolonne sein?«, versuchte er sich zu beruhigen.

»Mmmh?«, war Blohfelds einzige Reaktion.

Paul trat dicht an eine der Scheiben, presste seine Hände an das kalte Glas, um seine Augen gegen die Spiegelungen abzuschirmen. Dennoch sah er nichts als tiefschwarze Dunkelheit.

Keine Bewegung, kein Licht. Waren die Geräusche nur seiner Einbildung entsprungen? Er bemühte sich, die lästigen Fantasien zu vertreiben, und konzentrierte sich auf den Assistenten, der mit sicheren Handbewegungen und großer Präzision seiner Sisyphusarbeit nachging. Paul bewunderte die Beharrlichkeit, Ruhe und Ausdauer des jungen Mannes. Sein Ding wäre es jedenfalls nicht, den lieben langen Tag über Mikroskope gebeugt an winzigen DNA-Fäden zu tüfteln, dachte sich Paul.

Erneut ein Geräusch, ein Scharren! Paul fuhr herum. War da nicht eine Bewegung hinter der ovalen Glasscheibe der Tür? Erschrocken packte er den Reporter am Arm. »Da ist jemand! Ich hoffe, Sie haben eine gute Ausrede für unseren nächtlichen Aufenthalt. Wenn wir Pech haben, besucht uns früher als gewünscht die Kripo.«

Auch Blohfeld wandte sich der Tür zu. »Die Bullen? Niemals. Was hätten die denn für einen Grund?« Er erhob sich gemächlich. Paul fragte sich, wodurch dieser Mensch einmal aus der Ruhe zu bringen war. Bewegungslos lauschte Blohfeld in die Stille, Paul wagte kaum zu atmen. Eine halbe Minute verstrich, doch nichts war zu hören. »Da ist niemand«, gab Blohfeld schließlich Entwarnung.

Auch der Assistent bedeutete ihnen, es gäbe keinen Grund zur Aufregung. »Nicht mal eine Maus würde hier hereinkommen, ohne einen Alarm auszulösen.« Er schaute wieder auf seine Geräte.

Für Paul aber war die Sache keineswegs ausgestanden. Er hatte definitiv etwas gehört. Keine Maus, nein, sicher nicht. Er hatte jemanden gehört, der clever genug sein musste, um den Alarm zu umgehen. Paul war sich der Gefahr sicher, er spürte sie in allen Poren. Er ging langsam zum Ausgang. Das ovale Fenster, das in der Tür eingelassen war, spiegelte ebenfalls. Paul bildete mit seinen Händen einen Trichter, starrte hindurch – ohne Ergebnis. Er überlegte schon, die Tür zu öffnen und im Vorraum nachzusehen, ließ den Gedanken jedoch gleich wieder fallen. Der Assistent hatte recht. Wenn tatsächlich jemand anwesend war, dann nur ein anderer Mitarbeiter. Es wäre für Unbefugte unmöglich, die komplizierten Sicherungsmechanismen zu umgehen, redete er sich zu. – Oder?

Draußen blieb es jetzt still. Noch volle zwanzig Minuten musste Paul gegen seine Angst ankämpfen – eine Ewigkeit. Dann, endlich, gab der Assistent das Signal zum Aufbruch: »Fertig. Fürs Erste müsste das extrahierte Material ausreichen. Ich glaube, wir haben genügend intakte DNA isoliert«, sagte er und erhob sich von seinem Arbeitsplatz.

»Fein!«, rief Blohfeld euphorisch, raunte Paul aber im nächsten Moment zu: »Freuen Sie sich nicht zu früh. Wenn wir Pech haben, bleibt Ihr Kleinschmidt nichts als ein Otto Normalverbraucher. Der ungewollte Sohn eines Vertreters vielleicht.«

»Wie sollen wir weiter vorgehen?«, erkundigte sich der Assistent. »Übergeben Sie die Proben der Polizei?«

»Ja«, willigte Blohfeld brummig ein. »Nachdem wir die Drecksarbeit erledigt haben, soll das Polizeilabor auch mal eine Nachtschicht einlegen.« Und zu Paul sagte er: »Gehen wir!«

»Liebend gern.« Paul war unter seinem hermetisch versiegelten Schutzanzug inzwischen vollständig durchgeschwitzt. Sie verließen die Luftschleuse des Sicherheitslabors und waren auf dem Weg zur Umkleide, als Paul ein gedämpftes Splittern hörte. Er war auf etwas getreten. Um besser sehen zu können, nahm er seine Schutzkappe ab und beugte sich nach unten. Auf dem hellen Linoleumboden lag eine zerdrückte Spritze. Eine Korona aus einer milchig rötlichen Flüssigkeit breitete sich strahlenförmig darum aus.

Auch die anderen beiden nahmen ihre Kopfbedeckungen ab. Der Assistent machte große Augen und wurde ganz blass. »Das ist doch ...«, stammelte er ungläubig. »Aber das darf doch nicht sein!«

Paul und Blohfeld tauschten stumm einen Blick. Dann sagte der Reporter: »Schlampiger Studentenhaushalt, was?«

Der Assistent verschwand wortlos in einem der angrenzenden Räume und kam mit einem Eimer, Lappen und einer Flasche Chemiereiniger zurück. Eilig wischte er die Pfütze auf. Seine Schutzhandschuhe streifte er anschließend ab und warf sie ebenfalls in den Eimer. »Tagsüber herrscht hier Hochbetrieb«, erklärte er geknickt, »aber wir sind alle sehr verantwortungsbewusst. Selbst die Erstsemester wissen, worauf es bei uns ankommt.« Mit bangem Blick in Blohfelds Richtung fragte er: »Davon schreiben Sie doch nichts in Ihrer Zeitung?«

»Nein«, sagte Blohfeld. »Trotzdem sollten Sie bei Gelegenheit klären, wer hier mit einer Kanüle voll Zellgift herumspazieren darf.« Der Assistent nickte gehorsam und verstaute den Eimer zugriffssicher in einem angrenzenden Labor. Als sie sich umgezogen hatten, blieb Blohfeld an einem elektronischen Kästchen stehen, das an der Wand angebracht war. »Ist das eine Stechuhr?«

»So etwas in der Art«, sagte der Assistent. »Es ist eine Meldebox für den Wachdienst. Bei jeder Runde zieht der Wachmann seinen Ausweis über den Scanner. So wird sichergestellt, dass er auch wirklich in den vorgeschriebenen Zeitintervallen seine Patrouille macht.«

Blohfeld schob sein Gesicht dicht über das Kästchen, so dass er das Digitaldisplay ablesen konnte. »Um 22:17 Uhr war er demnach das letzte Mal hier?« Der Assistent vergewisserte sich, dass Blohfeld die Zahlen richtig abgelesen hatte, und bejahte. Blohfeld sah grübelnd auf. »Kurz darauf haben wir das Labor verlassen.«

»Sie meinen«, begriff Paul, »dass der Wachmann einen ungebetenen Gast vertrieben hat, und der hat in der Hektik die Spritze fallen lassen?«

»Nein, nein. Dann hätte der Wachmann sofort Alarm ausgelöst«, wandte der Assistent ein.

»Nicht, wenn er den Eindringling gar nicht bemerkt hätte«, mutmaßte Blohfeld weiter.

Der Assistent hob unschlüssig die Schultern. »Das kann ich mir kaum vorstellen. Wir haben einen sehr professionellen Wachdienst.«

Auf dem Weg nach draußen begegneten sie keinem Menschen. Doch als sie sich verabschiedet und das Laborgebäude verlassen hatten, bemerkte Paul, dass der poppig bemalte VW-Transporter nicht mehr auf dem Parkplatz stand. Er konnte nicht umhin zu denken, dass er heute Abend vielleicht nur knapp einem weiteren Anschlag entkommen war.

Viel Zeit zum Grübeln bekam er aber nicht. Denn Blohfeld bestand darauf, den geliehenen Totenschädel vor Ablauf von Katinkas Frist zurück in die Gruft zu bringen. »Was?«, fragte Paul wenig begeistert. »Heute Nacht noch?«

»Ja, Flemming. Sie wissen doch selbst am besten, wie streng Ihre Freundin sein kann. Ich sehe sie schon die Peitsche schwingen. Also: Auf geht's zur Geisterstunde!«

23

Während Blohfeld die DNA-Proben im Polizeipräsidium am Jakobsplatz abgeben wollte, trat Paul gleich am nächsten Morgen im Oberlandesgericht an und erstattete pflichtbewusst Bericht über die Ereignisse des vergangenen Abends.

Katinkas Mimik verriet nichts über ihre Emotionen. Während sie ihm zuhörte, war sie in ihrem Büro auf und ab gegangen. Nicht nervös, nein, ruhig und bedächtig, als helfe ihr die Bewegung beim Nachdenken. Schließlich zog sie einen unbequemen Holzschemel für Paul heran. Sie streifte ihn mit einem flüchtigen Blick. So abwesend hatte er Katinka selten erlebt. In ihrem Kopf schienen sich die Gedanken zu jagen. Ihm schwante Böses.

»Ihr geht mit euren unautorisierten Alleingängen ein großes Risiko ein«, sagte sie.

»Ich weiß. Es war fahrlässig ...«, räumte er kleinlaut ein. Im Nachhinein war er selbst verblüfft, ja erschrocken über die Unternehmungen, an denen er sich beteiligt hatte.

»Das ist noch milde ausgedrückt.«

»Was blieb mir anderes übrig? Und es ist ja noch mal gutgegangen. Der Schädel ist wieder dort, wo er hingehört. Es ist alles in Ordnung.«

»In Ordnung?« Katinka holte tief Luft. »Das kann nur jemand sagen, der keine Ahnung von Jura hat *und* keinen gesunden Menschenverstand. Nichts ist in Ordnung, gar nichts.«

Paul sah aus dem Fenster. Auf der anderen Seite der Fürther Straße wurde gerade eine Plakatwand neu tapeziert. Zwei Männer waren damit beschäftigt, die Reklame eines Möbelhauses mit den neuesten Unterwäschetrends von *C&A* zu überkleben. Nur zu gern ließ sich Paul ablenken. Doch Katinka schien sich genauso unwohl zu fühlen.

»Ich muss hier raus«, sagte sie impulsiv. »Ich brauche frische Luft!«

Sie verließen das Gerichtsgebäude und schlugen einen Weg in Richtung Pegnitzufer ein. Es war für die Jahreszeit ein ungewöhnlich milder Tag. Unerwartet hakte sich Katinka bei Paul unter. Er lächelte sie matt an.

Auf dem Weg zum Fluss zog Katinka das Tempo an. Als sie das Ufer erreichten, atmete sie die weiche Herbstluft in tiefen Zügen ein. Paul genoss Katinkas Nähe und blickte hinab auf die Pegnitz. »Schön hier«, sagte er. Er konnte die Wärme spüren, die von Katinka ausging. »Woran denkst du gerade?«, fragte er sie, weil sie so geistesabwesend wirkte.

»An Geborgenheit.« Sie gab den Silben des Wortes einen fast singenden Klang.

Jetzt oder nie, sagte er sich. Er bereitete sich auf einen zärtlichen Kuss vor.

»Geborgenheit. Und ... die wahre Liebe.« Das war das Stichwort! Paul bewegte sich – aber das tat Katinka auch. Wie in Zeitlupe entfernte sie sich von ihm. »Aber das ist wohl nicht der richtige Moment.«

Paul erstarrte. Beinahe hätte er sie geküsst. Warum zog sie sich jetzt wieder in ihr Schneckenhaus zurück?

Katinka war einige Meter vorausgegangen. Paul folgte ihr wortlos an die Böschung und trat neben sie. Er sah ins dunkle Pegnitzwasser, das gurgelnd eine Ladung gelbbrauner Herbstblätter an ihnen vorbeispülte. »Wir brauchen einen Termin bei Schillinger«, ging er ernüchtert zu einem anderen Thema über.

Katinka zögerte kurz und schlenderte dann weiter. »Das Polizeilabor ist mit den Genproben, die Blohfeld und du besorgt habt, sicher bald soweit. Womöglich haben wir dann etwas in der Hand, mit dem wir ihn konfrontieren können.«

»Ist dein Ultimatum an mich damit hinfällig?«, wollte Paul wissen. Auf diese Frage reagierte Katinka nicht. Sie verließen das Pegnitzufer und wandten sich wieder in Richtung Oberlandesgericht. »Die DNA aus den Geweberesten sollte sich prima mit den Vergleichsproben aus Kleinschmidts Fingernägeln ergänzen«, beeilte sich Paul zu sagen. »Blohfeld meint, dass ein oder zwei Kontrollen voll und ganz reichen, um die Parallelen im Erscheinungsbild des Chromosomensatzes zweifelsfrei – ...«

Paul stieß mit Katinka zusammen, als sie plötzlich stehen blieb. Sie bekam ihn mit ihrer rechten Hand im Nacken zu fassen und zog seinen Kopf zu sich herunter. Ihre Lippen fühlten sich warm und samtweich an. Es war ein überraschend leidenschaftlicher Kuss. Seine Arme legten sich wie von selbst um ihren Körper.

»Lass uns eine Kleinigkeit essen gehen«, schlug Katinka vor, als sie sich voneinander gelöst hatten. »In den *Goldenen Ritter*, in Ordnung?«

»Und dein Büro?«, wunderte sich Paul.

Katinka zwinkerte ihm zu. »Für heute mache ich Feierabend – das Privileg der Chefin.«

Von dem Essen bekam er kaum etwas mit. Was hatte er bestellt? Gab es vorab eine Suppe? War der Wein gut? Sogar die Tatsache, dass Victor Blohfeld unter den Gästen war und ihm verschwörerisch zuzwinkerte, verdrängte er. Seine Blicke blieben die ganze Zeit auf Katinka geheftet. Ihr Gesicht war so viel entspannter als die Tage zuvor. Sie schien in einem weichen Licht zu leuchten. Und auch Paul war das Glück wohl anzusehen:

»Du strahlst mich an wie ein Kind den Weihnachtsbaum«, lächelte Katinka. »Aber mach ruhig weiter, das ist sehr schmeichelhaft.« Draußen war es inzwischen stockdunkel. »Übrigens sagt man danke.«

Paul, dessen Gedanken noch dem Kuss vom Pegnitzufer nachhingen und der sich nichts sehnlicher wünschte, als ihn ausgiebig zu wiederholen, konnte nicht folgen.

»Na ja, für die Rechnung. Ich habe bezahlt.« Als noch immer nichts kam, sagte sie amüsiert: »Fühl dich einfach eingeladen.«

In seinem Magen grummelte es, als hätte er soeben zwei Liter Sprudel in sich hineingeschüttet. Sie stiegen die schmale Treppe zu Katinkas Wohnung hinauf. Paul war klar, dass er diese Nacht bei ihr verbringen würde. Ihr Kuss hatte sein Gefühlschaos mit einem Schlag geordnet. Er wusste nun endlich, was er wollte. Und vor allem, wen er wollte.

»Das mit Schillinger habe ich schon angekurbelt. Die offizielle Bitte um eine Audienz dürfte morgen auf seinem Schreibtisch liegen«, stellte sie sachlich fest. »Wenn alles klappt, haben wir übermorgen bereits einen Termin bei ihm.«

Für Paul hatten diese Worte jetzt keine Bedeutung mehr. Ihn interessierte nur noch, Katinka in die Arme zu schließen. Er wollte ihr den Trenchcoat ausziehen. Seine linke Hand würde die Knöpfe ihrer Bluse öffnen, die rechte den Reißverschluss ihres Rocks. Er wollte sie – jetzt!

Doch Katinka schüttelte langsam, aber bestimmt den Kopf. »Nein, nein, mein Lieber.« Sie schob ihn mit sanftem Druck zurück zur Tür. »Alles Weitere musst du dir erst wieder verdienen.« Dann sagte sie aufmunternd: »Komm morgen Abend vorbei. Dann kannst du dich bewähren, indem du mir bei der Vorbereitungsarbeit hilfst. Und ab jetzt keine Extratouren mehr, verstanden?«

Paul war ein wenig enttäuscht. Natürlich. Doch er beschloss, den Tag würdig ausklingen zu lassen und noch einmal im *Goldenen Ritter* einzukehren.

»Da sind Sie ja wieder!« Blohfeld saß noch immer an der Theke. Er nahm nun seine Jacke vom benachbarten Barhocker. »Setzen Sie sich und seien Sie still. Ich will Marlen genießen. Sie verströmt eine so ungeheure Zufriedenheit, seitdem sie schwanger ist. Ich kann mich an ihrem Glück kaum satt sehen«, schwärmte er.

Tatsächlich war es schön, der Kellnerin dabei zuzusehen, wie sie mit strahlendem Gesicht ihrer Arbeit nachging. Beim Servieren schien sie geradezu zu schweben. Allerdings wunderte sich Paul ziemlich darüber, dass das emotionale Hoch einer Schwangeren das Raubein Blohfeld so anrührte. »Sie merkt nicht, dass wir sie beobachten«, stellte Paul fest.

»Weiß nicht«, meinte Blohfeld und duckte sich, als wolle er sich kleiner machen, um nicht gesehen zu werden. »Sehen Sie? Sie ist schon wieder etwas rundlicher geworden. Man meint fast, dem Kind beim Wachsen zusehen zu können.«

Paul wandte den Blick ab. »Blohfeld, wann sind wir soweit?« Er setzte dem Reporter die Pistole auf die Brust, berichtete ihm, dass ein Schreiben an Schillinger bereits unterwegs sei, die genetischen Vergleichstests also tunlichst beendet werden müssten.

»Keine Sorge, alles läuft bestens. Ich habe vorhin mit einem Bekannten im Polizeilabor telefoniert. In ein paar Tagen haben wir die Beweise.« Dann lachte er unvermittelt auf. »Wissen Sie was? Vorhin habe ich Ihren Kumpel Jan-Patrick mal so richtig kalt erwischt.«

»Wie das?«, fragte Paul argwöhnisch.

»Er hat mir seine Speisekarte vorgelegt«, sagte der Reporter frohlockend. »Sie kennen ja das Spielchen. Er will sich bei mir einschmeicheln und hofft immer, dass ich ihn in unserem Wochenendmagazin als Gourmettipp unterbringe.«

»Ach ja?«

»Er hatte bestimmt zwanzig verschiedene Speisen anzubieten.« Der Reporter kicherte. »Einige klangen sehr verführerisch.«

»Aber?«

»Aber es war heute wieder mal nicht ein einziges anständiges Pilzgericht dabei. Und das mitten im Herbst! Eine peinliche Schlappe.«

»Na ja, wenn Sie meinen«, sagte Paul. In diesem Moment erschien Marlen an der Bar, um Pauls Bestellung aufzunehmen. »Ein dunkles Bier, bitte«, sagte Paul und bemühte sich, nicht auf ihren Bauch zu starren. Kaum war sie gegangen, kam Paul aufs Thema zurück. Er sah der großen Stunde mit Spannung entgegen. »Wie gesagt, der Brief müsste Schillinger bereits morgen vorliegen. Wie es scheint, ist Katinka mittlerweile von unserer Sache überzeugt, obwohl sie unsere Mittel nach wie vor nicht billigt. Sie setzt alle Hebel in Bewegung und versucht uns den Weg zu ebnen – sofern das legal eben möglich ist.«

»Ich glaube«, meinte der andere verschmitzt, »Ihre Freundin kennt sich in legalen Illegalitäten besser aus als mancher Ganove. Sonst wäre sie doch nicht in so kurzer Zeit zu ihrem beachtlichen Posten gekommen.«

Paul legte den Kopf schief und drohte scherzhaft: »Lassen Sie sie das bloß nie hören.«

»Hier ist dein Bier«, unterbrach sie Marlen.

Blohfeld zog Paul am Ärmel zu sich heran und zischte ihm ins Ohr: »Überkommt Sie bei diesem Anblick nicht auch das Bedürfnis, wenigstens einmal im Leben Vaterfreuden zu erfahren?«

Paul stieß ihn zurück. »Sie sind unmöglich, Blohfeld.« Trotzdem schielte er nun doch unwillkürlich auf Marlens Babybauch.

24

Brot, gemischter Wurstaufschnitt – die Besuche bei Bäcker und Metzger hatte er schon hinter sich. Nun wollte Paul noch schnell Milch und Butter von der *NORMA* am Hauptmarkt holen. In seinem Schwung hätte er beinahe Pfarrer Fink umgerannt, der ihm im schmalen Schulgässchen entgegenkam. Beide blieben stehen, begrüßten sich herzlich und waren im Nu von einer Dunstwolke aus dem nahen *Bratwursthäusle* eingehüllt, wo seit 1313 im Schatten der Sebalduskirche die Original Nürnberger Rostbratwurst auf Buchenholz gegrillt wurde. Der korpulente Pfarrer hustete übertrieben in seine Faust.

»Wenn man unmittelbar neben einer Bratwurstküche wohnt und arbeitet, sollte man von diesem Geruch irgendwann mal die Nase voll haben«, meinte er. Dann lachte er auf und führte Paul aus dem duftenden Rauch heraus. »Aber es funktioniert einfach nicht. Deswegen müssen wir ganz schnell hier weg, bevor ich einen Heißhunger auf Würstchen bekomme!«

Paul stimmte in die unbeschwerte Heiterkeit seines Freundes ein, deutete jedoch an, er müsse weiter. »Ich bin gerade beim Einkaufen.«

»Was brauchst du denn noch? Mein Kühlschrank im Pfarrhaus ist voll. Da kannst du dich gern bedienen.«

»Also gut«, stimmte Paul dieser erfreulich unkomplizierten Einladung zu. Bereitwillig begleitete er den sympathischen Pfarrer, der sich nicht von seinem markanten Pferdeschwanz trennen wollte, ins rustikale Pfarrhaus am Sebalder Platz.

Kaum hatte Paul seine Tüte mit den Einkäufen abgestellt, setzte ihm Fink einen gut eingeschenkten Tonkrug mit süffigem Landbier vor. »Wir haben uns lange nicht gesprochen, Paul.« Fink nahm ihm gegenüber Platz. Er erhob seinen Krug und prostete Paul zu. »Auf dein Wohl!«

»Auf deines!« Paul war froh, endlich wieder einmal jemandem gegenüber zu sitzen, der nicht in die Kleinschmidt-Affäre involviert war. Auch bestand kaum die Gefahr, dass der Pfarrer ihm in Bezug auf Katinka auf den Zahn fühlen würde. Er nahm einen tiefen Schluck von dem willkommenen Nachmittagsbier und lehnte sich entspannt zurück. »Wie geht es dir?«, fragte er.

Fink wischte sich den Schaum vom Schnauzer und musterte Paul gutmütig aus seinen großen, leicht hervorstehenden Augen. »Mir? Mir geht es gut wie meistens. – Aber dir geht es nicht besonders.«

Wie kam Fink denn darauf, fragte sich Paul. Sah man ihm denn die Belastung der letzten Tage so deutlich an? »Mir geht es auch gut«, widersprach Paul. »Außer über die üblichen Problemchen und meine chronisch knappe Kasse kann ich mich über nichts beklagen.«

Der Pfarrer schob seinen Bierkrug zur Seite, stützte sich mit den Ellenbogen auf die Tischplatte und legte sein Kinn auf die gefalteten Hände. Er sah Paul aufmerksam an. »Man hört im *Goldenen Ritter* so einiges über dich. Du hast dich wohl in eine Angelegenheit verstiegen, die nicht ganz deine Kragenweite ist, was?«

»Nicht meine Kragenweite?«, fragte Paul eingeschnappt. »Was soll das denn heißen?«

»Nun ...« Die tiefe, beinahe brummige Stimme des Geistlichen blieb ruhig. »Viel weiß ich nicht über die Sache, in der du derzeit mitmischt. Ich weiß nur, dass es diesmal gegen die Schillinger-Familie geht. Um ehrlich zu sein, habe ich da große Bedenken.«

»Weshalb denn Bedenken? Bangst du etwa um Kirchensteuerausfälle?«

»Nein, nein«, sagte Fink nun wieder heiter. »Die Schillingers sind keine Mitglieder meiner Gemeinde. Die Familie gehört von jeher zum Förderkreis von St. Lorenz. Aber ich schätze diese Leute.«

»Ach?« Paul wurde neugierig. »Kennst du einen von ihnen persönlich?« Vor allem interessierte es ihn, ob Fink schon einmal mit Konzernchef Wolfram Schillinger zusammengetroffen war.

»Nein.« Fink schüttelte langsam den Kopf. »Nur sehr flüchtig von dem einen oder anderen Empfang her. Ich kenne aber die Familiengeschichte und halte viel von der Art, wie die Schillingers ihr Unternehmen und damit ihre Mitarbeiter durch alle Höhen und Tiefen steuern. Schillinger ist ein klassisches Unternehmen, das stolz ist auf seine Tradition, seine Produkte und seine Belegschaft.«

Paul hob die Brauen. Er war erstaunt über das, was er aus dem Munde seines Nachbarn hörte. War Fink nicht eher ein Linker mit ausgeprägter sozialer Ader? Warum machte sich der Pfarrer ausgerechnet für einen wie Schillinger stark, den Paul für den gewissenlosen Kapitalisten schlechthin hielt?

Doch Fink wusste seine Meinung engagiert zu begründen. »Was lernen wir denn aus der Krise? Es gibt kaum mehr Unternehmer alter Schule. Dafür haben Politiker verschiedener Couleur gesorgt. Was haben wir stattdessen? Seelen- und charakterlose Erbsenzähler! Blutlose Manager, die nur ihre AGs lieben. Mit dem Unternehmen, für das sie Verantwortung tragen, verbindet sie im Grunde nur ihr Bankkonto. Heute treiben sie eine Elektronikfirma in den Abgrund, morgen eine Drogeriemarktkette und übermorgen einen Eisenbahnbauer. Dafür lassen sie sich von den Aktionären wie Popstars feiern!« Er hustete aufgebracht in seine Faust. »Die Schillingers sind anders. Ihnen geht es nicht um den kurzfristigen Profit, sondern um das langfristige Überleben.«

Ja, dachte Paul, und für dieses Überleben gehen sie womöglich über Leichen. Bis eben hatte er seinem Freund noch widerspruchslos zugehört. Nun aber musste er protestieren. »Liest du eigentlich nie die Klatschspalten?«, fragte er bewusst provokant. »Ich finde dein ganzes Bild von der Schillinger-Dynastie ganz schön weichgezeichnet. Abgesehen davon ist zumindest der aktuelle Konzernchef kein Waisenknabe. Der hat mehr als nur einen Skandal hinter sich. Und unter seinesgleichen hat er einen schlechten Ruf, weil er nichts von Diskretion hält und einfach keine Manieren hat.«

»Ja ja, das ist bekannt«, räumte Fink etwas widerwillig ein. »Wolfram Schillinger fällt es schwer, sich zurückzunehmen. Seine PR-Manager haben ihre liebe Not damit, sein Mundwerk im Zaum zu halten. Aber selbst wenn er nicht der perfekte Konzernlenker ist, bleibt doch das Verdienst des Unternehmens ungeschmälert. Gerade in heutigen Zeiten ist es wichtig, dass ...«

»Nichts gegen deine Menschenkenntnis«, unterbrach ihn Paul. »Aber ich bleibe dabei: Dein Bild von den Schillingers ist verklärt.«

»Meinst du?« Der Pfarrer schob seinen Stuhl zurück und stand auf. »Hast du ein wenig Zeit?«

»Zeit?« Paul sah reflexartig auf die Uhr. »Zeit wofür?«

»Ich würde dich gern jemandem vorstellen, der dir in deiner Sache eventuell weiterhelfen kann«, gab sich Fink geheimnisvoll. »Vielleicht kann er dich auch dazu bewegen, deine Einstellung gegenüber den Schillingers noch einmal zu überdenken, wenn nicht gar zu revidieren.«

»Du machst mich neugierig«, sagte Paul.

25

Hauptkommissar a. D. Walter Gruber und seine Frau wohnten in einer gediegenen Etagenwohnung am Stresemannplatz. Fink klingelte, und eine freundliche ältere Dame mit weißblond gefärbtem Haar öffnete ihnen schon nach kurzem Warten die Tür. »Sie wollen sicher zu meinem Mann«, sagte sie und bat beide herein.

Paul ließ Fink vorgehen. Im gutbürgerlich eingerichteten Wohnzimmer, das über einen Balkon hinweg einen freien Blick auf den betriebsamen Platz bot, saß der pensionierte Kommissar in einem breiten Ledersessel und sah fern. Beim Eintritt der Gäste schaltete er das Gerät mit der Fernbedienung aus und erhob sich mit sichtlicher Mühe aus seinem Sessel. Seine Frau zog sich diskret zurück. »Willkommen, Herr Pfarrer«, sagte Gruber, »und Herr ... – sind wir uns schon einmal begegnet?«

»Das ist Herr Flemming«, machte Fink bekannt. »Sie wissen doch, wir haben neulich über ihn gesprochen.«

»Oh ja, ja«, meinte der ausgediente Polizeibeamte und bat beide, Platz zu nehmen. Auch er selbst setzte sich wieder. »Ich kenne den Herrn Pfarrer schon eine Ewigkeit«, erklärte er Paul. »Meine Frau und ich wohnten lange Zeit in der Sebalder Altstadt und waren – sind immer noch – treue Kirchengänger.«

Schön zu wissen, dachte Paul. Lieber aber hätte er erfahren, weshalb Gruber und Fink über ihn geredet hatten.

Wieder ergriff Fink das Wort. »Kommen wir doch gleich zur Sache. Walter Gruber war in seiner aktiven Zeit bei der Kripo mit dem Fall Kleinschmidt befasst. Genauer gesagt: Er ist es, der Kleinschmidt damals verhaftet hat.«

»Das ist zu viel der Ehre«, meinte Gruber bescheiden lächelnd. »Die Handschellen haben ihm die Kollegen von der Schupo angelegt.«

»Ja, aber Sie waren es, der den Fall gelöst hat«, beharrte Fink.

»Das ist wohl wahr – eine schwierige Sache war das. Mitte der Achtziger, wenn ich mich nicht täusche.«

Dass Paul hier auf einen Zeitzeugen treffen würde, hatte er nicht erwartet. Interessiert fragte er: »Sie haben Kleinschmidt überführt? Wie sind Sie ihm denn auf die Spur gekommen?«

Gruber strich sich übers Kinn. Seine struppigen Augenbrauen zogen sich zusammen, als er sich erinnerte. »Am Anfang hatten wir wenig in der Hand. Der Tatort war ein einziges Schlachtfeld. Das arme Mädchen ... – wissen Sie, dieser jungen Frau hatte man Übles angetan. Es war kein schöner Anblick, selbst für einen alten Hasen wie mich nicht.«

»Herr Flemming möchte wissen, wie Sie Kleinschmidt die Tat nachgewiesen haben«, brachte Fink ihn sanft auf die Fragestellung zurück.

»Wir haben die ersten Tage völlig im Dunkeln getappt«, gestand der alte Polizist. »Die Methoden damals waren noch lange nicht so ausgefeilt wie die heutigen. Wir haben Spuren aufgenommen und Fingerabdrücke sichergestellt. Aber sie deckten sich mit keinem Abdruck aus unserer Kartei der einschlägig Vorbestraften.«

»Aha«, meinte Paul. »Kleinschmidt war vor dieser Tat also noch ein unbeschriebenes Blatt?«

»Polizeistatistisch betrachtet, ja. Erschwerend kam hinzu, dass es auch keinen Tatzeugen gab.«

»Was haben Sie dann unternommen?«, wollte Paul wissen.

»Wir sind auf Motivsuche gegangen«, sagte Gruber. »Wir wollten wissen: Wer hatte einen Grund dafür, dieses Mädchen auf so brutale Weise zu töten?«

»Das hätte doch im Prinzip jeder dahergelaufene Schwerverbrecher gewesen sein können«, wandte Paul ein.

»Ja, die Wahrscheinlichkeit dafür haben wir sogar als recht hoch angesetzt. Dennoch mussten wir auch andere Möglichkeiten prüfen – und wir wurden fündig.«

»Wie das?«

»Bei Verhören im Umfeld der Ermordeten, in ihrem Freundeskreis, wurde deutlich, dass das Opfer viele Verehrer gehabt hatte. Lisa Grötsch, so hieß sie ja, war hübsch und allen Aussagen zufolge eine lebenslustige, charmante junge Frau gewesen.«

»Einer ihrer Verehrer war Konrad Kleinschmidt«, brachte sich Fink erneut ein.

»Ja«, bestätigte Gruber. »Er fiel uns auf, weil er einigen Befragten zufolge Fräulein Grötsch äußerst penetrant den Hof gemacht hatte.«

»Sie gab ihm einen Korb, aber das konnte ihn nicht davon abhalten, ihr weiter nachzustellen«, ergänzte Fink.

Paul sah zuerst Fink, dann den Altkommissar prüfend an. »Sie haben Kleinschmidt zum Verdächtigen erklärt, bloß weil er sich für eine hübsche junge Frau interessiert hat?«

Gruber hob seine rechte Hand, an der Paul der dicke goldene Ehering auffiel. »Zunächst war es nur ein Anhaltspunkt. In den Befragungen jedoch verwickelte sich der Verdächtige in Widersprüche. Er hatte kein Alibi, niemanden, der bestätigen konnte, dass er nicht zur Tatzeit bei Lisa Grötsch gewesen wäre. Schließlich erhielten wir von der Staatsanwaltschaft grünes Licht dafür, Kleinschmidt erkennungsdienstlich zu behandeln.«

»Damit war klar, von wem die Fingerabdrücke am Tatort stammten«, brachte Fink die Sache zu Ende. »Überzeugt dich das?«

»Was willst du jetzt von mir hören?«, entgegnete Paul, der sich etwas überrumpelt fühlte.

»Vielleicht, dass du deine Einstellung zu Kleinschmidt und den Schillingers noch einmal überdenkst«, sagte Fink. »Weißt du, Paul, mir steht es ganz sicher nicht zu, hier über Schuld und Unschuld zu urteilen. Das kann auf weltlicher Ebene nur das Schwurgericht, und vor Gott ...«

» ... sind wir alle gleich. Ja, Hannes, ich weiß.« Paul war ziemlich durcheinander. »Wie hat sich Kleinschmidt denn damals zu den Vorwürfen geäußert?«, wandte er sich wieder an Herrn Gruber.

Dieser lächelte nachsichtig. »Wie sie es meistens tun. Er hat alles abgestritten. Aber die Beweislast gegen ihn wurde von Tag zu Tag drückender. Es wurden ja die Fingerabdrücke gefunden, Haare – und wissen Sie von den Faser- und Gewebespuren?«

»Ja, ja«, sagte Paul kleinlaut.

»Am stärksten aber wiegt für mich immer noch das Motiv«, sagte der Ex-Kommissar resolut, »es war schlüssig. Ein heimtückischer Mord aufgrund sexueller Zurückweisung und gekränkter Eitelkeit.«

Fink legte seine Hand auf Pauls Schulter. »Es ist ehrenhaft von dir, dass du dich immer wieder für deine Mitmenschen einsetzt. Aber vielleicht hast du dir diesmal den falschen Empfänger für deine Nächstenliebe ausgesucht.«

Im tiefsten Inneren begehrte Paul noch immer auf, doch in den Augen seiner beiden Gesprächspartner sah er ihre aufrichtige Überzeugung. Seine letzten Rechtfertigungen für Kleinschmidt zerrannen ihm unter den Händen.

Nach einer Viertelstunde Höflichkeitskonversation verabschiedeten sich Paul und Fink von dem alten Kommissar. Im Wohnungsflur kam ihnen dessen Frau entgegen. Gruber selbst blieb im Wohnzimmer zurück, als die weißblonde Rentnerin sie mit neugierig glänzenden Augen fragte: »Sie haben über den alten Kleinschmidt-Fall gesprochen, habe ich Recht?« Fink lächelte nur gutmütig, während Paul zustimmend nickte. »Wissen Sie, das war ja ein dolles Ding damals. Eine ganz knifflige Angelegenheit. Walter kam immer spät nach Hause. Weil ihn diese Sache so fuchste und er auf jeden Fall weiter kommen wollte. Manchmal ist er die ganze Nacht im Büro geblieben.«

»Ich gehe schon mal runter«, klinkte sich Fink aus dem Gespräch aus. »Auf Wiedersehen, Frau Gruber.«

Die mitteilsame Rentnerin beachtete den Pfarrer gar nicht und redete weiter auf Paul ein. »Mein Walter hat sich damals maßlos darüber aufgeregt, dass er nicht vorankam. Er wollte den Mörder dieses unglückseligen Mädchens unter allen Umständen fassen. Ein Segen, dass so viele Indizien vorhanden waren, die gegen diesen Kleinschmidt gesprochen haben. Denn Zeugen gab es ja nicht – und gestanden hätte dieser Mann niemals.«

Paul hatte Frau Gruber aufmerksam zugehört und fragte nun: »Sagen Sie mal, wie viele Mordfälle hatte ihr Mann eigentlich zu bearbeiten?«

»Wie meinen Sie?« Frau Gruber wirkte leicht irritiert. »Es kam immer drauf an. Die Mordrate ist in Nürnberg ja glücklicherweise recht überschaubar. Aber manchmal wurde Walter auch bei anderen Kapitalverbrechen hinzugezogen. Und viele Fälle liefen gleichzeitig.«

»Insgesamt waren es dann während seiner Dienstzeit aber sicher etliche Dutzend schwere Jungs, die Ihr Mann hochgenommen hat, richtig?«, fragte sie Paul aus.

»Ja, ja. An die meisten kann ich mich schon gar nicht mehr erinnern.«

Genau darauf hatte Paul gewartet! »Warum dann ausgerechnet an den Fall Kleinschmidt?«, fragte er.

Frau Gruber stutzte kurz, antwortete dann aber offen und freundlich: »Weil 1985 so ein wichtiges Jahr war. Was damals passiert ist, habe ich mir wohl besonders gut gemerkt.«

Paul verstand nicht. »Warum?«

Frau Gruber lächelte ihn aufgeräumt an. »Weil wir in diesem Jahr geerbt haben. Eine Tante von Walter – ich kannte sie gar nicht – war in Südamerika verstorben und hatte uns ein hübsches Sümmchen hinterlassen.« Glückliche Erinnerungen spiegelten sich in ihrem Gesicht. »Mein Walter und ich haben davon ein neues Auto gekauft, ich habe eine neue Küche bekommen, und wir sind auf Kreuzfahrt im Mittelmeer gegangen: Genua, Gibraltar, Malta …«

»Vielen Dank, Frau Gruber«, sagte Paul. »Sie und Ihr Mann haben mir sehr geholfen.

26

Nie waren Pauls Zweifel an Kleinschmidts Glaubwürdigkeit größer gewesen als nach dem Besuch bei dem pensionierten Kommissar. Grubers Erinnerungen warfen ein neues Licht auf den Fall. Kleinschmidts Verhältnis zu Lisa Grötsch, sein unbefriedigtes Verlangen nach ihr – das war ein Aspekt, den Kleinschmidt im Gespräch mit Paul wie auch mit Katinka vollkommen ausgeblendet hatte. Dabei war dies ein ungemein wichtiger Hinweis, denn er lieferte ein starkes Motiv für die Tat.

War Kleinschmidt es also doch gewesen? War er ein Mörder, der zu Recht im Gefängnis gesessen hatte? Und waren dann all die Spuren, Ahnungen und Mutmaßungen, die ihn als das Opfer einer Intrige dastehen ließen, nur Hirngespinste und Fantastereien?

Paul war sich nicht schlüssig, als er sich in seiner Küchenzeile am stehengebliebenen Abwasch der letzten Tage zu schaffen machte. Vielleicht lag die Wahrheit irgendwo in der Mitte. Lustlos tauchte er einen Kaffeebecher ins Wasser. Eine Geste, die ihm bildlich vor Augen führte, dass er nach wie vor im Trüben fischte. Was hatte er bisher denn erreicht? Lächerlich wenig. Der Mangel an Erfolgserlebnissen machte ihm allmählich zu schaffen. Die Zweifel an seiner selbstgesetzten Mission wurden von Tag zu Tag größer. Gab es nicht wichtigere Dinge in seinem Leben, denen er sich widmen sollte, als hinter einem Mörder herzulaufen, der vielleicht nur ein Phantom war?

Ja, die gab es, beantwortete Paul sich die Frage selbst und ließ dem Becher eine Suppenschüssel folgen. Es wurde höchste Zeit, in seinem eigenen Leben aufzuräumen, anstatt sich immer wieder um anderer Leute Angelegenheiten zu kümmern. Über kurz oder lang würde er selbst es sein, der dabei auf der Strecke blieb. Er würde die nötigen Konsequenzen ziehen ... nur nicht sofort. Diesen einen Fall würde er noch zu Ende bringen, so oder so, das stand für ihn fest. Es würde ihm sonst keine Ruhe lassen. Und Ruhe würde er auf lange Sicht brauchen, wenn er zu sich selbst finden wollte.

Er stellte die Suppenschüssel zum Trocknen ab, kippte eine Ladung Besteck ins Spülbecken und dachte wieder an Kleinschmidt. Konnte er ihm trauen? Ja oder nein? Die unerwartete Erbschaft, die Grubers ausgerechnet in dem Jahr gemacht hatten, in dem Kleinschmidt als Mörder überführt wurde – das passte nach Pauls Meinung eher in das Bild, das ihn als Intrigenopfer erscheinen ließ. Wieder war es nur ein Verdachtsmoment, aber für Paul reichte es vorerst aus, um den wahren Schurken, den Drahtzieher, weiter in Wolfram Schillinger zu vermuten.

Längeres Abwägen blieb Paul erspart. Das Telefon klingelte. Er legte die zuletzt gereinigte Gabel neben den Stapel mit sauberem Geschirr, trocknete sich flüchtig die Hände und nahm ab.

Katinka war am Apparat. »Wir sind soweit«, sagte sie seltsam unaufgeregt. Die Ruhe vor dem Sturm, dachte Paul.

27

Sie knieten auf dem Fußboden, zwischen Papierstapeln, Büchern, Zeitungsartikeln. Beiden war klar, was auf dem Spiel stand. Sie hatten nur noch diese eine Nacht.

Katinkas Haar stand wirr nach allen Seiten ab. Das Gesicht war blass, auf ihrem linken Nasenflügel wuchs unübersehbar ein Pickel heran. Mit verkniffenem Ausdruck starrte sie in einen armdicken Wälzer. Sie las, blätterte unwirsch um, las, blätterte wieder um. Schließlich pfefferte sie den Band in die Ecke. »Auf was habe ich mich da bloß eingelassen?« Sie blickte um sich. Paul registrierte ihre rot unterlaufenen Augen. »Und überhaupt: Wie sieht es hier eigentlich aus? Meine Wohnung ist ein Affenkäfig! Was für ein Chaos!«

Paul sah ihr dabei zu, wie sie ein paar Papierstöße ziellos herumschob, einen Haufen Zeitungsausschnitte neu verteilte und die Unordnung nur noch vergrößerte. Er hatte zu seiner angenehmen Überraschung festgestellt, dass Katinka einen ganz besonderen Charme besaß, wenn sie so schäumte. Das war zumindest eine kleine Entschädigung für den Stress, dem er sich seit vier oder fünf Stunden genauso aussetzte wie sie. »Je mehr wir über die Schillinger-Dynastie in Erfahrung bringen, desto besser sind wir morgen gewappnet«, sagte er mild.

»Verflixt und zugenäht!«

»Warum fluchst du?«

»Weil es dir bei dieser Sache nur um den Nervenkitzel geht, um einen Zeitvertreib. Aber für mich hängt meine berufliche Existenz an diesem Fall. Wenn ich das hier vermassele, ruiniere ich mir meine Karriere!«

»Mag sein«, gab Paul ein wenig beleidigt zurück. »Aber wenn du Erfolg hast, kletterst du im Olymp der Justizgötter noch höher.«

Katinka stützte müde den Kopf auf ihre Hände. »Paul – mich regt das alles mehr auf, als ich mir selbst eingestehen möchte. Ich habe ...« Sie rang nach Worten. »Ich habe Angst, dass Schillinger eine Nummer zu groß für mich ist.«

Eine Nummer? Zwei oder drei mindestens, dachte Paul, aber das auszusprechen, würde die Sache nicht besser machen. Er zog eine fettgetränkte Pappe zu sich heran, auf der die längst erkalteten Reste einer Bringdienst-Pizza ausgebreitet waren. Mit spitzen Fingern angelte er sich ein Randstück. »Wenn sich jemand an ihn herantrauen kann, dann ist es doch dein Berufsstand, oder?«, fragte er aufmunternd.

»Hmm.« Sie zuckte die Schultern. »Aber wie ...« Wieder suchte sie nach den geeigneten Worten. »Wie soll ich ihm entgegentreten? Ich meine: Was genau soll ich ihm sagen? Er ist so ... so mächtig«, sagte sie schlicht.

Ja, mächtig war das treffende Wort. Und dass ausgerechnet Katinka Blohm, die Oberstaatsanwältin, es in den Mund nahm, verursachte bei Paul augenblicklich eine Gänsehaut. Aber Katinka sprach nur die Wahrheit aus. Wolfram Schillinger war die Macht in Person. Er war das letzte Glied einer von Macht dominierten Familientradition. Seine Vorfahren hatten ihre starke Position systematisch ausgebaut. Keine Wirtschaftskrise, kein Krieg konnte ihren Einfluss dauerhaft schmälern. Paul war das vollkommen klar. Dennoch dachte er nicht einen Moment daran zu kneifen. »Schillinger ist nicht der Einzige, der Macht ausübt.« Er schaute sich in dem Zimmer um, als ob er zwischen Bücherbord, Sitzecke und dem mit Akten beladenen Esstisch Hinweise auf andere dominante Persönlichkeiten entdecken könnte. »Was würdest du beispielsweise tun ... also, wie würdest du einem Fremden gegenübertreten, der körperlich stärker ist als du, der dich außerdem bedroht – ja, was würdest du tun?«

Katinka verzog den Mund. Es war ihr anzusehen, dass sie von Pauls Beispiel nicht besonders viel hielt. »Es geht hier nicht um körperliche Bedrohung.« Paul wollte weiter ausholen, doch Katinka bremste ihn mit einer Handbewegung. »Aber ich weiß, auf was du hinauswillst.« Sie überlegte. »Es gibt vergleichbare Situationen im Alltag.« Sie rieb sich die Schläfen. »Ich erlebe es fast täglich bei meiner Arbeit im Gericht. Wenn Frauen Karriere machen, wird das von den männlichen Kollegen bis zu einem gewissen Grad toleriert. Aber wehe, sie fühlen sich in ihrer Kompetenz beschnitten, zurückversetzt oder sogar bevormundet. Dann versuchen sie ganz schnell, das natürliche Gleichgewicht wieder herzustellen – so sehen sie das nämlich. Niemand von ihnen würde auf die Idee kommen, körperliche Gewalt anzuwenden, um seine Interessen durchzusetzen. Aber trotzdem – man versucht, Macht über mich zu gewinnen.«

»Du meinst ...«

»Macht und Männlichkeit liegen nicht weit auseinander.« Es war ein schiefes Lächeln, das sich auf ihrem Gesicht zeigte.

»Ja, und manchmal schafft es der eine oder andere, mir Angst zu machen. Dann fühle ich mich … – unterlegen.« Katinka drehte die durchweichte Pappe zu sich herum, schien die Auswahl an Pizzaresten aber nicht verlockend zu finden.

»Das wirft nicht das beste Licht auf uns Männer«, sagte Paul. »Aber … Schillinger wird sich wohl kaum die Blöße geben, dich zu bedrohen.«

Katinka schüttelte belustigt den Kopf. »Kaum. Zumindest nicht unmittelbar.« Sie griff nun doch nach einem Pizzastück. Eine mattgrüne Peperoni löste sich und fiel auf den Boden. »In Form von Verbalinjurien kann ich es mir aber sehr wohl vorstellen.«

»Bitte?«

»Ich denke, Schillinger ist keiner, der mit seiner Meinung hinterm Berg hält. Der legt seine Gedanken ganz offen an den Tag und meint es sich leisten zu können. Er wird mir eiskalt ins Gesicht sagen, was er von mir hält. Und ich hoffe, dass ich damit umgehen kann.« Ihre Züge wurden hart. »Ich bin für den doch ein Nichts – Oberstaatsanwältin hin oder her. Leute wie wir sind in seinem großen Leben höchstens Statisten. Schillinger wird mich ganz fix abspeisen, fürchte ich. Ich kann nur darauf setzen, dass er sich dabei etwas zu weit aus dem Fenster lehnt und einige juristische Stolpersteine übersieht. Wäre ja nicht das erste Mal. Ich baue da auf seine unbeherrschte Art.« Katinka sprach mit einer gewollt festen Stimme, die sicher überlegen klingen sollte. Aber Paul erkannte am Flackern ihrer Augen, dass viel mehr Selbstzweifel im Spiel waren, als sie zugab. »Ich bin es, die ihn jagt – aber ich habe Angst, zur Gejagten zu werden.«

28

Auf folgendes Vorgehen hatten sie sich geeinigt: Katinka hatte sich offiziell nur für ein formloses Gespräch angemeldet, das sie mit Schillinger selbstverständlich allein führen würde. Blohfeld würde allerhöchstens als Zaungast geduldet werden; am besten aber, man hielte ihn ganz aus der Sache raus. Und Paul selbst – ja, da musste er sich sehr zurücknehmen – durfte als stiller Beobachter mit von der Partie sein. Aber auch nur so lange, wie Katinka es verantworten konnte, denn aus juristischer Sicht war selbst das problematisch. Anfangs hatte Paul noch gegen diese Aufteilung zu protestieren versucht. Doch die Antwort fiel ebenso weise wie stichhaltig aus: »Du willst als Held dastehen, der behauptet, das Spiel zu kennen, aber immerzu brichst du die Grundregeln und machst Fehler. Ständig bringst du dich in Gefahr und lässt dich in durchschaubare Fallen locken. Damit muss jetzt Schluss sein, in deinem eigenen Interesse.«

Nun saßen sie in Katinkas Mini – und Paul bekam kalte Füße. »Wir schaffen das!«, sagte er sich vor. »Wir haben starke Indizien. Wir haben sachverständige Unterstützung. Wir haben das Recht auf unserer Seite.«

»Was murmelst du da?« Katinka war fein zurechtgemacht im eisengrauen Kostüm.

Paul winkte ab. »Nicht so wichtig.« Die Südstadt, jedenfalls weite Teile davon, lag Paul nicht besonders. Allein die Tatsache, dass er sich in den unübersichtlichen Industriearealen nicht gut auskannte, schreckte ihn ab. »Wie lange noch?«, fragte er ungeduldig.

»Bei dem Verkehr vielleicht zehn Minuten«, antwortete Katinka. »Ich weiß gar nicht, warum du so ein Gesicht machst, Mr. Flemming«, stichelte sie. »Gibitzenhof ist ein schönes Fleckchen Erde.«

»Zu viele Fabriken.« Paul verzog das Gesicht.

»Wenn es dir zu viel wird, kannst du immer noch mit der U-Bahn zurückfahren und dich in deine Burgviertelidylle flüchten«, triezte sie ihn.

»Danke, ich ziehe das hier durch«, konterte Paul bärbeißig.

Paul nahm alles wie durch einen Nebel wahr. Zusammen mit Katinka passierte er die Hauptpforte des Schillinger-Fabrikationsgeländes. Sie betraten ein mehrstöckiges Verwaltungsgebäude und liefen durch lange Flure. Katinka warf ihm ein optimistisches Lächeln zu. Pauls Beine waren trotzdem wie Gummi.

»Das klappt besser, als ich dachte«, raunte Katinka ihm zu. Ihre Augen glitzerten. »Der Stahlbaron gewährt mir eine Audienz. Gleich sind wir am Ziel.« Paul war froh, dass sie das Wort führen würde, gestand er sich ein. Er an ihrer Stelle würde wahrscheinlich keinen Ton herausbringen.

Die letzte Hürde: ein Vorzimmer. Die Wände waren mit tiefdunklem Holz vertäfelt. Die Sekretärin saß an einem furchteinflößend kantigen Schreibtisch. Schillingers eigener konnte kaum pompöser sein, überlegte Paul beeindruckt. Die Sekretärin hatte es nicht nötig, mit ihnen zu sprechen. »Sie dürfen hineingehen«, interpretierte Paul ihr angedeutetes Nicken. Er zuckte zusammen, als er Katinkas Hand auf seinem Po spürte.

»Was soll denn jetzt noch schiefgehen, du Angsthase?«, flüsterte sie. Die Sekretärin ging voraus. Sie stemmte sich gegen eine schwere Doppeltür, um beide Flügel gleichzeitig aufzustoßen. Dies war eine Inszenierung, eine bis ins Kleinste geplante Vorstellung. Paul sah sich im Geiste in einen Theatersessel gedrängt. Er beobachtete ein Schauspiel, dessen Titel er nicht kannte. In seiner Vorstellung war Schillinger ein hochgewachsener älterer Mann. Kein Hüne, aber eine stattliche Figur. Er war darauf gefasst, dass dieser Mann große Autorität ausstrahlte. Flüchtig ging ihm durch den Sinn, dass nicht nur dessen Person dafür verantwortlich sein mochte, sondern ebenso die Erwartungshaltung des Besuchers.

Aber der Regisseur dieses Stücks hatte etwas anderes im Sinn. Katinka blieb wie angewurzelt stehen. Nachdem alles so reibungslos funktioniert hatte, nun die Ernüchterung. In dem großen Tagungsraum, der sich vor ihnen auftat, saßen an einem langgestreckt ovalen Konferenztisch vier Herren in dunklen Anzügen. Zwei hatten Glatzen, die anderen graue Haare. Alle waren Brillenträger und sahen aus wie die Seriosität in Person. Vier Augenpaare waren voll Argwohn auf Paul und Katinka gerichtet. Sekunden verstrichen, ohne dass etwas geschah. Die Luft schien vor Anspannung zu knistern. Schließlich erhob sich einer der Herren, einer mit Kahlkopf. Strammen Schrittes kam er auf sie zu.

»Dr. Kühn. Von der Kanzlei *Kühn & Söhne.*« Er schüttelte Katinka steif die Hand. Paul schenkte er keine Beachtung. Er wendete sich den anderen zu, deutete auf sie. »Das sind, wenn ich rechts beginnen darf, Dr. Hinrich von der Kanzlei *Hinrich & Partner,* Dr. Anderle von der gleichnamigen Sozietät und der Hausjustiziar Dr. Dr. Wörner.«

Wo war Schillinger? Paul sah sich nach allen Seiten um. In dem riesigen Raum, groß wie ein Tanzsaal, befanden sich außer dem Konferenztisch mit der Gruppe Juristen nur noch ein Aktenschrank, eine Bücherwand mit ledergebundenen Bänden und zwei schwere Sessel. Er warf Katinka einen fragenden Blick zu. Die zuckte kaum wahrnehmbar mit den Schultern.

»Unsere Assistenten warten draußen«, sagte der Glatzköpfige. »Doch ich denke, wir können die Angelegenheit ohne große Formalitäten erledigen.«

Katinka zupfte verkrampft die Jacke ihres Kostüms zurecht. »Hier liegt offensichtlich ein Missverständnis vor. Wir sind mit Herrn Schillinger verabredet und nicht mit –« Sie biss sich auf die Zunge. Paul konnte sich gut vorstellen, dass der Satz mit »seinen Rechtsverdrehern« geendet hätte.

»Wir *sind* Schillinger«, stellte der Kahle mit kaum verhohlener Überheblichkeit klar. »Das heißt, wir vertreten die Interessen der Familie Schillinger und des Konzerns.« Ohne

Katinka Zeit zum Widerspruch zu lassen, wechselte er zu Paul. »Sind Sie ebenfalls Vertreter der Gegenpartei?«

»Äh ...« Paul war überrumpelt. Das hier lief völlig anders, als er erwartet hatte. »Ich gehöre nicht direkt dazu, aber ...«

Der andere machte keine Umschweife. »Bei allem Respekt, mein Herr, ich wüsste nicht, was Sie dann hier zu suchen hätten.« Er fasste ihn am Ärmel. »Sie mögen bitte im Nebenraum warten.«

Paul blieb stehen, zog seinen Arm zurück. »Katinka?«

»Er hat recht«, bestätigte sie kleinlaut.

»Katinka!«, protestierte Paul, befand sich aber eindeutig in der Defensive.

»Wir sprechen uns später, Paul«, bemühte sich Katinka um eine Deeskalation der Lage.

Der Glatzköpfige führte ihn wie einen Gefangenen durch den Saal. Während ihre Schritte auf dem Parkettboden einen deutlichen Nachhall erzeugten, sagte keiner der anderen einen Ton. Auch ohne sich umzudrehen, spürte Paul, dass aller Augen fest auf seinen Rücken geheftet waren. Am anderen Ende des Raums öffnete sein Begleiter eine schmale Seitentür. »Hier dürfen Sie warten.« Und mit einem süffisanten Lächeln: »Es wird sicher nicht lange dauern.«

Paul kochte vor Wut, als ihm der geschniegelte Anwalt die Tür vor der Nase zuschlug. Wäre er seinen Instinkten gefolgt, hätte er sie sofort wieder aufgerissen und dem Kahlkopf deutlich die Meinung gesagt. Und das wäre noch der mildeste Ausdruck seiner Gefühle gewesen.

Tja. Das nannte man wohl: sich über den Tisch ziehen lassen. Sie waren Schillinger, diesem Fuchs, auf den Leim gegangen. Hatten sie sich wirklich eingebildet, alles sei glatt gelaufen, der Weg zum Konzernchef geebnet? Von wegen! Es hätte ihnen klar sein müssen, dass sich ein Unerreichbarer wie Schillinger nicht so einfach mit Sterblichen wie ihnen einlassen würde. Schon gar nicht, wenn sie drohten, ihm Schwierigkeiten zu machen.

Paul wurde bewusst, dass er noch immer die Tür anstarrte. Er sah die Maserung des dunklen Holzes nur unscharf, so dicht stand er davor. Er drehte sich langsam um und stellte fest, dass man ihn in einen kleinen Warteraum verbannt hatte. Tapete mit antiquiertem Streifenmuster. Ein paar Gemälde, große und kleine, die meisten in Öl. Ein Tisch mit Zeitschriften darauf. Daneben ein mit grünem Leder bezogener Stuhl. Paul steuerte mit hängenden Schultern auf die Sitzgelegenheit zu. Er ließ sich geschlagen auf das Polster fallen, schloss die Augen. Für ihn war die Sache vorbei. Er wollte plötzlich nur noch nach Hause. Aber dazu müsste er zurück und durch den Saal gehen – und würde Katinka womöglich vollends aus dem Konzept bringen. Wenn sie denn überhaupt noch eines hatte. Wahrscheinlich hatte sie auch schon die Waffen gestreckt, dachte er resigniert. Sie, mit ihren strikt reglementierten Rechten als Vertreterin der Staatsanwaltschaft – was konnte Katinka gegen die zersetzende Kraft dieser überbezahlten Winkeladvokaten ausrichten? Paul würde kaum etwas vermasseln, wenn er jetzt in den Saal platzte. Also los, der Entschluss war gefasst. Alles war besser, als eingesperrt und abgeschoben in diesem Zimmerchen zu sitzen. Er schlug die Augen auf – und sah sich einem älteren Herrn gegenüber.

»Herrje!«, stieß Paul aus und sprang auf. »Haben Sie mich erschreckt!«

Der Mann saß auf einem zweiten Stuhl in der spärlich beleuchteten Ecke links von der Tür und lächelte. Paul atmete zweimal tief durch, um seinen Puls zu beruhigen. »Ich dachte, ich bin allein hier.« Sein Aufpasser – welche Funktion sonst sollte dieser Mann haben? – lächelte noch immer. Paul trat näher. Er blickte in klare blaue Augen, die von unzähligen Falten umgeben waren. Die Lippen des Mundes waren schmal ... im Grunde lächelten sie gar nicht. Und trotzdem ... ihm war so, als amüsierte sich der Mann.

Paul wagte sich weiter vor. Aber bloß einen Schritt, denn er spürte, dass eine Aura von Arroganz sein Gegenüber umgab.

Wen auch immer man zu seiner Bewachung abgestellt hatte – dieser alte Mann erfüllte seine Aufgabe voll und ganz, ohne ein einziges offenes Zeichen von Aggressivität. Paul räusperte sich. »Wenn ich mich vorstellen darf –«

»Das ist nicht nötig.« Die Stimme des Mannes war dunkel, schwer und selbstsicher. Sie füllte den kleinen Raum mühelos aus. Er erhob sich, streckte Paul die Hand entgegen. Paul sah das aufgestickte Monogramm auf der Hemdtasche seines Gegenübers:

W.S.

»Ich war neugierig auf Sie. Sie können sich denken, wer ich bin?«

Diese Frage bedurfte nun keiner Antwort mehr.

29

Er war jetzt ganz nah. Paul konnte den Atem des Mannes spüren. Eine kuriose Situation, auf die er in keiner Weise vorbereitet war. Schillinger hielt seine Rechte fest in der seinen. Mit Beunruhigung registrierte Paul, dass der alte Industriemagnat ihn fast um Haupteslänge überragte. Die stahlblauen Augen starrten ihn nieder. Paul zog unwillkürlich den Kopf ein und senkte den Blick.

Warum machte er das? Warum trat Schillinger auf einmal persönlich in Erscheinung? Seine Anwälte hatten die Situation doch im Griff. Langsam, ganz langsam traute sich Paul wieder aufzusehen.

Schillingers Blick war fest auf ihn gerichtet. Kein Flackern, kein Blinzeln deutete auch nur eine Spur von Unsicherheit an. Schon sein erster Satz verwies Paul auf seinen Platz: »Ich habe es keineswegs nötig, mich mit Ihnen abzugeben. Ein Wink von mir, und dieser ganze lächerliche Spuk ist über Nacht zerstoben. Das ist Ihnen hoffentlich bewusst.«

Das unterschwellig Drohende dieser Stimme zeigte bei Paul durchaus Wirkung. Doch war es weniger Beklemmung, die er verspürte, als vielmehr Verwirrung. In seinem Kopf überschlugen sich die Gedanken. Er versuchte sich einen Reim darauf zu machen, weshalb Schillinger seine Deckung aufgegeben hatte und sich ausgerechnet mit Paul einließ, dem kleinsten Rädchen in diesem Spiel. War Schillingers Neugierde auf ihn tatsächlich so groß gewesen? Er stand im Ruf, ein unberechenbarer Mensch zu sein ...

»Sie werden doch nicht ernsthaft glauben, Sie könnten mir mit Ihrer Einmischung schaden«, sagte Schillinger nun mit offener Feindseligkeit. »Ich lasse mir nicht von einem dahergelaufenen Querulanten ins Handwerk pfuschen.«

Paul schloss für einen Moment die Augen, und die geistigen Knoten begannen sich zu lösen. In ihm begehrte es auf. Er war sich jetzt ganz sicher, dass Schillinger seine Stellung nur durch das gezielte Ausstechen des eigentlich Berechtigten errungen hatte. Paul versuchte sich zu konzentrieren. Sollte er Schillinger damit drohen, die Presse einzuschalten? Aber – wen hatte er als Zeugen für dieses Zusammentreffen? Sie waren allein in dieser Kammer, es gab keine Zuhörer. Schillinger war kein Risiko eingegangen. Selbst wenn der Titan hier und jetzt gestehen würde, nicht der rechtmäßige Erbe des Industrieimperiums zu sein, nutzte das Paul herzlich wenig, er konnte es später nicht verwenden.

»Sie haben da ... einigen Staub aufgewirbelt«, kam es plötzlich in ruhigem Ton, geradezu freundlich. Dann wieder härter: »Unbedeutend wenig Staub. Der legt sich sehr schnell.« Abermals hatte Paul den Eindruck, dass Schillinger lächelte. »Ich wollte denjenigen kennen lernen, der sich unbedingt mit mir anlegen will. Nun kenne ich ihn und habe nicht den Eindruck, dass er damit weitermachen wird. Er wird es beenden, wenn er mit einem blauen Auge davonkommen will.«

Paul verstand den Wink, und flüchtig dachte er daran, ihm zu folgen und das Feld zu räumen. Dann aber gewann seine

Wut die Oberhand. So leicht würde er sich nicht geschlagen geben! Ihm kam ein waghalsiges Vorhaben in den Sinn, auf die Schnelle aber wohl die einzig praktikable Lösung. Jetzt oder nie!, machte er sich Mut.

Dann spurtete er zur Tür. Für den Bruchteil einer Sekunde nahm er den verdutzten Gesichtsausdruck Wolfram Schillingers wahr. Paul drückte die Klinke und stieß die Tür auf. »Schillinger ist hier!«, brüllte Paul in den Tagungsraum. »Katinka, komm her! Du kannst ihn vernehmen!«

Nie zuvor hatte Paul sich einen so feindseligen Blick von Katinka eingefangen. Sie saß zusammen mit Schillingers Anwälten am Konferenztisch am anderen Ende des Saals. Paul hatte die Runde durch sein lautstarkes Hereinplatzen sichtlich aufgeschreckt. Während ihn die bornierte Juristenriege tadelnd und geringschätzig anblickte, sprühten aus Katinkas Augen Funken. Sie stieß ihren Stuhl zurück, kam mit ausladenden Schritten auf ihn zu. Ihr Tonfall war gedeckt, aber bitterböse. »Du solltest doch draußen warten. Verdirb nicht alles.«

Paul fühlte sich überfahren. »Was heißt denn verderben? Wir wollten gemeinsam –«

»O nein!« Sie fuchtelte mit ihrem Zeigefinger vor Pauls Nase herum und zischte: »Wir stehen kurz vor dem Durchbruch. Wenn du nicht mal wieder wie ein Elefant im Porzellanladen hereingepoltert wärst, hätte ich die Sache vielleicht schon bereinigt.«

»Was?« Paul stieß dieses Wort dermaßen laut und scharf aus, dass sich am Konferenztisch ein unwirsches Raunen erhob.

»Ja, du hast richtig gehört. Wir stehen kurz vor einer Einigung. Wenn du uns also bitte weiterarbeiten lassen würdest …«

Paul wollte seinen Ohren nicht trauen. Er packte Katinka am Arm, zog sie in Richtung des Nebenraums. »Dort drüben sitzt Schillinger und spuckt große Töne. Der Kerl hat alles zugegeben. Indirekt zwar, aber unmissverständlich.« Er musste sie gewaltsam hinter sich herziehen, denn Katinka sträubte sich energisch. »Verdammt, komm mit!«, zischte Paul.

Sie blieb störrisch. »Lass los, du tust mir weh.« Sie stemmte ihre Schuhe in den Boden, die ein aufdringliches Quietschen von sich gaben. »Hör auf damit, du machst uns ja beide lächerlich!«

Das war zuviel. Paul ließ schlagartig von ihr ab. Katinka hatte sich offenbar gegen ihn gestellt. Aus der Verbündeten war eine Gegenspielerin geworden, und sie zögerte nicht, ihm flüsternd die Gründe dafür darzulegen: »Die wollen kooperieren. Schillingers Anwälte wissen genau, dass wir zu wenig gegen sie in der Hand haben und es allerhöchstens für einen Zivilprozess reicht. Aber sie wollen eine Rufschädigung vermeiden und sich das einiges kosten lassen. Ein solches Angebot kann man schon im Interesse Kleinschmidts nicht einfach ausschlagen, sondern muss es zumindest prüfen.«

»Angebot? Du willst mir erzählen, dass du dich nach allem, was passiert ist, auf einen Kuhhandel mit denen einlassen willst?« Wie benommen trat er einen Schritt zurück. »Du lässt dich kaufen?« Katinka war ihm mit einem Mal ganz fremd.

»Was redest du für einen Blödsinn? Ich bin Staatsanwältin, schon vergessen? Ich will die Fronten abklären und mich dafür einsetzen, dass hier Recht geschieht, weiter nichts. Schließlich soll Kleinschmidt am Ende ja nicht leer ausgehen.« Sie blickte sich flüchtig um, vergewisserte sich, dass die Anwälte sie nicht hören konnten. »Wenn er sich nicht ganz dumm anstellt, macht er einen guten Schnitt bei der Sache. Sie bieten Kleinschmidt einen anständigen Geldbetrag.«

»Aber ...« Paul rang nach Luft. »... das ist doch ein glattes Schuldeingeständnis, wenn die freiwillig zahlen!«

»Unsinn, die Leute hier denken in anderen Dimensionen. Denen kommt es nur darauf an, weiteren Schaden vom Unternehmen und der Familie abzuwenden. Und Imageverlust *ist* ein Schaden. Ihre Argumente sind sehr einleuchtend.« Katinkas Augen verengten sich grimmig. »Vergiss nicht: Das sind

Anwälte. Vertreter anderer Leute. Genau wie ich als Staatsanwältin eine Vertreterin des Volkes bin. Wir handeln hier ja nicht aus Eigennutz.«

Paul taumelte zwei weitere Schritte rückwärts. Katinkas unerwarteter Alleingang brachte ihn aus dem Gleichgewicht. Aber es stimmte, was sie sagte. Sie agierte hier nicht als Privatperson, wie er es tat. Und es war ihr vermaledeiter Job, dafür zu sorgen, dass die Sache zu einem rechtlich fundierten Ende geführt wurde. So oder so – Paul konnte momentan nichts ausrichten. Er beschloss, zurück in das Nebenzimmer zu gehen und abzuwarten.

Er fand den Raum leer vor. Gab es hier eine Tapetentür? Schillinger hatte sich genauso diskret und unbemerkt zurückgezogen, wie er erschienen war. »Verflucht!« Paul trat gegen den Stuhl, auf dem Schillinger wenige Minuten zuvor gesessen hatte. Seine Stimmung hatte den absoluten Tiefpunkt erreicht. Wütend ging er im Kreis herum, überlegte, ob er zurück in den Saal stürmen und die feine Gesellschaft erneut aufmischen sollte. Im nächsten Moment war er drauf und dran, die Wände des Nebenraums abzuklopfen, um sich an Schillingers Fersen zu heften. »Was für eine Pleite!« Wieder trat er gegen den Stuhl, drehte sich um die eigene Achse, stieß einen Wutschrei aus. Ihm war es egal, ob man nebenan etwas davon mitbekam. »Total egal ist mir das!«, machte er sich Luft. Dann setzte er sich. Minuten vergingen, ohne dass er eine Entscheidung getroffen hätte. Es wäre wohl das beste, entschied er, zu bleiben, bis ihn Katinka abholen würde.

Eine Viertelstunde verstrich. Paul kauerte auf der Vorderkante des Stuhls, hing düsteren Gedanken nach.

Eine halbe Stunde. Er kam sich vor, wie im Wartezimmer eines Arztes, dessen Sprechstundenhilfe den letzten Patienten übersehen hat.

Nach genau siebenunddreißig Minuten hatte er die Nase voll. Er stand auf, drückte die Klinke, betrat den Saal. Er war menschenleer. Nicht einmal mehr Akten oder Notizzettel lagen auf dem Konferenztisch, an dem Katinka und die Anwälte vorhin noch verhandelt hatten. Paul ging ungläubig weiter. Hatten sie ihn tatsächlich vergessen?

Anstandslos konnte er die Flure des Gebäudes passieren. Jeder, dem er begegnete, schenkte ihm ein höfliches Lächeln. Niemand machte Anstalten, ihn aufzuhalten. Im Nu stand Paul auf der Straße. Er schaute sich vor dem Portal um, suchte den Gästeparkplatz nach Katinkas Mini ab. Keine Spur von ihr oder ihrem Wagen. Paul schüttelte fassungslos den Kopf. Dann nahm er sein Handy aus der Hosentasche und wählte Katinkas Nummer im Telefonregister an. Besetzt. Er wartete kurz und versuchte es noch einmal.

»Ja?«, meldete sie sich endlich.

»Was fällt dir denn ein? Du kannst mich nicht einfach sitzen lassen! Wo bist du?«

»Ach, Paul.« Katinka klang erleichtert. »Wo ich bin? Das gleiche könnte ich dich fragen.«

Paul sah, dass sein Akku fast leer war. »Wir müssen uns kurz fassen. Sag schon: Warum hast du mich nicht mitgenommen?«

»Ich?« Wollte oder konnte sie nicht begreifen, fragte sich Paul ärgerlich. Doch ihre Stimme klang unschuldig unwissend. »Ich dachte, du wärst längst weg gewesen.«

Das war ja wohl die Höhe! »Wie denn? Ich saß in dieser Kammer wie ein Vogel im Käfig. Du warst doch nebenan!« Das Batteriesymbol auf der Digitalanzeige blinkte.

»Die haben mir gesagt, du wärst schon gegangen«, kam es arglos zurück. Dann ertönte ein wiederholtes Piepen. Die Energie war verbraucht.

30

Paul war am Ende, als er endlich wieder am Weinmarkt ankam. Während er sich die Treppenstufen zu seiner Wohnung hinaufschleppte, versuchte er zu verarbeiten, was da auf ihn eingeprasselt war. Am meisten belastete ihn Katinkas Verhalten, ihre plötzliche Abwendung von ihm. Was ging in ihr vor?

Paul öffnete seine Wohnungstür und war wie vom Donner gerührt. Er stand vor dem Chaos. Alles war durchwühlt, der Inhalt von Schränken und Regalen über den Boden verteilt. Sein Schlafsofa war aufgeschlitzt worden, die Schaumgummifüllung quoll wie Fleisch aus einer klaffenden Wunde.

»Nein!«, stieß Paul entsetzt aus. »Auch das noch!« Verwirrt machte er einen Schritt rückwärts und stieß auf einen unerwarteten Widerstand: Blohfeld, der ihm offenbar unbemerkt gefolgt war, stand wie angewurzelt im Türrahmen. Ein kurzer Blick über Pauls Schulter hatte ihm gereicht, um zu erkennen, was los war.

»Jemand hat Ihre Wohnung auf den Kopf gestellt. Wissen Sie schon, ob irgendetwas fehlt?«

»Nein, es wird wohl eine Weile dauern, bis ich einen Überblick habe«, sagte Paul benommen und fragte dann verstört: »Warum sind Sie überhaupt hier?«

Blohfeld sah weiter an ihm vorbei und begutachtete die Unordnung, während er sagte: »Es ist schon ziemlich spät. Ich denke, die haben damit gerechnet, dass Sie längst zuhause wären.«

»Die hatten es nicht auf Unterlagen oder Kopien der Mordnegative abgesehen, meinen Sie?«, fragte Paul verwundert.

»Nein«, sagte Blohfeld, ohne sich zu bewegen. Seine starre Haltung kündete von großer Anspannung. An seiner Schläfe zeichneten sich die Adern ab. »Die können sich denken, dass Sie so wichtige Dinge nicht in der Wohnung aufbewahren. Die wollten Sie – oder uns.«

Paul blickte sich in seinem Atelier um. Die Einbrecher hatten ganze Arbeit geleistet. Das deckenhohe Bücherregal war mit roher Gewalt umgerissen worden. Wo die Dübel gesteckt hatten, klafften hässliche Löcher im Putz. Paul sah einen seiner sorgsam gehüteten Fotobände auf dem Boden liegen. Er war so unglücklich aufgeschlagen, dass der Rücken zerbeult und die Seiten umgeknickt waren. Der reine Vandalismus! »Aber was wollten die von mir? Einschüchtern? Noch mal verprügeln?« Er atmete tief durch. »Das ergibt alles keinen Sinn. Jetzt, wo sich Katinka mit diesem unsäglichen Schillinger-Clan einigen will.«

Noch immer stand Blohfeld stocksteif da. »In dieser Sache ergibt auf den ersten Blick vieles keinen Sinn. Fest steht nur, dass es um viel Geld geht – um sehr viel Geld.« Endlich bewegte er sich und wandte sich Paul zu. Sein Blick war herausfordernd. »Um Ihre Eingangsfrage zu beantworten: Ich bin Ihnen nachgegangen, weil Sie mir leid getan haben. Ich hatte vorhin mit Frau Blohm telefoniert und von Ihrer Schlappe bei Schillinger erfahren. Das ließ mir keine Ruhe. Sie haben sich für diesen Fall den Arsch aufgerissen und stehen am Ende als Verlierer da. Ich bin ja auch nicht gerade zimperlich im Umgang mit meinen Mitmenschen, aber was zu viel ist, ist zu viel. Ich möchte Ihnen helfen. Wie ich sehe, ist das auch dringend nötig.« Er stieß mit der Fußspitze gegen einen Haufen mutwillig zertrümmerter DVDs. »Hier wird großes Geschütz aufgefahren, da können wir nicht mithalten. Wenn wir uns wehren wollen, ist Psychologie gefragt.« Blohfeld sah Paul beschwörend an. »Lassen Sie uns analytisch vorgehen. Wie verhalten sich Menschen, die ein riesiges Vermögen in Gefahr sehen und es retten wollen?«

Paul lief ein kalter Schauer den Rücken hinunter – schon wieder das Gefühl, nur mit Glück einem Mordanschlag entgangen zu sein.

»Das mit der Einigung, auf die die werte Frau Blohm so stolz ist, kann Theater gewesen sein«, setzte Blohfeld fort. »Damit wollte Schillinger vielleicht nur Zeit gewinnen.«

»Zeit wofür?«

»Um herauszubekommen, wer alles von Kleinschmidts Anspruch auf den Schillinger-Thron weiß.«

»Die genauen Hintergründe kennen bisher nur ...« – wieder bekam Paul eine Gänsehaut – »... nur Sie, ich und Katinka. Ja, und natürlich Kleinschmidt selbst. Schillingers Anwälte sind sehr wahrscheinlich nur teilweise eingeweiht, zählen also nicht zur Risikogruppe.«

»Das macht dann vier. Wenn ich ein Milliardenvermögen zu verlieren hätte, würde ich mich das unter Umständen durchaus vier Menschenleben kosten lassen. Na ja, oder sogar mehr«, stellte Blohfeld trocken fest.

Dann ging das Licht aus. Es war mit einem Schlag stockdunkel. »Auch das noch!« Dieser verkorkste Tag geriet allmählich zur Farce. »Haben Sie ein Feuerzeug oder so was?«, fragte Paul in die Finsternis, denn er selbst hatte als Nichtraucher nicht einmal Streichhölzer zur Hand. Statt einer Antwort griff Blohfeld ihn am Handgelenk. Wortlos zog er Paul in den Hausflur. Sie erreichten die Treppe. Vorsichtig und dennoch in aller Eile stiegen sie hinab. Durch die Fenster fiel kaum Licht. Paul fühlte sich verfolgt. Unsicher blickte er sich um, sah nur diffuse Umrisse von Treppengeländer und Türen. Er hatte die Augen weit aufgerissen, hoffte, dass sich seine Pupillen endlich der Dunkelheit anpassen würden. Ihm gingen die finsteren Plattitüden von Wolfram Schillinger durch den Kopf: »Ein Wink von mir, und der ganze lächerliche Spuk ist über Nacht zerstoben.« Es war Nacht. Musste man Schillinger etwa wörtlich verstehen?

»Geben Sie mir Ihren Autoschlüssel«, verlangte Blohfeld, als sie das Haus verlassen hatten und auf dem Weinmarkt standen.

»Wohin fahren wir?«, fragte Paul und reichte dem Reporter bereitwillig den Schlüssel. Nur zu gern gab er nach all den Strapazen des Tages die Verantwortung ab.

Blohfeld ließ den Motor des Renaults an. »Zu Katinka – wenn es nicht schon zu spät ist. Haben Sie Ihr Handy dabei?«

Paul zuckte zusammen. Diesen Gedanken hatte er bis eben erfolgreich von sich ferngehalten. Der Reporter war Realist genug, um das Wahrscheinliche anzunehmen. Katinka würden die Brutalos, die in seiner Wohnung gehaust hatten, ebenfalls aufsuchen. Paul zog sich der Magen zusammen, als er daran dachte, in welcher Gefahr sie schwebte. Gerade jetzt, nach dem trügerischen Friedensschluss mit dem Schillinger-Konzern, war sie wahrscheinlich besonders unaufmerksam.

»Mein Akku hat keinen Saft mehr«, erinnerte sich Paul mit aufsteigender Panik.

»Hier, dann nehmen Sie meins. Rufen Sie Frau Blohm an.« Blohfeld warf ihm das Gerät zu, das Paul mit zitternder Hand auffing. »Besetzt«, musste er gleich darauf melden.

Blohfeld nickte grimmig und trat aufs Gaspedal. »Vielleicht telefoniert sie wirklich nur. Aber wir sehen doch besser nach.«

Um diese Uhrzeit war auf den Straßen kaum noch etwas los, sie kamen schnell voran. Paul lehnte sich im Beifahrersitz zurück und versuchte, einen klaren Gedanken zu fassen. Langsam legte sich seine Aufregung. Je länger er darüber nachdachte, desto unsinniger erschien ihm die Vorstellung, dass Schillinger ihnen tatsächlich nach dem Leben trachtete. Vier kaltblütige Morde – damit würde er nie und nimmer durchkommen. Dennoch wäre Paul erst dann beruhigt, wenn er Katinka wohlbehalten vorfände.

Blohfeld lenkte den Wagen souverän über die Straßen. Paul fiel jedoch auf, dass er ungewöhnlich oft in den Rückspiegel sah. Dann wich der Reporter unvermittelt von der üblichen Route ab. Paul wunderte sich, aber nicht genug, um sich zu erkundigen. Blohfeld würde schon seine Gründe haben, dachte er. Wenig später änderte sein Fahrer abermals überraschend die Richtung. Sie fuhren im Zickzack, und Paul fragte sich nun doch, warum.

Das Messer mit dem mattschwarzen Horngriff, das Blohfeld an seinem Gürtel trug, hatte Paul immer belächelt, es hatte ihn aber die ganze Zeit über auch beruhigt, denn es symbolisierte Wehrhaftigkeit. Solange Blohfeld es dabei hatte, waren sie potenziellen Angreifern wenigstens nicht ganz schutzlos ausgeliefert. Paul hätte allerdings nicht eine Sekunde daran geglaubt, die Schneide gegen sich gerichtet zu sehen. Doch Blohfeld ließ ihm nicht viel Zeit, um die veränderte Situation zu reflektieren. Er lenkte den Renault an den Rand einer kaum beleuchteten Seitenstraße und zückte das Messer.

»So. Jetzt steigen Sie ganz brav aus. Kommen Sie nicht auf die Idee, Widerstand zu leisten. Das wäre nicht nur dumm, sondern tödlich.«

Fassungslos starrte Paul auf die Klinge in der Hand des Reporters.

31

Paul sah bunte Blitze. Rot, gelb, blau. Das war nur die Aufregung, versuchte er sich zu beruhigen und schloss die Augen. Er rieb sich die Lider, aber das Flackern wollte nicht aufhören. »Warum?« Paul kamen Filmszenen in den Sinn, in denen hilflose Menschen ihren Peinigern diese Frage stellten und im nächsten Augenblick kaltblütig niedergestreckt wurden. Er bemerkte das Kopfsteinpflaster unter seinen Füßen. Eine dieser alten Straßen, an denen aus übertriebenem Historismus nie etwas ausgebessert wurde. Schlaglochübersät, schlecht beleuchtet; von Autofahrern, denen ihr Wagen lieb war, gemieden. Ein abgeschiedenes, einsames Viertel an den Ausläufern von Gostenhof. Ein Paradies für Vergewaltiger und Meuchelmörder. »Warum?«, fragte er noch einmal.

»In meinem Job kann man sich allzu viele Emotionen nicht leisten. Manchmal wird es schmutzig, das gehört nun mal dazu im Journalismus.«

»Aber über Leichen gehen Sie doch nur im übertragenen Sinn«, versuchte Paul einen Scherz und hoffte, dass Blohfeld das Messer mit einem schäbigen Grinsen wegstecken würde.

Doch das tat er nicht. »Es ist wirklich schade um Sie, Flemming. Aber Sie müssen auch meine Situation verstehen. Ich bin jetzt Mitte fünfzig. Mein Verlag hat gerade den Tarifvertrag aufgekündigt. Also muss ich für weniger Geld noch länger arbeiten, um eines fernen Tages in eine armselige Rente entlassen zu werden. Wenn ich diesen unerfreulichen Prozess irgendwie abkürzen kann, werde ich das natürlich nutzen. Ich will, dass Sie meine Beweggründe kennen. Denn es macht die Sache leichter für Sie, mein Freund.« Blohfeld ließ das Messer drohend vor Pauls Hals schweben.

Ehe Paul auf diese unglaubliche Äußerung eingehen konnte, wurde ihm der Ernst von Blohfelds Worten klar. Ein anderer Wagen näherte sich in niedrigem Tempo. Noch blendeten die Scheinwerfer, so dass Paul den Fahrer nicht erkennen konnte. Er hob schützend die Hand vors Gesicht. Das Auto rollte neben ihnen aus. Ein VW-Transporter, ein altes Modell ... Paul hatte diesen Wagen schon einmal gesehen – vor dem Erlanger Genlabor, in dem er und Blohfeld die Gewebereste des alten Schillinger hatten untersuchen lassen. »Blohfeld – was hat das alles zu bedeuten? Machen Sie keinen Unsinn! Sie wollen doch nicht mit denen gemeinsame Sache machen?« Die Antwort war unmissverständlich: Blohfeld hielt sein Messer noch dichter an Pauls Hals. Eine einzige Bewegung würde genügen, um ihm die Kehle durchzuschneiden.

Die Wagentür öffnete sich. Hätte es nicht schon genügend andere böse Überraschungen gegeben, wäre Paul jetzt entsetzt gewesen. So aber bedachte er den jungen Mann nur mit einem traurigen Lächeln. Auch dessen Freundin, die sich betont lässig vom Fahrersitz schwang, konnte ihn nicht mehr schockieren. Das Modepüppchen war auch heute wieder auf siebziger Jahre gestylt. Ihr orange gefärbtes Haar saß perfekt, wie aus Plastik gegossen. Über ihren schmalen Körper schmiegte sich ein orange-schwarz gestreiftes Kleid. Ihre Stiefel hatten so hohe Absätze, dass sie Paul überragte. Ihr Freund hatte seine Koteletten sorgsam gestutzt. Sein schwarzes Haar glänzte matt in der Nacht.

Da waren sie also wieder, diese abgedrehten Szenegänger! Aber warum Blohfeld? Was hatte er mit ihnen zu tun? Hatte Schillinger tatsächlich auch ihn geschmiert? So viel zum unbestechlichen Journalisten.

»Den haben wir uns endlich geschnappt«, flötete Blohfeld und schob Paul langsam vor sich her. Es war nicht zu fassen! Blohfeld gehörte wirklich dazu. Paul rang nach Luft, sein Magen revoltierte. Er fühlte, dass sein Leben am seidenen Faden hing.

»Langsam«, sagte der gelackte Jüngling. Er tauschte einen raschen Blick mit seiner Partnerin. »Uns hat niemand gesagt, dass Sie zu uns gehören.« Er zögerte. »Unser Auftrag schließt Sie ein.«

»Was?« Blohfeld ließ die Klinge sinken. Er wirkte irritiert. »Haben die Schillinger-Leute Ihnen nicht gesagt ...«

»Wir können das sofort klären«, schaltete sich die Orangehaarige ein. Ihre Stimme war auffallend hoch. Ein Mäuschen von der bissigen Sorte, durchfuhr es Paul. Sie wirkte harmlos, so dünn und zart, wie sie war, doch er ahnte, dass sie ein gefährliches Biest war und ihrem Freund in nichts nachstand. Er überlegte kurz, ob er die Irritation der anderen nutzen und einen Ausbruchversuch wagen sollte. Blohfeld aber war schnell wieder Herr der Situation – das Messer spielte erneut an Pauls Kehlkopf.

»Ja, klären Sie das«, zürnte Blohfeld. »Aber bitte schnell.«

»Wir nehmen das Handy«, sagte die Modepuppe. Die Aufregung war stärker als die Schminke. Unter dem Puder zeichneten sich ihre rotglühenden Wangen ab. Ihr Freund nickte ihr zu: »Es liegt im Wagen.«

Paul malte sich aus, wie er sterben würde. Verbluten vielleicht. Mit durchgeschnittener Kehle würden sie ihn sich selbst überlassen. Das könnte lange, qualvolle Minuten dauern. Oder hatten die anderen eine Pistole dabei? Ein präziser Schuss könnte ihn schnell und fast schmerzlos töten. Aber jeder Kriminalbeamte würde dann erkennen, dass es Mord war. Sie würden ihn wohl eher überfahren, ihn als Unfallopfer auf die Straße legen. In Pauls Augen blitzte es wieder in allen Farben des Regenbogens. Es fehlte nicht mehr viel und er würde ohnmächtig umfallen.

»Ja, rufen Sie schon an!« Blohfeld klang nun mehr als ungeduldig. »Das ist doch eine miserable Organisation. Kein Wunder, dass dieser Flemming und seine Staatsanwalts-Tussi so weit kommen konnten.«

Pauls Herz blieb beinahe stehen. In seiner Rage hatte Blohfeld das Messer so fest an Pauls Hals gedrückt, dass die scharfe Klinge seine Haut ritzte. Es war nur ein feiner Schnitt, doch Paul spürte warmes Blut an seinem Hals herabrinnen.

»Ja, ja, ist schon gut. Wir regeln das«, sagte die junge Frau nicht weniger genervt. Sie öffnete die Wagentür, bückte sich, um das Handy aus dem Handschuhfach zu nehmen.

Die Sterne, Funken und Blitze in Pauls Augen hatten sich zu einem wahren Feuerwerk vereinigt, so dass er kaum mitbekam, was sich jetzt um ihn herum abspielte. Er registrierte nur schnelle Bewegungen, Hektik und Verwirrung, und Blohfeld nahm das Messer herunter. Ehe sich der junge Freak versah, hatte der Reporter einen Satz in seine Richtung gemacht. Hatte die Klinge eben noch an Pauls Kehle gelauert, bedrohte sie jetzt den anderen. Der griff sich hilfesuchend in die Taschen. Was immer er darin verbarg, Blohfelds harter Schlag in sein Gesicht hinderte ihn daran, es herauszuziehen.

Das kleine Biest reagierte sofort, schnappte sich statt des Handys eine mattschwarze Pistole. Jetzt war es an Paul zu handeln. Schluss mit der gedanklichen Vorbereitung auf seinen eigenen Tod – innerhalb von Sekunden musste er sich darüber klar werden, dass Blohfeld doch auf seiner und nicht auf der gegnerischen Seite stand, die neue Bedrohung einordnen –

und vor allem musste er etwas unternehmen! Linker Fuß nach vorn, rechter Fuß nach vorn. Für ihn geschah alles wie in Zeitlupe. Seine Kontrahentin konzentrierte sich darauf, die Waffe zu entsichern und auf Blohfeld zu zielen. Sie hatte Paul offenbar noch nicht als Gefahr erkannt. Seine Hand schnellte nach vorn. Erst jetzt reagierte die Kleine. Ihre Augen erfassten ihn, die Mündung der Pistole schwenkte um. Paul wusste sich nur einen Rat: Er rammte die junge Frau mit seinem vollem Körpergewicht.

Schmerz stand in ihren Augen, als sie fiel. Sie schrie, Pauls Hand schoss wieder vor, seine Finger schlossen sich um ihr Handgelenk. Er spürte ihre kalte Haut. Er zwang sich, zuzudrücken und nicht aus einem mitleidigen Instinkt von ihr abzulassen. Sofort ließ sie die Waffe sinken. Die Automatik entglitt ihr und fiel scheppernd auf das Kopfsteinpflaster.

Sie ließen die beiden in ihrem VW-Bus zurück, gefesselt mit einem Abschleppseil. Per Handy informierten sie die Polizei darüber, wo die beiden aufzulesen waren.

»Sie haben bemerkt, dass die uns verfolgen, und sich daraufhin diesen ganzen Zirkus einfallen lassen, ja?«, fragte Paul, als sie im Renault weiterfuhren.

»Mmhm.« Blohfeld nickte.

»Sie hätten es mir erklären können, anstatt mir mit Ihrem Messer eine Heidenangst einzujagen.«

»Hätte. Ja.«

32

Paul lehnte sich im Beifahrersitz zurück und ließ sich von Blohfeld weiterkutschieren. Nichts wünschte er sich jetzt sehnlicher als eine Verschnaufpause für sich und seine Nerven. Doch das ging natürlich nicht. Sie waren noch weit vorm Aufseßplatz, und der Kontrollbesuch bei Katinka hatte nach wie vor höchste Priorität. Noch einmal versuchte er sie anzurufen – noch immer ertönte das Besetztzeichen, und Paul nahm Blohfelds Handy enttäuscht wieder vom Ohr. Doch da fuhr ihm der nächste Schreck in die Glieder, denn plötzlich läutete es so durchdringend, dass er das Gerät fast hätte fallen lassen.

»Nicht durchdrehen, Flemming«, kommentierte Blohfeld. »Gehen Sie einfach ran.«

Eine völlig aufgelöst klingende Katinka war am Apparat. »Paul, bist du das?«, rief sie ins Telefon. »Bist du bei Blohfeld? Bei dir habe ich nur die Mailbox erwischt! Ihr müsst sofort zu mir kommen, Blohfeld und du! Bitte! Verliert keine Zeit!«

»Wir sind schon unterwegs«, konnte Paul gerade noch sagen, bevor Katinka schon wieder aufgelegt hatte.

Tatsächlich war sie in heller Aufregung, als sie Paul und Blohfeld an der Tür begrüßte – allerdings schien es nicht nur Furcht zu sein, die sie bewegte. »Er hat angerufen. Stellt euch das mal vor: ruft bei mir an – und droht mir!«, platzte es aus ihr heraus. Die beiden Männer folgten ihr ins Wohnzimmer, wo sie unverzüglich nach einem kleinen Notizbuch griff und daraus vorlas: »›Abmachungen gelten nur, solange sie mir nützlich sind.‹ *Das* hat dieser eingebildete Schnösel mir am Telefon gesagt! Der ist sich nicht zu schade, mich reinzulegen und es mir dann auch noch frei heraus zu sagen.«

Paul war mal wieder hin- und hergerissen in seiner leider häufig wechselnden Meinung über Katinka. Aber wenigstens war sie endlich aufgewacht. Ihre Wangen brannten, so sehr brachte sie Schillingers Dreistigkeit in Rage. Aufgebracht umrundete sie den Esstisch in dem winzigen Zimmer, das mit Paul und Blohfeld deutlich überbelegt wirkte. »Hätte nur noch gefehlt, dass er sich von seiner Sekretärin hochoffiziell durchstellen lässt. Er klang dermaßen förmlich und unaufgeregt, als würden wir ein ganz gewöhnliches geschäftliches Telefonat führen. Nicht einmal die Andeutung davon, dass hier etwas nicht im Rahmen der Normalität wäre!«

»Haben Sie sich noch mehr Notizen gemacht?« Blohfeld klang ungewohnt besorgt.

»Selbstverständlich«, tat Katinka die Frage mit einer wegwerfenden Handbewegung ab. Sie war ein Profi, das müsste der Reporter doch eigentlich wissen, dachte Paul. »Die genaue Uhrzeit seines Anrufs und fast den kompletten Wortlaut. Obwohl ...«, die Röte in ihrem Gesicht wich einem Anflug von Blässe, »... obwohl mir zugegebenermaßen angst und bange war.«

»Beschwer dich nicht«, warf Paul nicht ohne Verbitterung ein. »Immerhin konntest du zwischenzeitlich ja ganz gut leben mit den Wertvorstellungen des Herrn Schillinger.«

»Zwischenzeitlich. Du sagst es. Aber auch das nur im Interesse – «

»Ja ja, im Interesse von Recht und Gesetz.« Paul war noch immer sauer – oder vielmehr war er es wieder, jetzt, wo er sich überzeugt hatte, dass es Katinka gut ging. »Eine schöne Moral ist das.«

Katinka schob ihren Stuhl zurück – mit solcher Wucht, dass er umfiel. Blohfeld hob beschwichtigend die Hände, aber sie ließ sich nicht aufhalten. »Jetzt hör mir mal zu!« Sie baute sich vor Paul auf. »Ich habe meinen Job gemacht, nichts weiter. Wenn du nicht zwischen Beruf und Privatleben unterscheiden kannst, dann ...«

»Halt! Bitte nicht schon wieder zanken. Sie beide sind ja schlimmer als ein altes Ehepaar!«, mischte sich Blohfeld erneut ein. »Lassen Sie uns die Geschichte zu Ende hören und dann überlegen, was wir tun wollen. Eine Anklage – wenn Sie denn ernsthaft eine erwägen – muss wohlbegründet sein. Uns bleibt nicht viel Zeit.«

»Also gut«, ging Katinka auf Blohfelds Einwand ein und zügelte ihr Temperament. »Wenn man sich jemanden denkt, dem es Spaß macht, seine Gegner gezielt auszuschalten – man würde etwas anderes erwarten. Schillingers Stimme klang kein bisschen höhnisch. Er war vollkommen sachlich, und trotzdem ... gerade in dieser Nüchternheit lag etwas Unmenschliches. Ich sage euch, dieser Mann hat kein Herz.«

»Er hat eines«, warf Paul leise ein. »Ein Herz aus Stahl.« Beim Zuhören hatte er wieder den selbstgefälligen, abschätzigen und kalten Gesichtsausdruck von Wolfram Schillinger vor Augen gehabt.

»Ich hatte natürlich eine irre Angst«, beschrieb Katinka die Minuten nach dem Telefonat und sah Blohfeld dabei mit einem Blick an, der besagte: Wehe, Sie schlachten meine Offenheit für eine Ihrer Boulevardstorys aus! Dann schilderte sie ihre Sorgen. »Ich musste ja davon ausgehen, dass jeden Augenblick seine Schläger hereinstürzen und mit mir sonst was machen würden. Deshalb habe ich euch hergebeten.«

Blohfeld klopfte ihr ungelenk auf die Schulter. »Großartig, dass Sie Ruhe bewahrt und alles säuberlich niedergeschrieben haben. Ist es Ihnen recht, wenn ich die Notizen zu einem späteren Zeitpunkt verwende?«

Katinka nickte beiläufig. »Möglicherweise dürfen Sie daraus zitieren, wenn die Zeit reif dafür ist.«

»Jedenfalls«, hob Paul an, »können wir Schillinger das nicht durchgehen lassen. Wer jetzt klein beigibt, macht es sich zu leicht. Wir müssen diesen Mann doch irgendwie zu fassen kriegen. Seine große Schwäche ist, dass er seinen Mund nicht zu halten weiß. Er ist ja dermaßen von sich überzeugt, dass er sich nicht beherrschen kann. Ich bin sicher: Seine Worte sind es, die ihn früher oder später verraten werden – selbst wenn er sonst keine Spuren hinterlässt.«

»Aber wir müssen auf der Hut sein«, warnte Blohfeld. »Menschen seines Schlages sind zu allem fähig.«

»Das ist wohl wahr«, gab Paul ihm recht. »Aber wir stehen ja nicht mit völlig leeren Händen da.«

»Stimmt. Denn nicht nur seine Worte verraten den Schuft. Der genetische Code wird ihm ein Bein stellen – entschuldigen Sie das schiefe Bild. Er ist eben doch nur zweitklassig, unser Wolfram«, amüsierte sich Blohfeld. »Seine eigenen Körperzellen werden davon künden, dass er nur ein Schillinger aus zweiter Linie ist.«

Katinka faltete bedächtig ihre Hände und sagte ebenso ruhig wie entschieden: »Ihr beide habt recht. Ich werde mir Schillingers Einschüchterungsversuche nicht gefallen lassen. Ich werde ihm die Stirn bieten. Schon um meiner eigenen Ehre willen.« Sie sah zunächst Blohfeld, dann Paul eindringlich an. »Allerdings: Ich werde die üblichen Wege des staatsanwaltschaftlichen Handelns verlassen und ...«, sie grinste hinterlistig, »... es mal so richtig krachen lassen.«

»Krachen lassen?« Paul war einigermaßen überrascht.

»Ja«, sagte Katinka und schien nun wieder ganz im Reinen mit sich selbst zu sein. »Wir werden das Gerücht ausstreuen, dass eine zivilrechtliche Klage wegen der Erbschwindelei geplant ist, denn Anstiftung zum Mord werden wir ihm nicht so bald nachweisen können. Dafür verändern wir aber den üblichen Rahmen ein wenig und veranstalten einen schönen großen Medienrummel. Das schafft mächtig öffentlichen Druck – und dem kann sich selbst ein Wolfram Schillinger nicht entziehen.« Mit besonderer Betonung fügte sie hinzu: »Wir können Schillinger wahrscheinlich auf absehbare Zeit nicht in Haft nehmen lassen, aber wir können kräftig an seinem Renommee kratzen.«

»Klingt ja ganz nett«, meinte Blohfeld, der Medienprofi, anerkennend. »Aber wie genau soll die Sache laufen? Sie werden so etwas ja wohl kaum in Ihrer offiziellen Funktion als Leitende Oberstaatsanwältin durchziehen können – das lässt sich doch nicht mit Ihrem Amt vereinbaren.«

»Das haben Sie gut erkannt«, versetzte Katinka schelmisch. »Aber wozu haben wir die vierte Macht im Staat – die Presse? Sie, mein werter Blohfeld, werden diesen Coup für mich in die Wege leiten.«

»Ich?« Der Reporter war sichtlich verwundert. Ein seltener Anblick, dachte Paul.

»Ich stelle mir das folgendermaßen vor«, führte Katinka mit wachsender Euphorie aus. »Zunächst einmal müssen wir Kleinschmidt dazu bringen, dass er ganz offiziell eine Klage gegen Wolfram Schillinger einreicht und auf sein Recht als Erbe pocht. Diese Nachricht an sich ist ja bereits eine Bombe, wenn die Presse davon Wind bekommt – und das wird sie. Doch dabei belassen wir es nicht. Wir werden ein Zeichen setzen, und die Botschaft muss sein: Es hat sich eine breite, solidarische Front gegen Schillinger gebildet. Niemand toleriert mehr sein halbkriminelles, steinzeitkapitalistisches Geschäftsgebaren. Wenn wir ihn damit nicht aus der Reserve locken, würde mich das sehr wundern!« Sie räusperte sich und sagte dann mit tückischer Sanftheit in der Stimme: »Mir sind natürlich die Hände gebunden, denn bei einer Zivilklage tritt die Staatsanwaltschaft nicht in Erscheinung. Aber Ihre Zeitung, Herr Blohfeld, die ja von Anfang an am Ball war, kann die Werbetrommel für die eigentliche Story rühren. Sie veranstalten doch alle naslang Ihre Medienstammtische: mal mit Politikern, mal mit Wirtschaftsvertretern, hin und wieder mit Juristen, und immer sind auch Journalisten anderer Medien eingeladen.« Blohfeld nickte sehr verhalten und begann wohl zu ahnen, worauf Katinka hinaus wollte. »Diesmal, mein lieber Blohfeld, werden Sie den Juristenstammtisch ein wenig aufblähen. Sie lassen wie üblich Ihre Mitbewerber dazukommen und betten das Ganze in einen gesellschaftlichen Empfang ein. Die Sache muss ganz groß rauskommen.«

»Unsere Stammtische finden normalerweise in einem Volksfestzelt oder einem Bratwurstlokal statt«, wandte Blohfeld ein. »Ich glaube kaum, dass das der passende Rahmen wäre für …«

»Nein, nein!« Katinka wedelte mit ihrem Zeigefinger vor der Nase des Reporters. »Kein Zelt und erst recht keine Kneipe. Wir brauchen etwas Spektakuläres.«

»Aber Frau Blohm!«, protestierte Blohfeld. »So etwas kostet eine Menge Geld und bedeutet einen enormen Organisationsaufwand. Was hätte ich denn davon, wenn ich mitspiele?«

»Fragen Sie lieber, was Sie nicht hätten – eine Anklage wegen Störung der Totenruhe zum Beispiel.«

»Schon gut, schon gut«, gab Blohfeld klein bei. Allmählich erholte er sich von seinem Schrecken und fragte: »Wie soll dieser gesellschaftliche Empfang denn aussehen?«

»Mir schwebt eine Art Gala vor«, sagte Katinka noch immer voller Elan.

»Gala? Übertreibst du jetzt nicht etwas?«, warf Paul ein.

»Im Gegenteil! Man kann gar nicht genug übertreiben, wenn man sich mit einem Mann vom Format Wolfram Schillingers anlegen will. Mit herkömmlichen Methoden kommt man da nämlich nicht weiter.«

»Ein Lob der späten Einsicht«, spöttelte Blohfeld und verlangte mehr Details: »Wie soll die Show ablaufen? Haben Sie konkrete Pläne?«

Die hatte Katinka. »Wir fahren für Ihren Pressestammtisch alles auf, was Rang und Namen hat. Vom Oberlandesgerichtspräsidenten bis zum Polizeichef, oder wenigstens einen der beiden. Und dann, wie gesagt, muss natürlich die Location stimmen. Ich denke an eine Villa oder besser noch ein kleines Schlösschen.«

»Schlösschen?« Die ganze Aufregung war zu viel für sie, ging es Paul durch den Sinn.

Blohfeld dagegen schien allmählich Gefallen an der unkonventionellen Idee zu finden. »Unserem Chefredakteur waren die bisherigen Stammtische ohnehin immer zu bieder. Warum also nicht? Das Pellerschloss in Fischbach könnte einen guten Rahmen bieten«, brachte er sich ein. »Das kann man mieten. Ist sogar einigermaßen erschwinglich, so dass die Verlagskasse nicht unnötig belastet wird.«

»Gut«, lobte ihn Katinka. »Dann machen wir es so.« Ihr zufriedenes Lächeln wich einem sorgenvollen Blick, als sie fortfuhr: »Voraussetzung für einen Erfolg ist natürlich, dass Kleinschmidt mitspielt. Sie müssen ihn zurück ins Boot holen und ihn davon überzeugen, dass er Ihren Kollegen für Interviews zur Verfügung steht. Er ist letztendlich der Mann, der die Presse und damit die Öffentlichkeit interessiert – und wir brauchen ihn zwingend für das Klageverfahren.«

Blohfeld sagte zu, die Überzeugungsarbeit zu übernehmen. Auch die Liste der wichtigsten Pressevertreter wollte er zusammenstellen. Selbstverständlich nicht, ohne für sich selbst einen besonderen Bonus herauszuhandeln: einen kleinen Vorsprung beim Abdruck der Nachricht über das bevorstehende Verfahren oder zumindest ein paar exklusive Zusatzinformationen ...

Paul hörte ihm nicht länger zu. Auch er erfreute sich nun mehr und mehr an dem Gedanken, den Fall bald ehrenvoll beenden zu können. Ein gewaltiger Skandal bahnte sich seinen Weg an die Öffentlichkeit. Ihn erwarteten noch einige aufregende Tage.

33

Sie hatten noch ein wenig Zeit. Paul hatte ein starkes Bedürfnis verspürt, die verbleibenden Momente gemeinsam mit Katinka zu verbringen, und sich mit ihr verabredet. Doch seine Wahl des Treffpunktes kam nicht an:

»Warum ausgerechnet das Verkehrsmuseum?« Katinkas Stirnrunzeln sprach Bände. Dennoch ließ sie sich von Paul die durchgetretenen Stufen zum grauen Portal hinaufgeleiten.

»Weil ich mit dir reden möchte. In Ruhe.«

»Ich könnte mir romantischere Orte vorstellen.« Skeptisch schaute sie sich in der Vorhalle um. »Für die technisierte Welt konnte ich mich noch nie begeistern.«

Da war er entschieden anderer Meinung. Dieses ungewöhnliche Haus hatte ihn seit jeher fasziniert. Sicher, das Gebäude an sich war ein Klotz – zwar mit architektonisch anspruchsvollen Ansätzen, reizvollen Elementen der Gründerzeit und des Jugendstils, aber insgesamt doch bloß ein Zweckbau, groß und verschachtelt. Doch das Innenleben! Paul war begeistert von der einmaligen Sammlung von Lokomotiven und Waggons, Simulatoren und Modellen, von den liebevoll inszenierten Sonderausstellungen und vielen zeitgeschichtlichen Exponaten. Schienenfahrzeuge aller Generationen waren hier vereint, eingebettet in die imposanten Kulissen altehrwürdiger Bahnhofshallen und schöner Landschaften. Paul hatte bei seinem letzten Besuch im DB Museum eine volle Stunde vor dem Privatzug König Ludwigs, des bayerischen Märchenkönigs, gestanden und gestaunt: ein handgefertigtes Waggon-Ensemble in monarchischem Blau mit vergoldeten Ornamenten und königlich purpurrotem Interieur. Sogar das mitgeführte WC war in Marmor gehalten und mit Samt überzogen. Gleich daneben der Salonwagen Bismarcks – mit einem im Boden versenkten geheimen Spirituosenfach. Paul lächelte versonnen.

»Okay, es war wohl ein Fehler, hierher zu kommen«, räumte er dennoch ein. »Ich dachte nur, wir könnten vor dem großen Presseauflauf ein wenig Abgeschiedenheit brauchen.«

»Meinetwegen.« Katinka schaute sich nach einer Sitzgelegenheit um, fand aber keine. »Wir haben ohnehin nicht viel Zeit. Das Museum schließt sicher bald, und wir müssen pünktlich im Pellerschloss sein.«

Paul hatte das deutliche Gefühl, dass Katinka auch an einem anderen Ort nicht zugänglicher gewesen wäre. Sie war einfach viel zu angespannt. Also versuchte er sie abzulenken und führte sie in eine der Fahrzeughallen. Vielleicht, so seine Hoffnung, würde der Funken ja doch noch überspringen. Fünfundzwanzig historische Eisenbahnfahrzeuge waren zu bewundern. Paul wies Katinka auf die älteste erhaltene Dampflok Deutschlands, die Nordgau, hin. Sie musterte die imposante Triebachse, blieb aber unbeeindruckt. Paul dirigierte sie weiter zur preußischen Dampflok T18 von 1924, von der er wusste, dass sich der Antrieb per Knopfdruck in Bewegung setzen ließ. Aber das zeigte auf seine Begleiterin ebenso wenig Wirkung wie die Besichtigung eines modernen ICE 3-Triebkopfs.

Erst als sie das Glanzstück der Ausstellung erreichten, schien Katinka aufzutauen. Sie betrachtete den Nachbau des Adlers sehr genau, während sie zu reden begann. »Mit diesem Zug hat also alles angefangen«, sagte sie und setzte sich über das *Berühren verboten!*-Schild hinweg: Geistesabwesend strich sie mit der Hand über das schwarz lackierte Blech der Radverkleidung.

»Ja«, bestätigte Paul, »der Adler löste beim alten Schillinger eine Art Initialzündung aus. Er schuf die Grundlage dafür, ein weltumspannendes Unternehmen aufzubauen.«

»Schillinger, der Gründervater ... er hat unbestreitbar ein Imperium geschaffen, das Nürnberg vorangebracht und für viele tausend Arbeitsplätze gesorgt hat.« Nach einer kleinen Pause fuhr Katinka fort, ohne den Blick vom Adler zu nehmen: »Aber erklärt mir diese kleine, feine Eisenbahn auch, wie es später zu diesen kriminellen Auswüchsen kommen konnte? Wann haben die Schillingers ihr Unrechtsbewusstsein verloren? Sie müssen die Überzeugung gewonnen haben, dass für sie andere Regeln gelten als für all die anderen da draußen.«

»Worauf willst du hinaus?«, fragte Paul.

»Ethik ohne Kontrolle ist nichts wert, und das gilt ganz besonders für die Großindustrie«, sagte Katinka entschieden. »Andererseits – Moral ist wohl nicht gerade das, worum es in der modernen Marktwirtschaft geht.«

»Du sprichst von Schillinger und der Entfesselung der Gier«, stellte Paul fest.

Katinka hatte inzwischen die Kopfseite des Adlers erreicht und lehnte sich an den blankpolierten Puffer. »Die Entfesselung der Gier?«, fragte sie befremdet. »Die ist doch inzwischen ein gesellschaftlicher Trend. Nein, Paul, ich spreche von einem ganz speziellen Auswuchs der Gier, nämlich dem, der die Gewinnsucht über Recht und Gesetz stellt. Ich spreche von gefährlichen Leuten, denen zum Gelderwerb jedes Mittel taugt, als wäre er der einzige Zweck des Lebens ...«

»... und die sich damit über das Leben anderer stellen«, führte Paul den Gedanken zu Ende.

Katinka nickte. »Aus Habgier entstehen die meisten Verbrechen.«

»Die verheerendste aller Menschenseuchen«, griff Paul ihre Gedanken auf. »Die Wurzel allen Übels.«

Abermals nickte Katinka. Dann stieß sie sich von der Front des Adlers ab und erklärte: »Aber wir vertrödeln unsere Zeit, wenn wir nur herumstehen und philosophieren. Was haben wir hier noch verloren, Paul?«

Paul musste einsehen, dass sein Versuch gescheitert war, Katinka vom besonderen Charme des DB Museums zu überzeugen. Sie wollte gehen, und er konnte sie nicht aufhalten. Doch zumindest wollte er im Einvernehmen mit ihr sein. »Wenn wir den heutigen Abend hinter uns haben«, sagte er und hielt Katinka sanft am Arm fest, »dann geht es bei uns nur noch um uns beide.«

Katinka wirkte gerührt. »Das wäre schön«, sagte sie. »Es würde uns gut tun, wenn wir uns eine Weile mal nur miteinander befassen dürften.«

»Das können wir!«, meinte Paul zuversichtlich. »Das ist alles nur eine Frage der Prioritäten.«

»Ja«, lachte Katinka und wirkte zum ersten Mal an diesem Tag ungezwungen, »darin sind wir uns einig. Es ist längst überfällig, dass unsere Beziehung Priorität bekommt.«

»Beziehung? Unsere? Das klingt richtig gut!«, freute sich Paul.

»Aber erst einmal hat die Kleinschmidt-Affäre oberste Priorität«, entschied Katinka und ging mit energischen Schritten zum Ausgang.

Sie streifte ihren Trenchcoat ab und legte ihn auf den Rücksitz des Minis. Darunter trug sie ein enges schwarzes Kostüm. Eine hell schimmernde Perlenkette bildete einen reizvollen Kontrast. »Wenn du dazu beitragen willst, dass das Finale reibungslos abläuft, halt dich für den Rest des Abends ausnahmsweise mal zurück.«

Paul nickte, als er einstieg. Er musterte sie: Ihre Gesichtszüge waren nun wieder angespannt. Sooft sie aufs Gaspedal trat, zuckten rings um ihre Augen feine Sehnen.

34

Der Mini rollte auf dem Hof des Pellerschlosses im Stadtteil Fischbach aus. Weißer Kies bedeckte den Parkplatz. Das herrschaftliche Gebäude verbreitete eine einladende Helligkeit, denn durch die Fenster des mondänen Landsitzes fiel das Licht mehrerer Kronleuchter.

»Ihr seid nicht gerade zu spät, aber pünktlich wie die Maurer ebenso wenig.«

»Hey, Blohfeld!« Paul freute sich diesmal aufrichtig, den Reporter zu sehen. »Donnerwetter! Sie tragen Smoking?«

»Sonst nur beim Opernball.« Blohfeld, der in der ungewohnten Garderobe eine gute Figur machte, beugte sich galant auf Katinkas Hand hinab. »Hatten Sie einen angenehmen Tag, gnä' Frau?«

Sie ließ sich die Hand küssen und antwortete etwas spöttisch: »Na ja. Wir waren im Verkehrsmuseum.« Dabei grinste sie Paul an, aber nicht hämisch, im Gegenteil: Ihr Lächeln war voller Herzlichkeit. Eine warme Flut durchströmte ihn.

In der Luft, die ihnen entgegenwehte, lagen teures Parfüm, der Duft von Kerzenwachs und ein dezenter Hauch von Tabak. Aufmerksam betrachtete Paul die Ansammlung elegant gekleideter Leute um sich herum. Ein Kellner reichte ihm im Vorbeigehen einen Champagnerkelch. Das Schlösschen, dessen Erbauer es verstanden hatte, herrschaftlichen Prunk in grazile Eleganz zu hüllen, strahlte eine erhebende Würde aus. Die Sandsteinmauern kündeten von Stabilität, die Holzdecke steuerte die rustikale Note bei, und gleichzeitig wirkten der Festsaal ebenso wie die angeschlossenen Flure und Nebenräume angenehm offen und freundlich.

»So, mein Freund.« Blohfeld legte Paul kumpelhaft den Arm um die Schulter. »Jetzt werden wir uns ein bisschen amüsieren, ja?« Er zwinkerte Katinka zu. Diese verschwand mit einem siegessicheren Lächeln. »Stoßen wir an – auf die Genetik!«

Dem konnte sich Paul kaum entziehen. Er ließ sein Glas an das seines Bekannten klirren. »Solange Sie mir versprechen, keine wohlwollenden Artikel über das Klonen von Menschen zu schreiben, Prost!«

»Pah! Wenn die Leute so etwas lesen wollen, werde ich es auch schreiben. Sie wissen doch, ich bin eine Wort-Hure.« Blohfeld zog ihn einen Schritt beiseite, um einem älteren Paar Platz zu machen. Herr und Dame aus bestem Hause, wie zumindest ihre Kleidung suggerierte.

Da Blohfeld aber, kaum dass er sich unbeobachtet fühlte, mit verräterisch grimmigem Gesichtsausdruck die Lage sondierte, erkundigte sich Paul: »Wollen Sie unseren Erfolg feiern, indem Sie nun doch wieder den Miesepeter spielen, Blohfeld? Wir stehen kurz davor, der ganzen Welt Kleinschmidts Abstammung zu beweisen.« Er nippte am Champagner.

»Der Zweifel ist die Grundlage meines Geschäfts. Ich bleibe bis zuletzt argwöhnisch und dem Verbrechen auf der Spur. Dem Skrupellosen, Barbarischen.«

»Meine Güte, sind Sie heute schwülstig.« Paul gewann den Eindruck, dass sein Begleiter – Smoking hin oder her – nicht besonders gut in die feine Gesellschaft passte. Blohfeld sprach einfach zu laut, zog in seiner wenig zurückhaltenden Art permanent missbilligende Blicke auf sich. Paul war das peinlich. Gleichzeitig kämpfte er gegen dieses Gefühl an. Ein guter Bekannter durfte einem nicht peinlich sein. Und Blohfeld *war* ein guter Bekannter – wahrscheinlich sogar längst mehr als das. Das hatte er inzwischen ja oft genug bewiesen. »Wer, bitte, soll barbarisch sein?«, nahm Paul also den Faden wieder auf.

»Die Schillingers. Sie haben von jeher ihre Ziele rigoros auf Kosten anderer verfolgt. Sie haben rücksichts- und gewissenlos gehandelt. Und ...«, Blohfeld hob den Champagnerkelch an, »... die Schlägertrupps der Schillingers ebenfalls. Genauso kaltherzig und gnadenlos wie ihre Oberen.« Er leerte sein Glas in einem Zug.

»Daran nippt man und stürzt es nicht hinunter«, belehrte ihn Paul.

»Ja ja, Sie nippen auch immer nur überall und kommen nie richtig zum Zug«, gab Blohfeld schnippisch zurück. Er lachte. »Ist es nicht putzig? Unsereins quält sich mit Fragen nach Moral und Anstand. Vor einem Vierteljahrhundert wurde ein junges Mädchens kaltblütig ermordet, und der Schillinger-Apparat von heute zeigt uns einmal mehr, dass es auf Weltbilder überhaupt nicht ankommt. Auf die höheren Werte kann getrost gesch... werden.«

»Blohfeld!«

»Wenn es doch so ist! Die Ethik spielt keine Rolle, wenn es um materielle Interessen geht, genauso wenig wie irgendeine Ideologie. Die einzige Realität ist und bleibt die Macht. Ob du Sozialist bist oder Kapitalist, links stehst oder rechts, ob du rot bist oder schwarz – machtbesessene Menschen verhalten sich alle gleich. Das ist regimeübergreifend.«

»Sagen Sie mal ...« Paul schaute den Reporter prüfend an. »Das wievielte Glas haben Sie eigentlich intus?«

Blohfelds Kinnlade klappte herunter. Dann fing er sich. »Ich glaube, ich höre nicht richtig!« Er schnappte andeutungsweise nach Pauls Hemdkragen, ließ aber sofort von ihm ab, als er sah, dass sich Katinka einen Weg durch die Menge bahnte.

Sie schob sich zwischen die beiden und sagte sachlich: »Ihr sollt euch nicht zurückziehen und schmutzige Witze erzählen. Mischt euch lieber unters Volk. Wir wollen unseren Erfolg schließlich gut verkaufen. Ich darf hier ja nur inoffiziell auftreten.«

Paul behagte das ganz und gar nicht. »Wie kann man etwas verkaufen, das man noch gar nicht hat?«

Katinka blieb eine Antwort schuldig. Stattdessen streifte sie seine Hand und fragte leise: »Kommst du klar?«

Was für eine alberne Floskel in einer solchen Situation! Verärgert zog er die Hand zurück. »Wo ist Blohfeld geblieben?«, fragte er ruppig, denn er hatte den Reporter plötzlich aus den Augen verloren.

»Frag lieber: Wo ist Kleinschmidt? Immerhin ist er für die Presse sozusagen der Kronzeuge. Und ohne ihn können wir den Prozess vergessen«, meinte Katinka.

Blohfeld war schnell wieder gefunden. Paul entdeckte ihn in der Nähe des Buffets, vertieft in ein Gespräch mit einer strohblonden jungen Frau und ihren zwei Begleitern. Aus dem legeren Äußeren der Männer schloss Paul, dass es sich um andere Journalisten handelte, vielleicht vom Fernsehen. Das war sehr gut, dachte er, denn der Abend war ja den Medien gewidmet. Er sollte die Ungeheuerlichkeit eines über Jahrzehnte geheimgehaltenen und erfolgreich vertuschten Erbschwindels ins Licht der Öffentlichkeit rücken.

Als die junge Frau sie bemerkte, unterbrach sie prompt ihr Gespräch mit Blohfeld und kam auf sie zu. »Frau Blohm?«, sprach sie Katinka an. »Wir haben noch einen Folgetermin und stehen daher etwas unter Zeitdruck. Können wir heute noch mit einigen Statements zur Kleinschmidt-Klage rechnen?«

Katinka lächelte die Journalistin höflich an. »Das kann ich Ihnen nicht sagen, denn auch ich bin nur Gast auf dieser

Veranstaltung. Aber dies ist ein gesellschaftlicher Empfang, da dürfen Sie kaum mit offiziellen Aussagen rechnen. – Bitte bedienen Sie sich doch am Buffet, während wir warten.«

Die Journalistin verzog den Mund. »Bekomme ich wenigstens schon mal ein bisschen Background? Dann kann ich mein Kamerateam entsprechend instruieren.«

Katinka war anzumerken, dass ihr das schon lieber war. Dennoch blieb sie sehr zurückhaltend, als sie ausführte: »Es geht um ein ziviles Klageverfahren. Ich bin da völlig außen vor. Sie bekommen von mir also nur ein paar nicht zitierfähige Hintergrundinformationen«, gab sie sich ziemlich gestelzt. »Wolfram Schillinger konnte den Konzern im Jahr 1979 nur deshalb übernehmen, weil sein Onkel, der bisherige Konzernchef Magnus Schillinger, offiziell keine leiblichen Nachkommen hinterließ. Der Neffe sprang quasi nur ein. Es ist anzunehmen, dass Wolfram Schillinger zu diesem Zeitpunkt bereits über die Existenz eines illegitimen Nachfolgers aus erster Linie Bescheid wusste, der jederzeit seinen Anspruch auf das Erbe hätte geltend machen können. Sein Name ist Konrad Kleinschmidt.«

»Ist ja die reinste Soap-Opera«, hörte Paul den saloppen Kommentar der blonden Journalistin.

»Ja, und es kommt noch dicker«, übernahm Blohfeld den heikleren Teil. Katinka trat einige Schritte zurück, als er weitersprach: »Wolfram Schillinger sah seinen Führungsanspruch in Gefahr und schaltete seinen potenziellen Gegner durch eine kühne Aktion aus. Er initiierte einen Mord, der mit Erfolg dem völlig unschuldigen Konrad Kleinschmidt angehängt wurde. Im Gefängnis, so war offenbar die Überlegung, konnte Kleinschmidt kaum Nachforschungen über seine Herkunft anstellen und Wolfram Schillinger nicht mehr gefährlich werden. Als Kleinschmidts Entlassung aus der Haft anstand, änderte sich die Lage. Aber Kleinschmidt blieb ruhig – Schillinger durfte also davon ausgehen, dass sein schweigender Widersacher noch immer nicht um seine

Herkunft wusste. Sicherheitshalber ließ Schillinger aber nach möglicherweise belastendem Fotomaterial suchen, das er in einem Versteck im Eisenbahndepot, nämlich im Adler, wähnte. Genau dabei wurde vermutlich der verheerende Großbrand von 2005 ausgelöst. Vor knapp zwei Monaten, als Kleinschmidt aufgrund der neuen Tatfotos den alten Mordprozess wieder aufrollen wollte, wurde er erneut zur Bedrohung für Schillinger. So jedenfalls ist unsere Vermutung.« Die Journalistin hing an Blohfelds Lippen. Doch Paul wusste, und er war stolz darauf: Dies war nicht nur Blohfelds und Katinkas große Stunde.

»Keine Ahnung, wo dieser Kleinschmidt steckt«, murrte Blohfeld schließlich, nachdem die Fernsehredakteurin mit ausreichend Informationen versorgt und außer Hörweite war. »Ist mir auch langsam schnuppe. Ich werde meine Story notfalls auch ohne sein Zutun für den Druck freigeben.« Er schnaubte verärgert. »Wir haben schon so viel investiert, da werden wir jetzt ganz bestimmt keinen Rückzieher mehr machen.«

Paul sah Katinka betreten an. Zögerlich hob er sein Glas. »Na dann – prost.«

Sie versuchte ein nicht besonders überzeugendes Lächeln. »Auf unser Wohl.«

Er trat näher an sie heran. »Nun mal ganz unter uns. Wir haben in Kürze den finalen Gentest, wir haben die Gesprächsnotizen von Schillingers Anruf bei dir. Wir haben mich als Belastungszeugen. Aber reicht das aus? Wolfram Schillinger ist mit allen Wassern gewaschen und ungemein einflussreich ...«

Ihr Blick war geradezu mitleidig: »Für den Zivilprozess wird es ausreichen. Und wenn dir das nicht genug ist: Wir konnten inzwischen sogar mehr über Kleinschmidts angebliches Mordopfer in Erfahrung bringen.«

Paul horchte auf. »Davon weiß ich ja noch gar nichts.«

Katinka hob die Hand. »Reg dich bitte nicht auf, Paul. Du hättest das alles früh genug erfahren.«

»Aber du kannst mir nicht solche wichtigen Details vorenthalten«, protestierte er.

»Ich habe, glaube ich, oft genug betont, dass dies mein Fall ist.« Ehe Paul aufbegehren konnte, setzte sie fort: »Ich hatte selbst nicht mehr zu hoffen gewagt, dass wir noch Genaueres über das Schicksal dieser armen Frau herauskriegen würden. Schließlich ist nicht nur Lisa Grötsch tot, auch ihre Angehörigen sind seit geraumer Zeit unter der Erde. Aber inzwischen«, sie deutete mit einer Kopfbewegung in Richtung des ebenfalls anwesenden Präsidiumssprechers, »kommen wir ungleich schneller voran.«

Jetzt war Paul also plötzlich wieder nur der lästige Begleiter, aufs Neue kaltgestellt. Doch er wollte seine Enttäuschung nicht zeigen und riss sich zusammen. »Was war sie für eine Frau?«

Auf Katinkas Wangen bildeten sich zwei winzige Grübchen. »Im Grunde ein ganz normales junges Mädchen. Sie stammte aus bescheidenen Verhältnissen und verdiente sich gern mal ein paar Mark dazu. Paul, das Ganze war noch viel gerissener und abgefeimter eingefädelt worden, als wir uns das hätten träumen lassen! Das Opfer steckte zur Tatzeit selbst in finanziellen Schwierigkeiten. Das machten sich Schillingers Helfershelfer offenbar zunutze, denn sie suchten ein Mädchen, das Kleinschmidt kannte und das sie mit Geld ködern konnten. Tja, und sie wurden schließlich fündig.« Sie schob sich ein Hackfleischbällchen in den Mund. »Sie baten sie zunächst, gegen Bezahlung ein paar kleine Jobs zu erledigen. Harmlose Handlangerdienste. Damit erschlichen sie sich ihr Vertrauen – und bekamen Zutritt zu ihrer Wohnung. Dann zeigten sie ihr wahres Gesicht und begingen ihr kaltblütiges Verbrechen. Sie erschlugen die Frau und deponierten anschließend die bereits mitgebrachten Beweise.«

»Das hättest du mir alles schon vorhin im Museum erzählen können«, warf ihr Paul vor.

Katinka verdrehte die Augen. »Es ist ja bisher nur ein hypothetischer Tathergang. Beschwer dich nicht schon wieder. Hilf mir lieber, Kleinschmidt zu finden. Ich möchte nicht, dass wir uns heute Abend doch noch blamieren.«

Die Kellner waren im Nu befragt. Nein, einen älteren Herrn, auf den Katinkas Beschreibung zutraf, hatte niemand gesehen. Es war 20 Uhr durch, die Ansprache des Redaktionsleiters konnte nicht länger aufgeschoben werden. Katinka wurde unruhig, und auch Paul war es mulmig zumute.

»Haben Sie Herrn Kleinschmidt gefunden?«, erkundigte sich Katinka bei Blohfeld, als sie nach einer Runde durch den Saal und die Nebenräume schließlich wieder auf ihn trafen.

»Nein, ich habe ihn immer noch nicht gesehen. Aber die Show sollte langsam mal losgehen, finde ich. Mein Chef wird schon ungeduldig.«

Katinka und Paul sahen ihn betreten an. »Verflixt! Er hatte Ihnen doch fest versprochen zu kommen, oder?«, fragte Katinka verunsichert.

»Stimmt. Aber es kann Ihnen jetzt doch eigentlich egal sein«, meinte Blohfeld. »Die Sache steht und fällt schon lange nicht mehr allein mit Kleinschmidt, die ist doch zum Selbstläufer geworden.«

»Schön wär's«, sagte Katinka bitter. »Sie wissen doch, kein Zivilverfahren ohne einen Kläger! Außerdem verlasse ich mich immer gern auf die menschliche Komponente und nicht ausschließlich auf Indizien.«

»Vielleicht ist ihm der ganze Rummel doch zuviel geworden, und er hat es sich in letzter Minute anders überlegt«, mutmaßte Paul. »Er war schon vorher ein Wackelkandidat.«

»Das kann ich mir nicht vorstellen«, widersprach Blohfeld. »Der Alte wollte doch sein halbes Leben lang, dass die Sache geklärt wird. Da wird er sich wohl kaum den Höhepunkt entgehen lassen. Wie dem auch sei, Hauptsache, der Vorhang geht bald auf!«

»Er wird schon auftauchen«, beruhigte sich Katinka selbst. Wieder ein wenig munterer versicherte sie: »Auf jeden Fall haben alle Beteiligten gute Arbeit geleistet. Die Beweisführung ist schlüssig. Ob Kleinschmidt nun heute pünktlich ist oder sich verspätet – die Dinge sind kaum noch aufzuhalten.« Sie hob ihr Glas.

Noch einmal anstoßen? Paul mochte nicht. »Wer«, fragte er, »wird den ganzen Aufwand eigentlich bezahlen?«

»Mein Chefredakteur ist zwar auf die Sache eingestiegen, aber das Budget ist begrenzt«, kommentierte Blohfeld, ohne deswegen besorgt zu wirken.

Paul überkam abermals ein flaues Gefühl. Er stellte sein Glas ab, murmelte etwas von »die Toiletten suchen« und verschwand. Dieser ganze Auftrieb erschien ihm zunehmend suspekt. Sicher, dies war ein bundesweit, wenn nicht sogar international aufsehenerregender Fall. Die Nürnberger Lokalpresse würde darüber genauso begierig herfallen wie die überregionalen Medien. Aber der pompöse Abend, dieses glanzvolle Fest, noch vor Beginn eines ordentlichen Verfahrens, befremdete ihn mit einem Mal zutiefst.

Paul hatte die Hoffnung schon fast aufgegeben, als er eine Treppe seitlich des Eingangs hinaufging. Dann fand er Kleinschmidt. Er kauerte auf einem Schemel neben der Damentoilette im ersten Stock. Sein Rücken war gekrümmt, der Blick zu Boden gesenkt. »Ich will mit den Menschen dort unten nichts zu schaffen haben«, sagte er, als ihn Paul mit einem neutralen »Guten Abend« gegrüßt hatte. Kleinschmidt schaute nur sehr langsam auf. »Lassen Sie mich doch bitte in Frieden.«

»Aber Sie selbst haben dem Empfang zugestimmt. Sie sind hier.« Paul ging neben ihm in die Hocke, versuchte, in Kleinschmidts Augen zu lesen. »Ja, Sie sollten den Abend genießen, Herr Kleinschmidt. Sie werden noch ganz andere Feste schmeißen. Rauschende Bälle. Sie werden binnen kürzester Zeit über ein großes Vermögen verfügen. Wenn das kein Grund zum Feiern ist!«

Kleinschmidt hob ruckartig die Hand. »Ein Fehler. Ein furchtbarer Fehler«, sagte er verzweifelt.

In der unbequemen Sitzhaltung begannen Pauls Beine zu kribbeln. Er stützte sich mit der Hand auf dem Boden ab. »Aber wieso? Das Recht ist auf Ihrer Seite. Sie sind der legitime Erbe des Schillinger-Imperiums. Sie werden an die Stelle von Wolfram Schillinger treten.«

Wieder bremste ihn Kleinschmidts Hand. »Ich werde nichts von alledem tun.«

»Bitte?« Paul mochte nicht glauben, was er hörte.

Kleinschmidts Augen wirkten müde. »Das habe ich nie gewollt.« Er fingerte in seiner Jackettasche, wohl auf der Suche nach Zigaretten. Schließlich gab er auf. »Ich bin nicht mehr der Jüngste. Es gibt andere Dinge, die mir wichtig sind.«

Paul betrachtete Kleinschmidts graue, faltige Haut, sein weißes Haar. »Aber Sie wollen sich ein solches Vermögen doch nicht durch die Lappen gehen lassen! Herr Kleinschmidt, ich bitte Sie! Sie haben Anspruch auf das Geld.«

In Kleinschmidts Miene stand eine nachsichtige Milde. »Ich habe mein Leben lang gut mit der Vorstellung leben können, dass Geld nicht die Welt bedeutet. Warum sollte mich ein Haufen Scheine auf meine alten Tage noch reizen? Das war es jedenfalls nicht, was ich wollte.«

»Manch anderer Rentner würde sich schon über einen weitaus kleineren Lotto-Gewinn freuen!«

»Ich spiele kein Lotto.«

Was ging in diesem Mann nur vor? Er war der Auslöser von allem gewesen, an ihm hing der ganze Fall Schillinger. Paul hatte keine Ahnung, wie er die sture Verweigerung seines Gegenübers brechen sollte. »Hören Sie, Herr Kleinschmidt. Hier im Schloss sind -zig Journalisten versammelt. Und Juristen. Und Freunde. Alle wollen nur Ihr Bestes.« Er fasste ihn aufmunternd am Arm. »Warum folgen Sie mir nicht einfach nach unten und feiern mit uns? Was ist so Schlimmes daran, wenn man plötzlich reich ist?«

Kleinschmidt schwieg. Eine Minute. Zwei Minuten. Schließlich erhob er sich. »Ich werde jetzt nach Hause gehen«, sagte er zu Pauls Bestürzung. »Ich weiß nicht, warum Sie sich so sehr in meine Angelegenheiten eingemischt haben. Sind Sie nicht eigentlich Fotograf? Hätten Sie da nicht andere Dinge zu tun?« Kleinschmidt bündelte seine Kräfte. »Ich wollte mit einem Wiederaufnahmeverfahren nur eines erreichen: nach all den schweren Jahren endlich diese drückende Last loswerden, diesen Vorwurf, ein gemeiner Mörder zu sein. Das war mein Anliegen. Nicht mehr und nicht weniger. Deswegen habe ich meinen Antrag ja auch zurückgezogen, sobald klar war, dass ich es damals nicht gewesen sein konnte. Aber dieser Reporter Blohfeld – ein ungehobelter Kerl übrigens! – bestand darauf, dass ich weitermache und diese Zivilklage anstrenge – gegen meinen Willen. Ich lasse mich aber zu nichts mehr zwingen. Darum werde ich die Klage fallen lassen. Ich stehe nicht länger zur Verfügung.« Er reichte Paul seine welke Hand.

»Aber ...«, Paul wusste nicht mehr, wie er kontern sollte. »Es geht um Hunderte von Millionen!«

Kleinschmidts Augen sagten deutlich, dass für ihn andere Werte eine Rolle spielten. »Richten Sie dieser sehr ambitionierten Staatsanwältin aus, dass ich große Stücke auf sie halte.« Er lächelte. Und als wäre es eine Nebensächlichkeit, sagte er: »Den Abend bezahle ich. Notfalls von meinen Ersparnissen.« Schon im Gehen fügte er hinzu: »Aber dann ist Schluss. Ich muss mir meine Rente schließlich gut einteilen. Wer weiß, am Ende kommen irgendwelche Pflegekosten auf mich zu ...«

Paul fehlten die Worte. Sollte tatsächlich alles umsonst gewesen sein? Ohne Kleinschmidts Unterstützung hätten sie keine Chance, erfolgreich gegen Wolfram Schillinger vorzugehen! Paul suchte verzweifelt nach Argumenten jenseits der Geldfrage, um Kleinschmidt vielleicht doch noch zurück ins Boot holen zu können, als er eine Hand auf seiner Schulter spürte. Paul fuhr herum und sah geradewegs in Blohfelds verkniffenes Gesicht. Der Polizeireporter signalisierte ihm wortlos, Kleinschmidt in Ruhe zu lassen, und zog ihn mit sich fort. »Ich habe alles mitgehört. Das ist ja eine schöne Pleite.« Paul sah sich noch einmal nach Kleinschmidt um, doch der war verschwunden und vermutlich schon auf dem Weg zum Ausgang. »Ich sehe meine Story ganz rapide den Bach runter gehen. Der Chefredakteur wird mir ordentlich Feuer unterm Hintern machen«, sagte der Reporter wenig freundlich. »Ich hätte mich von Ihnen nie so weit in die Sache hineinziehen lassen dürfen.«

»Was soll das denn heißen?«, fuhr Paul auf.

»Das hier ist doch alles nichts weiter als eine große Seifenblase. Kleinschmidt hat hineingepiekt – und nun wird sie platzen.«

»Ja, und?«, herrschte Paul ihn an. »Was können wir denn noch dagegen machen? Nichts!«

Der Reporter blickte ihn nachdenklich an. »Doch«, sagte er schließlich. »Eine allerletzte Möglichkeit sehe ich.«

»Und die wäre?«

»Folgendes: Wolfram Schillinger weiß zweifellos von der heutigen Presseveranstaltung. Er kann sich denken, dass wir ihn damit aus der Reserve locken wollen. Aber er ist schlau genug, sich nun wieder im Hintergrund zu halten. Das würde er auch bei einem Prozess gegen ihn tun und versuchen, seine Anwälte vorzuschicken.«

»Sicher«, bestätigte Paul. »Aber ich sehe nicht, was uns das bringt.«

Blohfeld grinste schief. »Schillinger wähnt sich in Sicherheit. Er wird den heutigen Abend in seiner Repräsentanz verbringen und in aller Ruhe abwarten, was auf ihn zukommt.«

»Ich weiß noch immer nicht, was wir davon haben sollen.«

»Es ist ganz einfach. Sie und ich schnappen uns jetzt unsere Mäntel, hüpfen in meinen Mercedes und fahren zum Business Tower.«

»Zum Business Tower?«, fragte Paul entgeistert. Was, um Himmels willen, hatten sie um diese Uhrzeit in Bayerns zweithöchstem Hochhaus zu suchen?

»Ach, das wissen Sie nicht?« Selbst in dieser Situation kokettierte Blohfeld noch gern mit seinen Kenntnissen. »Schillinger hat die oberen Etagen des Towers gemietet und zu einer exklusiven Büro- und Wohnlandschaft umbauen lassen. Dort hält er sich dem Vernehmen nach am liebsten auf. Wir werden da also gleich unangemeldet aufkreuzen und ihn überrumpeln.«

»Und wozu das?«, wollte Paul wissen.

»Haben Sie nicht selbst immer wieder bemerkt, wo Schillingers Schwachstelle liegt? Er kann vor lauter Selbstherrlichkeit seinen Mund nicht halten – und heute Abend hat er keine Anwälte, die seine Worte glattbügeln. Wir sind zwei gegen einen. Und das müssen wir ausnützen, bevor er Wind davon bekommt, dass Kleinschmidt uns abgesprungen ist!«

»Wenn Sie meinen ...«

»Ja, ich meine!«, sagte Blohfeld bestimmt.

»Aber was wird aus dem Presseempfang?«

»Keine Sorge! Hier sind genügend Profis vor Ort. Die bringen das auch ohne uns über die Bühne.«

Ohne sich von Katinka verabschiedet zu haben, stahlen sich die beiden aus dem Pellerschloss.

35

Blohfeld holte das Letzte aus seinem Mercedes heraus. Über die Regensburger Straße gelangten sie auf den Ben-Gurion-Ring. Ein leichter Nieselregen hatte eingesetzt, so dass sich die Lichtkegel der Autoscheinwerfer auf dem nassen Straßenbelag spiegelten. Wenig später wurde eine weitere, weitaus größere Spiegelung sichtbar: das Abbild des hell erleuchteten Business Towers.

Lange bevor sie in die Ostendstraße abbogen, konnte Paul den imposanten Turm betrachten, der aus der deutlich niedrigeren Bebauung der näheren Umgebung herausstach. Der rundverglaste Wolkenkratzer brachte es bei einer Höhe von einhundertfünfunddreißig Metern auf vierunddreißig Etagen. So viel wusste Paul von einigen Fotoreportagen über das monumentale Bauwerk. Ihm war auch bekannt, dass sechs Aufzüge zur Verfügung standen. Angeblich waren sie so schnell, dass sie es in weniger als einer Minute bis an die Spitze des Stahlbetongiganten schafften – Paul rechnete sich aus, dass das in etwa siebenhundertfünfzig Treppenstufen entsprach ...

Das Kopfrechnen lenkte ihn ab, denn ihm war nicht danach, über Sinn und Unsinn ihrer neuesten Unternehmung nachzudenken. Er hatte genug gegrübelt in letzter Zeit, und was hatte es ihm gebracht – außer ständigem Zoff mit Katinka? Nichts! Nichts und wieder nichts, denn immer war alles ganz anders gekommen, als er erwartet hatte. Daher beschloss er, diese letzte Etappe ganz unvoreingenommen anzugehen und auf das Quäntchen Glück zu bauen, das Blohfeld und er bei ihrem Vorhaben brauchen würden.

»Warum sind Sie so still?«, fragte Blohfeld, nachdem er seinen wuchtigen Wagen am Straßenrand abgestellt hatte. »Kommen Sie schon. Wir müssen das Überraschungsmoment nutzen.«

Welches Überraschungsmoment?, fragte sich Paul. Und vor allem: Unter welchem Vorwand würden sie sich überhaupt Einlass verschaffen?

Beide passierten den menschenleeren Innenhof, der von einem quadratisch angelegten, mehrstöckigen Bürotrakt umgeben war. Sie steuerten direkt auf den Eingangsbereich des Towers zu, der sich groß, hell und stolz gegen den Nachthimmel abzeichnete. Der elegante Zylinder des Hochhauses brach so radikal mit dem üblichen Understatement der Nürnberger Stadtplanung, dass der Gebäudekomplex Paul unwillkürlich an eine Art modernen Gegenpart zur seit Jahrhunderten dominierenden Kaiserburg denken ließ.

»Kommen Sie!«, forderte ihn Blohfeld auf, als sie die elegante Empfangshalle betraten. Eine sorgfältig geschminkte Frau an einem ausladenden Informationsschalter hörte sich ohne sichtbare Reaktion ihr Anliegen an und griff zum Telefon. Nach einem kurzen Gespräch wandte sie sich mit unveränderter Höflichkeit an die Besucher: »Bitte warten Sie einen Moment.« Sie deutete auf ein Ensemble schicker Designersessel. »Herr Schillinger wird Ihnen gleich zur Verfügung stehen.«

»Na bitte«, raunte Blohfeld Paul zu, als sie sich setzten. »Wer wagt, der gewinnt.«

Paul mochte den Optimismus des Reporters nicht teilen. »Noch sind wir nicht oben«, sagte er.

Das waren sie auch eine Viertelstunde später nicht. Blohfeld stand auf, ging noch einmal zu der untadeligen Empfangsdame hinüber und kam mit der Nachricht zurück: »Es wird wohl noch ein paar Minuten dauern.«

»Tja«, entgegnete Paul nur. Was konnte man schon tun, außer zu warten?

Zehn Minuten später startete Blohfeld einen neuen Versuch. Diesmal kehrte er skeptischer zurück. »Sie hat mich wieder vertröstet.« Er setzte sich nicht mehr hin, sondern forderte Paul auf: »Versuchen wir es anders. Folgen Sie mir und stellen Sie keine Fragen.«

»Keine Fragen?«

»Das war schon eine zuviel!«

Blohfeld steuerte zusammen mit Paul auf einen der Aufzüge zu. Die Rufe der Empfangsdame ignorierend, betraten sie die Kabine. Bevor die Türen sich schlossen, nahm Paul noch wahr, dass zwei schwarz gekleidete Sicherheitsbeamte auf sie zurannten. Doch sie kamen zu spät, der Fahrstuhl setzte sich bereits in Bewegung.

»Auf geht's!«, rief der Reporter. »Das ist unser ganz persönlicher Highway to Hell!«

»Na, Sie machen mir Mut«, sagte Paul gedämpft.

Vierzig Sekunden später bremste der Aufzug sanft ab. Die Türen glitten wieder auf und gewährten ihnen einen außergewöhnlichen Ausblick. Paul bestaunte die exquisite Einrichtung des Foyers von Schillinger Repräsentanz. Wände, Decke und Bodenbelag waren in gedeckten Tönen gehalten. Ein paar sorgfältig platzierte Designerstücke und wenige stilvolle Möbel verliehen dem Vorraum eine vornehme Eleganz. Am anderen Ende des Foyers befand sich eine breite Tür aus dunklem, rötlich schimmerndem Holz. Daneben sah Paul eine Klingel mit darüber postiertem Kameraauge und integrierter Gegensprechanlage. Er musste sich allerdings nicht den Kopf darüber zerbrechen, mit welchen Worten sie sich an der Sprechanlage melden sollten, denn schon wiederholte sich die Szene aus dem Erdgeschoss. Aus einer diskret verdeckten Tür traten zwei Männer und kamen auf sie zu. Beide waren groß und wirkten trotz ihrer steifen Anzüge sportlich und wendig.

»Sie wünschen?«, sprach sie einer der beiden an und verstellte ihnen den Weg. Der andere positionierte sich hinter ihnen.

Blohfeld gab Paul einen Wink, worauf dieser seine Kamera hoch hielt. »Presse«, sagte Blohfeld selbstsicher und zog seinen Presseausweis. »Sie haben sicher von der heutigen Pressekonferenz in Sachen Kleinschmidt-Schillinger gehört. Wir legen Wert auf sauberen Journalismus und würden gern die Gegenseite um eine Stellungnahme bitten.«

Die beiden Männer wechselten einen kurzen Blick, verzogen aber keine Miene. »Das ist nicht erwünscht«, sagte der Mann, der schon zuvor gesprochen hatte. »Herr Schillinger möchte nicht gestört werden. Sie können sich morgen Vormittag an unsere Pressestelle wenden, wenn Sie Auskünfte wünschen.«

»Bitte gehen Sie«, forderte sie nun auch der andere auf. »Sie befinden sich hier in privaten Räumen.«

Paul und Blohfeld hatten damit gerechnet, aufgehalten zu werden. Es war absehbar gewesen, dass man sie nicht ungehindert ins Allerheiligste des großen Schillingers hineinspazieren lassen würde. Dennoch waren sie nicht bereit, schon so bald den Rückzug anzutreten.

»Wir bieten Herrn Schillinger ein Forum, um noch vor dem Prozessauftakt seine eigene Position darzustellen«, blieb der Reporter beharrlich.

Die beiden Männer traten nun noch näher auf sie zu. »Bitte gehen Sie jetzt«, wiederholte der hinter ihnen stehende Mann seine Aufforderung.

Blohfeld gab Paul ein weiteres Zeichen, woraufhin er den Haltegurt seiner Kamera von der Schulter gleiten ließ. Die Kamera rutschte tiefer und glitt auf den Boden. Paul bückte sich langsam, um sie aufzuheben. Blohfeld nutzte die kurze Irritation ihrer Aufpasser, um mit wenigen schnellen Schritten die Mahagonitür am Ende des Foyers zu erreichen. Es gelang ihm jedoch nicht, die Klingel zu drücken, denn einer der Männer hatte ihn bereits eingeholt und mit einem energischen Griff ans Handgelenk gestoppt. »Autsch!«, stieß Blohfeld aus. »Sie werden mich augenblicklich loslassen, sonst …«

Der Reporter hielt mitten im Satz inne und schaute nach oben. Offenbar hatte er dasselbe dumpfe Klopfen vernommen, das auch Paul aufhorchen ließ. Das Wummern, das von einem deutlich vernehmbaren Vibrieren des Fußbodens begleitet wurde, steigerte sich in seiner Frequenz. Es wurde nicht nur schneller, sondern auch lauter und lauter. »Was ist das?«, fragte Paul und wunderte sich, dass der Wachmann Blohfelds Hand nun aus freien Stücken wieder losließ. Der Reporter ging mit fragenden Blicken auf eine breite Fensterfront seitlich des Korridors zu. Paul folgte ihm und ahnte bereits, was er gleich sehen würde.

Als sie durch die großflächigen Fensterscheiben blickten, sahen sie weit unter sich die Lichter der Stadt. Der Himmel darüber war tiefschwarz. Nur wenige Sterne waren durch den herbstlichen Dunst zu erkennen. Umso besser dafür die stroboskopartig blitzenden Positionslichter eines Hubschraubers, der in diesem Moment nur wenige Meter von ihnen entfernt eine enge Bahn um das Gebäude zog. Der starke Rotor des Helikopters dröhnte und ließ den Etagenboden zittern. Der Hubschrauber blieb für einige Momente auf ihrer Höhe stehen, drehte dann ab und entfernte sich sehr schnell.

»Haben Sie etwa auch nicht gewusst, dass das Gebäude über einen eigenen Landeplatz verfügt?«, fragte Blohfeld, nachdem er aus Pauls betretenem Gesichtsausdruck den richtigen Schluss gezogen hatte. »Ich fürchte, dass wir Herrn Schillinger nicht so bald wiedersehen werden.« Blohfeld klopfte Paul auf die Schulter. »Gehen wir, alter Junge. Man muss wissen, wann man verloren hat.«

Epilog

Der beste Trost wurde von Jan-Patrick serviert:

Kaninchenfilet im Speckmantel, Linsen an Kräutermousse und Rucola-Dattelsalat als Trost dafür, dass der Fall Kleinschmidt zwar theoretisch gelöst war, es aber in absehbarer Zeit nicht zu einem Prozess und erst recht nicht zu einer Verurteilung kommen würde. Denn Schillinger hatte sich bis auf Weiteres in seine südamerikanische Dependance zurückgezogen und überließ das offene Verfahren seinen Anwälten.

Entenbrustscheiben zu Kürbis-Gersten-Risotto als Trost dafür, dass sich Paul mit all seiner Kraft und Energie für Konrad Kleinschmidt eingesetzt hatte, der nichts mehr von der ganzen Geschichte wissen wollte.

Filets von Karpfen, Hecht und Zander mit Karotten-Ingwerhaube auf schwarzer Kümmelsoße als Trost dafür, dass das Prügelpärchen nach dem unbegreiflichen Eilentscheid eines Untersuchungsrichters außer Landes gebracht worden war. Beide absolvierten einen Resozialisierungskurs für junge Straftäter im offenen Strafvollzug – an Bord eines Segelschulschiffs auf Kurs in die Südsee.

Kalbsrücken mit Ochsenschwanzcreme auf Bamberger Rauchbiersoße an glaciertem Wintergemüse und Nuss-Frischkäse-Schinken als Trost dafür, dass der Beweisfilm vom Trempelmarkt beim Versuch, auch die restlichen Bilder zu entwickeln, durch eine Panne im Polizeilabor unwiederbringlich zerstört worden war.

Lebkucheneis mit Safrancreme auf Marillensoße mit in Frankenwein marinierten Beeren als Trost dafür, dass die alte Gertrud aus dem Kelheimer Altenheim einen Schlaganfall erlitten hatte und seitdem im Koma lag und dass sich der verschrobene Informant vom Kohlenhof auch durch eine polizeiliche Fahndung nicht ausfindig machen ließ.

Zum Schluss ein promillestarkes Gutmann Weizenbockbier als Trost dafür, dass der Kleinschmidt-Gennachweis sich vor Gericht nicht einbringen ließ. Denn die illegal gewonnene Probe aus dem Grab war nicht als zulässiges Beweismittel anerkannt worden. Für einen juristisch haltbaren Beweis von Kleinschmidts Erbanspruch wäre eine Nachprobe erforderlich gewesen, was am Widerstand der Schillinger-Anwälte scheiterte und angesichts von Kleinschmidts zurückgezogener Klage ohnehin obsolet war.

»Jetzt schau doch nicht wie sieben Tage Regenwetter.« Jan-Patrick knuffte Paul in die Seite. »Ich fahre für dich eine fränkische Köstlichkeit nach der anderen auf und kann dir nicht das kleinste Lächeln entlocken?«

»Lassen Sie ihn«, meinte Katinka fürsorglich. »Er hat sich in diese Sache mehr hineingehängt, als ihm gut tat. Ihm fehlt eben der gewisse professionelle Abstand.«

»Das musst *du* gerade sagen«, moserte Paul. Er warf ihr einen düsteren Blick zu. Gleichzeitig aber griff er nach ihrer Hand. Denn er war ihr dankbar dafür, dass sie heute Abend mit ihm essen ging. Dankbar auch dafür, dass sie nach all den Konfrontationen und Irritationen der vergangenen Tage und Wochen endlich bereit war, sich anzuhören, was er zu sagen hatte: »Kati«, legte er los, als Jan-Patrick sie allein gelassen hatte, »ich habe in letzter Zeit wohl einigen Mist gebaut. Ich war zeitweise ziemlich frustriert, weil es mit uns beiden einfach nicht vorangehen wollte.«

»Mir ging es doch nicht anders«, räumte Katinka freimütig ein. »Immer wenn ich das Gefühl hatte, ja, jetzt haben wir es geschafft, jetzt schwimmen wir auf der gleichen Welle!, dann gab es wieder einen kräftigen Dämpfer. Mal ging er von dir aus und mal von mir. Ich war einfach hin- und hergerissen.«

»Bist du es jetzt nicht mehr?«, fragte Paul sanft und blickte sie über die in der Mitte des rustikalen Holztisches platzierte Kerze erwartungsvoll an.

Katinka lächelte aufrichtig. »Nein, jetzt weiß ich, was ich will. Eigentlich wusste ich es ja die ganze Zeit, aber ich stand mir wohl selbst im Weg.«

»Ich habe es dir ja auch nicht gerade leicht gemacht«, gab Paul offen zu. »Aber ich werde alles daran setzen, dass es in Zukunft besser klappt. Deshalb möchte ich dir etwas sagen, das längst überfällig ist und mir sehr am Herzen liegt.«

»Dann lass deinen Gefühlen freien Lauf«, ermunterte ihn Katinka und sah ihn glücklich an. »Jeden Moment kann Hannah aufkreuzen. Du weißt ja, dass sie zu uns stoßen wollte. Also schnell! Was möchtest du mir sagen?«

»Moment noch«, zügelte Paul das Tempo. »Da sind noch ein paar offene Fragen zum Fall Schillinger, auf die ich gern Antworten hätte. Wenn schon keine offiziellen, dann doch wenigstens unter der Hand.« Er räusperte sich: »Erstens: Wenn Kleinschmidt angeblich eine so große Gefahr für den Schillinger-Clan darstellte, warum ließ die Familie ihn dann nicht gleich selbst eliminieren? Wozu der Umweg über den Mord an der völlig unbeteiligten Lisa Grötsch?«

Katinka hob die Brauen. »Das liegt doch auf der Hand. Wäre Kleinschmidt ermordet worden, hätte die Polizei nach einem Motiv gesucht. Dabei hätten die Ermittler auch Kleinschmidts Vergangenheit durchleuchtet und wären früher oder später aufmerksam geworden, was seine unklare Herkunft anbelangt. Und eben dies wollten die Schillingers unter allen Umständen vermeiden.«

»Aber warum stellte man Kleinschmidt diese Falle erst in den achtziger Jahren und nicht schon viel früher?«

»Das hängt wohl mit der wachsenden Macht von Wolfram Schillinger im Konzern zusammen. Bis 1983 war sein Einfluss noch durch andere verbliebene Familienmitglieder in Vorstandsämtern eingeschränkt. Doch seitdem war er quasi Alleinherrscher – und entwickelte gewisse Phobien und Verlustängste, die für Menschen in einer solchen Position nicht untypisch sind.«

»Okay«, sagte Paul, »das leuchtet mir ein. Aber was passierte dann? Kleinschmidt wurde doch viel früher aus der Haft entlassen, als sich Schillinger das vorgestellt hatte. Warum blieb er danach so lange unbehelligt?«

Katinka zwinkerte Paul verschwörerisch zu: »Weil Schillinger spätestens nach dem Brand im Eisenbahndepot davon ausgehen konnte, dass die belastenden Tatfotos zerstört waren. Denn er hatte bis dahin ja fest daran geglaubt, dass der Film im Adler versteckt gewesen war. Davon abgesehen ließ er Kleinschmidt ganz bestimmt überwachen. Das brachte ihn zu der Überzeugung, dass Kleinschmidt nach der langen Haft nur noch ein gebrochener, vorzeitig gealterter Mann war, der nichts weiter wollte als seine Ruhe.« Katinka sah Paul versonnen an. »Nein, nein, von Kleinschmidt ging keine Gefahr mehr aus – bis du auf den Trempelmarkt gegangen bist und diesen vermaledeiten Fotoapparat angeschleppt hast.« Sie machte eine kleine Pause, bevor sie anknüpfte: »Allerdings – es gibt noch eine zweite Variante. Denn nach der Pleite mit der Pressekonferenz im Pellerschloss vermute ich inzwischen, dass sich Kleinschmidt letztendlich doch hat kaufen lassen. Seine ablehnende Haltung uns gegenüber und sein völliges Desinteresse an seinem Erbanspruch kommen mir im Nachhinein verdächtig vor. Womöglich hat er einen heimlichen Kompromiss geschlossen. Ist es nicht das, was man im Knast lernt: Kompromisse zu schließen, um auch in aussichtslosen Lagen irgendwie über die Runden zu kommen?« Leise fügte sie hinzu: »Aber beweisen können wir all das natürlich nicht.« Sie hob kaum merklich die rechte Braue. »Sonst noch Fragen?«

»Ja«, sagte Paul, »eine noch. Während meines Ausflugs nach Kelheim hat sich Hannah sehr merkwürdig benommen. Hand aufs Herz: Hattest du damit etwas zu tun?«

»Ja und nein«, antwortete Katinka schmunzelnd. »Die Idee, mit dir nach Kelheim zu fahren, war auf Hannahs eigenem Mist gewachsen. Aber dann bekam sie Gewissensbisse und rief mich von dort aus an. Wie du dir vorstellen kannst, war ich zunächst wenig begeistert. Aber dann riet ich ihr, das Beste daraus zu machen und der Angestellten aus dem Rathaus noch einmal auf den Zahn zu fühlen. Mit Erfolg, wie sich zeigte. Dir gegenüber sollte sie unser Telefonat aber nicht erwähnen, denn ich wollte dir keinesfalls einen Freifahrtschein für deine Extratouren geben.«

»Danke für deine Offenheit«, sagte Paul etwas beklommen. »Dann bin jetzt wohl ich an der Reihe, was?«

»Warte«, forderte nun Katinka. »Vorher habe zur Abwechslung mal ich ein paar Fachfragen. Nachdem du dich so intensiv mit dem Adler befasst hast, kannst du sie mir sicher beantworten. Was wurde denn eigentlich aus dem ursprünglichen Zug, der ersten deutschen Dampfeisenbahn?«

Paul war überrascht über diese Frage, teilte sein Wissen aber gern mit Katinka: »Anfangs schlug sich der Adler ganz wacker und verdrängte nach und nach den Pferdebetrieb auf der Strecke nach Fürth. Später kamen sogar einige Gütertransporte dazu, hauptsächlich Zeitungen und Bierfässer. Aber schon ein Jahr nach der Jungfernfahrt wurde eine neue Lokomotive angeschafft: der Pfeil. Und in den Jahren danach folgten Loks aus deutscher Produktion von Herstellern wie Henschel, Maffei und vor allem auch Schillinger. Der Adler wurde 1857 als technisch veraltet ausgemustert und zum Schrottpreis verkauft. Vermutlich lief er danach als Kraftquelle bei der Firma Wilhelm Spaeth in Nürnberg und anschließend noch einige Jahre lang als stationäre Dampfmaschine in einer Augsburger Maschinenfabrik. Dann verliert sich die Spur. Erst 1935 ist er wieder auferstanden, im Rahmen des hundertjährigen Jubiläums in Form eines originalgetreuen Nachbaus.«

»Mmm«, meinte Katinka, »ein eher unrühmliches Ende. Wie sah es denn mit der Bahnstrecke aus?«

»Die warf viele Jahre lang gute Gewinne ab. Aber ab 1896 gab es eine elektrifizierte Konkurrenz. Da nutzte auch ein zweispuriger Ausbau der Dampflinie nichts mehr. Im Oktober 1922 war endgültig Schluss mit der Ludwigsbahn. Die Loks und Waggons wurden verkauft, die Gleise abgebrochen. Das alte Bahnhofsgebäude in Fürth wurde 1938 von den Nazis eingerissen, um auf der heutigen Fürther Freiheit Platz für Paraden zu schaffen. Und der Kopfbahnhof in Nürnberg wich 1952 dem Hochhaus der Stadtwerke am Plärrer.«

»Das habe ich alles nicht gewusst«, sagte Katinka nachdenklich. Dann schüttelte sie leicht den Kopf und ihre blauen Augen strahlten. »Nun denn – genug mit den Ausflüchten. Was möchtest du mir anvertrauen?«

Paul spürte diesmal weder einen Kloß im Hals noch irgendein anderes Signal, das ihm sagte, er solle sich zurücknehmen. Also sagte er schlicht: »Ich möchte das nachholen, was ich längst getan haben sollte.« Er drückte ihre Hand fester. »Ich möchte mit dir zusammensein, Katinka. Ich wünsche mir eine echte, aufrichtige Partnerschaft. Du sollst«, er schmunzelte, »meine unumstrittene Priorität sein. Und ich möchte ...«

»Ja?«, fragte Katinka, und Paul spürte, dass ihre Hand ganz warm war.

»Ich möchte auf Dauer auch nicht ganz allein bleiben mit dir. Ich wünsche mir meine eigene kleine Familie. Wir sind zwar beide nicht mehr die Allerjüngsten. Aber ich könnte mir gut vorstellen, dass wir zwei zusammen ...«

»Ein Baby?« Hannahs helle Stimme vertrieb die heimelige Stimmung aus dem romantischen Erker des *Goldenen Ritters*. »Du willst meine Mutter schwängern?«

»Hannah!« Katinka strafte ihre Tochter mit Blicken, nickte dann aber zu einem Stuhl hinüber, den sie sich heranziehen sollte.

Hannah kam der Aufforderung prompt nach und setzte sich zu ihnen. Sie taxierte Paul belustigt: »Hätte ich dir gar nicht zugetraut, dass du einmal so etwas wie Vatergefühle entwickeln könntest. Hast dich wohl von Jan-Patrick und Marlen anstecken lassen?« Paul wollte protestieren, kam aber nicht dazu, denn Hannah plapperte munter weiter: »Aber du kannst dir die Mühe sparen. Denn du hast mit Katinka ja längst eine Familie gegründet.«

Paul ließ sein Weizenglas sinken. »Was sagst du da?«

»Ich sage: Du hast schon eine Familie. Denn – du bist mein Vater.«

Paul zuckte zusammen. Er sah Hannah fassungslos an, danach Katinka, die betreten zu Boden blickte. »Wie? Was?«, stammelte er. »Was redest du denn für einen Unsinn?«

Hannah wirkte sehr ernst, als sie jetzt ausführte: »Du kannst dich nicht daran erinnern, richtig? Oder hast du es verdrängt? Es war der Abend eurer gemeinsamen Abifeier. Ihr hattet alle ziemlich gut getankt. Es wurde geschwoft und geflirtet. Zu später Stunde wurde alles lockerer. Pärchen fanden zueinander. Ja, und dann sind Mama und du irgendwann in einer dunklen Ecke verschwunden – und die kleine Hannah wurde gezeugt.«

»Das kann doch nicht wahr sein!« Paul wurde es heiß, er spürte, dass er schon wieder rot wurde. »Unsere Abifeier – das ist eine Ewigkeit her!«

»Zweiundzwanzig Jahre, um genau zu sein«, stellte Hannah trocken fest. »Nachdem das nun geklärt wäre, darf ich Papa zu dir sagen?«

Paul stand auf, doch die Explosion widerstreitender Gefühle in seinem Inneren zog ihn fast von den Beinen. Hannah war seine Tochter?

Katinka, die bis eben seinem Blick ausgewichen war, entschied sich endlich dafür, ihn wieder anzusehen. Sie musterte ihn, als versuchte sie, seine Reaktion zu deuten. Auch Hannah ließ Paul nicht aus den Augen. Er fühlte, wie ihm Schweißperlen auf die Stirn traten.

Dann begannen die beiden Frauen zu lachen. Anfangs zaghaft, dann herzhaft und laut. »Ein Scherz«, prustete Hannah schließlich. »Es war nur ein kleiner Scherz.«

»Keine Sorge, Paul«, pflichtete Katinka ihrer Tochter bei. »Ich werde dich nicht wegen ungezahlter Alimente verklagen.

Du weißt so gut wie ich, dass wir beide zu Schulzeiten kaum etwas miteinander zu tun hatten.«

»Genau«, sagte Hannah, die sich köstlich über ihren gelungenen Streich amüsierte. »Du wirst dich doch noch selbst ins Zeug legen müssen, wenn du einmal Papa werden willst.« Hannah und Katinka lachten ausgelassen weiter.

»Was ist denn hier los?«, unterbrach sie eine wohlbekannte Stimme. »Habe ich etwas verpasst?« Polizeireporter Victor Blohfeld legte seinen Trenchcoat ab und setzte sich zu ihnen.

»Nein«, sagte Paul. »Eigentlich haben Sie nichts verpasst. Denn wenn ich es richtig verstanden habe, kommt das Beste erst noch.«

Die historischen Bezüge dieses Buches sind weitgehend authentisch, der Kriminalfall aber ist rein fiktiv. Auch die handelnden Personen gibt es im wahren Leben nicht. Dies gilt insbesondere für die Firma und Familie Schillinger.

Ich danke meinen treuen Lesern! Für die Hilfe bei Recherche, Storyentwurf und Korrekturen danke ich ganz besonders Susanna Gräwe.

Ebenfalls danken möchte ich Ralf Lang, Hannes Henn, Sabine Gräwe, Astrid Seichter, Andreas Humer-Hager, Kerstin Hasewinkel, Reto Manitz, meinen Eltern und Schwiegereltern und meinem alten Freund Dr. Uwe Meier, dem dieser Roman gewidmet ist.

Dank für wertvolle Tipps an Rechtsanwältin Grit Wiesend-Eidloth, Axel Eisele vom Wirtschaftsreferat der Stadt Nürnberg und Dr. Rainer Mertens vom DB Museum.

Mit meiner Lektorin Dr. Hanna Stegbauer würde ich gern weitere Paul-Flemming-Fälle lösen!

Wer sich für den Adler und seine Geschichte interessiert, findet im Nürnberger DB Museum viele Informationen, einen Film über die erste Eisenbahn Deutschlands, einen originalen Waggon und den Nachbau des Adlers. Weitere Informationen im Internet unter dbmuseum.de.

Jan Beinßen (janbeinssen.de)